愛經典

閱讀經典，成為更好的自己。

LE PÈRE GORIOT

高老頭

Honoré de Balzac 巴爾札克—著　傅雷—譯

緣起

愛經典

卡爾維諾說：「『經典』即是具影響力的作品，在我們的想像中留下痕跡，並藏在潛意識中。正因『經典』有這種影響力，我們更要撥時間閱讀，接受『經典』為我們帶來的改變。」因為經典作品具有這樣無窮的魅力，時報出版公司特別引進大星文化公司的「作家榜經典文庫」，期能為臺灣的經典閱讀提供另一選擇。

作家榜經典文庫從二〇一七年起至今，已出版超過一百本，迅速累積良好口碑，不斷榮登各大暢銷榜，總銷量突破一千萬冊。本書系的作者都經過時代淬鍊，其作品雋永，意義深遠；所選擇的譯者，多為優秀的詩人、作家，因此譯文流暢，讀來如同原創作品般通順，沒有隔閡；而且時報在臺推出時，每部作品皆以精裝裝幀，質感更佳，是讀者想要閱讀與收藏經典時的首選。

現在開始讀經典，成為更好的自己。

目錄

獻給偉大與著名的熱夫魯瓦・聖・伊萊爾[1]，
作為對他的著述與他的天才讚美的見證。

巴爾札克

1 熱夫魯瓦・聖・伊萊爾（Geoffroy Saint-Hilaire，一七七二—一八四四），著名動物學家，進化論先驅。一七九三年創辦巴黎動物園，研究比較解剖學。與人合著《哺乳動物史》。本頁獻詞為翻譯家李健吾先生譯。

批評家稱高老頭為近代的李爾王，但在社會觀點上，它比莎翁的名劇意義更深廣。巴爾札克的人物不止是一個人物，而是時代的典型，悲劇的因素也不限於個人的性情氣質，而尤在乎淫靡腐化的社會環境。鮑賽昂夫人代表沒落的貴族，以隱遁終場，拉斯蒂涅與伏脫冷代表新興階級的兩種作風：一個像瘟疫般鑽進社會，一個像炮彈般轟進社會。野心家求名求利的掙扎，與高老頭絕望的父愛交錯之下，使小說內容愈顯得光怪陸離，動人心魄。

本書譯於一九四四年，印過四版，銷達九千餘部。茲因譯者不滿譯文風格，特全部修正重譯，交由本社出版。[1]

1 這則內容介紹，是傅雷一九五一年為平明出版社版《高老頭》一書所寫。

伏蓋公寓

一個夫家姓伏蓋、娘家姓龔弗冷的老婦人，四十年來在巴黎開著一所兼包客飯的公寓，坐落在拉丁區與聖．瑪梭城關之間的聖．日內維新街上。大家稱為伏蓋家的這所寄宿舍，男女老少，一律招留，從來沒有為了風化問題受過蜚短流長的攻擊。可是三十年間也不曾有姑娘寄宿，而且非要家裡給的生活費少得可憐，才能使一個青年男子住到這裡來。

話雖如此，一八一九年上，正當這幕慘劇開場的時候，公寓裡的確住著一個可憐的少女。雖然「慘劇」這個字眼被近來多愁善感、頌讚痛苦的文學用得那麼濫、那麼歪曲，以致無人相信，這裡可是不得不用。並非在真正的字義上說，這個故事有什麼戲劇意味，但我這部書完成之後，京城內外也許有人會掉幾滴眼淚。出了巴黎是不是還有人懂得這部作品，確是疑問。

書中有許多考證與本地風光，只有住在蒙馬特崗和蒙魯日高地中間的人能夠領會。這個著名的盆地，牆上的石灰老是在剝落，陽溝內全是漆黑的泥漿；到處是真苦難、空歡喜，而且那麼忙亂，不知要怎麼重大的事故才能在那兒轟動一下。然而也有些東零西碎的痛苦，因為罪惡與德行混在一塊而變得偉大莊嚴，使自私自利的人也要定一定神，生出一點同情心。可是他們的感觸不過是一剎那的事，像匆匆忙忙吞下的一顆美果。

文明好比一輛大車，和印度的神車一樣[1]，碰到一顆比較不容易粉碎的心，略微耽擱了一下，馬上把它壓碎了，又浩浩蕩蕩地繼續前進。你們讀者大概也是如此：雪白的手捧了這本書，埋在軟綿綿的安樂椅裡，想道：也許這部小說能夠讓我消遣一下。讀完了高老頭隱祕的痛史以後，你依舊胃口很好地用晚餐，把你的無動於衷推給作者負責，說作者誇張，渲染過分。殊不知這慘劇既非杜撰，亦非小說。一切都是**真情實事**[2]，真實到每個人都能在自己身上或者心裡發現劇中的要素。

公寓的屋子是伏蓋太太的產業，坐落在聖・日內維新街下段，正當地面從一個斜坡向弩箭街低下去的地方。坡度陡峭，馬匹很少上下，因此擠在恩典谷軍醫院和先賢祠之間的那些小街道格外清靜。兩座大建築罩下一片黃黃的色調，改變了周圍的氣息；穹窿陰沉嚴肅，使一切都暗淡無光。街面上石板乾燥，陽溝內沒有汙泥、沒有水，沿著牆根生滿了草。一到這個地方，連最沒心事的人也會像所有的過路人一樣無端端的不快活。一輛車子的聲音在此簡直是件大事；屋子死沉沉的，牆垣全帶幾分牢獄氣息。一個迷路的巴黎人[3]在這一帶只看見些公寓或者私塾、苦難或者煩惱、垂死的老人或是想作樂而不得不用功的青年。巴黎城中沒有一個區域更醜惡、更沒有人知道的了。特別是聖・日內維新街，彷彿一個古銅框子，跟這個故事再合適不過。

為求讀者瞭解起見，盡量用上灰黑的色彩和沉悶的描寫也不嫌過分，正如遊客參觀早期基督徒墓窟的時候，走下一級級的石梯，日光隨著暗淡，嚮導的聲音越來越空洞。這個比喻的確是貼切的。誰又能說，枯萎的心靈和空無一物的骷髏，究竟哪一樣看起來更可怕呢？

公寓側面靠街，前面靠小花園，屋子跟聖・日內維新街成直角。屋子正面和小園之

1 印度每年逢毗溼奴神紀念日，將神像置於車上遊行，善男信女奉之若狂，甚至有攀附神車或置身輪下之舉，以為如此，則來世可托生於較高的階級（Caste）。

2 原文用的是英文"All is true"，且用斜體字。莎士比亞的悲劇《亨利八世》原名"All is true"，巴爾扎克大概是借用此句。

3 真正的巴黎人是指住在塞納河右岸的人。公寓所在地乃係左岸。迷路云云謂右岸的人偶爾漫步到左岸去的意思。

間有條中間微凹的小石子路，大約寬兩公尺；前面有一條平行的砂子鋪的小路，兩旁有鳳呂草、夾竹桃和石榴樹，種在藍白二色的大陶盆內。小路靠街的一頭有扇小門，上面釘一塊招牌，寫著：伏蓋宿舍；下面還有一行：**本店兼包客飯，男女賓客，一律歡迎**。

臨街的柵門上裝著一個聲音刺耳的門鈴。白天你在柵門上張望，可以看到小路那一頭的牆上，畫著一個模仿青色大理石的神龕，大概是本區畫家的手筆。神龕內畫著一個愛神像：渾身斑駁的釉彩，一班喜歡象徵的鑒賞家可能認做愛情病的標記，那是在鄰近的街坊上就可醫治的[4]。神像座子上模糊的銘文，令人想起雕像的年代，伏爾泰在一七七七年上回到巴黎大受歡迎的年代。那兩句銘文是[5]：

不論你是誰，她總是你的師傅，
現在是，曾經是，或者將來是。

天快黑的時候，柵門換上板門。小園的寬度正好等於屋子正面的長度。園子兩旁，一邊是臨街的牆，一邊是和鄰居分界的牆；大片的常春藤把那座界牆統統遮蓋了，在巴黎城中格外顯得清幽，引人注目。各處牆上都釘著果樹和葡萄藤，瘦小而灰土密布的果實成為伏蓋太太年年發愁的對象，也是和房客談天的材料。

沿著側面的兩堵牆各有一條狹小的走道，走道盡處是一片菩提樹蔭。伏蓋太太雖是龔弗冷出身，「菩提樹」三字老是念別音的，房客用文法來糾正她也沒用。

兩條走道之間，一大塊方地上種著朝鮮薊，左右是修成圓錐形的果樹，四周又圍著些萵苣、旱芹、酸菜。菩提樹蔭下有一張綠漆圓桌，周圍放幾個凳子。逢著大暑天，一班有錢喝咖啡的主顧，在熱得可以孵化雞蛋的天氣到這裡來品嘗咖啡。

四層樓外加閣樓的屋子用的材料是粗砂石，粉的那種黃顏色差不多使巴黎所有的屋子都不堪入目。每層樓上開著五扇窗子，全是小塊的玻璃；細木條子的遮陽撐起來高高低低，參差不一。屋子側面有兩扇窗，樓下的兩扇裝有鐵柵和鐵絲網。正屋之後是一個二十呎寬的院子：豬啊、鴨啊、兔子啊，和和氣氣的混在一塊兒；院子底上有座堆木柴的棚子。棚子和廚房的後窗之間掛一口涼櫥，下面淌著洗碗池流出來的髒水。靠聖・日內維新街有扇小門，廚娘為了避免瘟疫不得不沖洗院子的時候，就把垃圾打這扇門裡掃到街上。

房屋的分配本是預備開公寓的。底層第一間有兩扇臨街的窗子取光，通往園子的是

4 指附近聖・雅各城關的加波桑醫院。
5 伏爾泰為梅仲宮堡園中的愛神像所作的銘文。

一扇落地長窗。客廳側面通到飯廳，飯廳和廚房中間是樓梯道，樓梯的踏級是用木板和彩色地磚拼成的。

一眼望去，客室的景象再淒涼沒有：幾張沙發和椅子，上面包的馬鬃布滿是一條條忽而暗淡忽而發光的紋縷。正中放一張黑底白紋的雲石面圓桌，桌上擺一套白瓷小酒杯，金線已經剝落一大半，這種酒杯現在還到處看得到。

房內地板很壞，四周的護壁板只有半人高，其餘的地方糊著上油的花紙，畫著《丹蘭瑪葛》[6]主要的幾幕，一些有名的人物都著著彩色。兩扇有鐵絲網的窗子之間的壁上，畫著加里潑梭款待攸里斯的兒子的盛宴[7]。四十年來這幅畫老是給年輕的房客當作說笑的引子，把他們為了窮而不得不將就的飯食取笑一番，表示自己的身分比處境高出許多。石砌的壁爐架上有兩瓶藏在玻璃罩下的舊紙花，中間放一座惡俗的半藍不藍的雲石擺鐘。壁爐內部很乾淨，可見除了重大事故，難得生火。

這間屋子有股說不出的味道，應當叫做**公寓味道**。那是一種閉塞的、霉爛的、酸腐的氣味，叫人發冷，吸在鼻子裡潮膩膩的，直往衣服裡鑽；那是剛吃過飯的飯廳的氣味，酒菜和碗盞的氣味，救濟院的氣味。老老少少的房客特有的氣味，跟他們傷風的氣味合湊成的令人作嘔的成分，倘能加以分析，也許這味道還能形容。

話得說回來，這間客室雖然教你噁心，和隔壁的飯廳相比，你還覺得客室很體面、芬芳，好比太太的上房呢。

飯廳全部裝著護壁，漆的顏色已經無從分辨，只有一塊塊油漬畫出奇奇怪怪的形狀。幾口黏手的食器櫃上擺著暗淡無光的破裂水瓶，刻花的金屬墊子，好幾堆都蘭窯的藍邊厚瓷盆。屋角有口小櫥，分成許多標著號碼的格子，存放寄膳客人滿是汗跡和酒痕的飯巾。在此有的是銷毀不了的家具，沒處安插而扔在這兒，跟那些文明的殘骸留在殘廢院裡一樣。

你可以看到一個溫度計，下雨的時候有一個教士出現；還有些令人倒胃的版畫，配著黑漆描金的框子；一口鑲銅的貝殼座鐘；一具綠色火爐；幾盞灰塵跟油混在一起的掛燈，一張鋪有漆布的長桌，油膩之厚，足夠愛淘氣的醫院實習生用手指在上面刻劃姓名；幾張斷腿折臂的椅子；幾塊可憐的小腳毯，草辮老在鬆散而始終沒有分離；還有些破爛的腳爐，洞眼碎裂，鉸鏈零落，木座子像炭一樣的焦黑。這些家具的古舊、龜裂、腐爛、搖動、蟲蛀、殘缺、老弱無能、奄奄一息，倘使詳細描寫，勢必長篇累牘，妨礙讀者對本書的興趣，恐非性急的人所能原諒。紅色的地磚，因為擦洗或上色之故，畫滿

6《丹蘭瑪葛》係十七世紀費納龍的名著。

7 即《丹蘭瑪葛》中的情節。

了高高低低的溝槽。

總之，這兒是一派毫無詩意的貧窮，那種錙銖必較的、濃縮的、百孔千瘡的貧窮；即使還沒有泥漿，卻已有了汙跡；即使還沒有破洞，還不曾襤褸，卻快要崩潰腐朽，變成垃圾。

這間屋子最有光彩的時間是早上七點左右，伏蓋太太的貓趕在主人之前，先行出現，牠跳上食器櫃，把好幾罐蓋著碟子的牛奶聞嗅一番，呼啊呼啊的做牠的早課。

不久，寡婦出現了，網紗做的便帽下面，露出一圈歪歪斜斜的假髮，懶洋洋的趿著愁眉苦臉的軟鞋。她的憔悴而多肉的臉，中央聳起一個鸚鵡嘴般的鼻子，滾圓的小手，像教堂的耗子[8]一般胖胖的身材，膨亨飽滿而顛顛聳聳的乳房，一切都跟這寒酸氣十足而暗裡蹲著冒險家的飯廳調和。她聞著室內暖烘烘的臭味，一點不覺得難受。她的面貌像秋季初霜一樣新鮮，眼睛四周布滿皺紋，表情可以從舞女那樣的滿面笑容，一變而為債主那樣的豎起眉毛，板起臉孔。

總之她整個的人品足以說明公寓的內容，正如公寓可以暗示她的人品。監獄少不了牢頭禁卒，你想像中絕不能有此無彼。這個小婦人的沒有血色的肥胖，便是這種生活的結果，好像傳染病是醫院氣息的產物。罩裙底下露出毛線編成的襯裙，罩裙又是用舊衣衫改的，棉絮從開裂的布縫中鑽出來。這些衣衫就是客室、飯廳和小園的縮影，同時也洩露了廚房的內容與房客的等級。她一出場，舞臺面就完全了。

五十歲左右的伏蓋太太跟一切經過憂患的女人一樣。無精打采的眼睛，假惺惺的神氣像一個會假裝惱怒，以便敲竹槓的媒婆，而且她也存心不擇手段的討便宜：倘若世界上還有什麼喬治或畢希葛呂可以出賣，她是決計要出賣的[9]。房客卻說她骨子裡是個好人，他們聽見她跟他們一樣咳嗽、哼哼，便相信她真窮。

伏蓋先生當初是怎麼樣的人，她從無一字提及。他怎樣丟了家產的呢？她回答說是遭了厄運。他對她不好，只留給她一雙眼睛好落眼淚、這所屋子好過活，還有給了她不必同情別人災禍的權利，因為她說，她什麼苦難都受盡了。

一聽見女主人急促的腳步聲，胖子廚娘西爾維趕緊打點房客的中飯。一般寄飯客人通常只包每月三十法郎的一頓晚飯。

這個故事開始的時代，寄宿的房客共有七位。二層樓上是全屋最好的兩套房間，伏蓋太太住了小的一套，另外一套住著古的太太，她過世的丈夫在共和政府時代當過軍需官。和她同住的是一個年紀輕輕的少女，維多莉．泰伊番小姐，把古的太太當作母親一

8 「教堂的耗子」原是一句俗語，指過分虔誠的人；因巴爾札克以動物比人的用意在本書中特別顯著，故改按字面譯。

9 喬治與畢希葛呂均係法國大革命時代人物，以陰謀推翻拿破崙而被處死刑。

般。這兩位女客的膳宿費每年一千八百法郎。

三層樓上的兩套房間，分別住著一個姓波阿萊的老人，和一個年紀四十上下、戴假髮、鬢角染黑的男子，自稱為退休的商人，叫做伏脫冷先生。

四層樓上有四個房間：老姑娘米旭諾小姐住了一間；從前做粗細麵條和澱粉買賣，大家叫做高老頭的，住了另外一間；其餘兩間預備租給候鳥[10]，像高老頭和米旭諾小姐般只能付四十五法郎一月膳宿費的窮學生，可是伏蓋太太除非沒有辦法，不大樂意招留這種人，因為他們麵包吃得太多。

那時代，兩個房間中的一個，住著一位從安古蘭鄉下到巴黎來讀法律的青年，歐也納·特·拉斯蒂涅。人口眾多的老家，省吃儉用，熬出他每年一千二百法郎的生活費。他是那種因家境清寒而不得不用功的青年，從小就懂得父母的期望，自己在那裡打點美妙的前程，考慮學業的影響，把學科迎合社會未來的動向，以便捷足先登，榨取社會。倘若沒有他的有趣的觀察，沒有他在巴黎交際場中無孔不入的本領，我們這故事就要缺乏真實的色彩。沒有問題，這點真實性完全要歸功於他敏銳的頭腦，歸功於他有種欲望，想刺探一樁慘事的祕密；而這慘事是製造的人和身受的人一致諱莫如深的。

四層樓的頂上有一間晾衣服的閣樓，還有做粗活的男僕克利斯朵夫和胖子廚娘西爾維的兩間臥房。

除了七個寄宿的房客，伏蓋太太旺季淡季總有八個法科或醫科的大學生，和兩三個住在近段的熟客，包一頓晚飯。可以容納一二十人的飯廳，晚餐時坐到十八個人；中飯只有七個房客，團團一桌的情景頗有家庭風味。每個房客趿著軟鞋下樓，對包飯客人的衣著神氣、前晚的事件，毫無顧忌的議論一番。這七位房客好比伏蓋太太特別寵愛的孩子，她按照膳宿費的數目，對各人定下照顧和尊敬的分寸，像天文家一般不差毫釐。這批萍水相逢的人心裡都有同樣的打算。三層樓的兩位房客只付七十二法郎一月。這等便宜的價錢（唯有古的太太的房飯錢是例外），只能在聖．瑪梭城關，在產科醫院和遊民習藝所中間的那個地段找到。

這一點，證明那些房客明裡暗裡全受著貧窮的壓迫，因此這座屋子內部的悲慘景象，在住戶破爛的衣著上照樣暴露。男人穿著說不出顏色的大褂，像高等住宅區扔在街頭巷尾的靴子，快要磨破的襯衫，有名無實的衣服。女人穿著黯淡陳舊、染過而又褪色的服裝；戴著補過的舊花邊，用得發亮的手套，老是暗黃色的領圍，經緯散率的圍巾。衣服雖是這樣，人卻差不多個個生得很結實，抵抗過人世的風波；冷冷的狠巴巴的臉，好像用舊而不再流通的銀幣一般模糊；乾癟的嘴巴配著一副尖利的牙齒。你看到他

10 指短時期的過路客人。此語為作者以動物比人的又一例。

們，會體會到那些已經演過和正在搬演的戲劇——並非在腳燈和布景前面上演的，而是一些活生生的，或是無聲無息的、冰冷的、把人的心攪得發熱的、連續不斷的戲劇。

老姑娘米旭諾，疲倦的眼睛上面戴著一個油膩的綠綢眼罩，扣在腦袋上的銅絲連憐憫之神也要為之大吃一驚。身體只剩一把骨頭，穗子零零落落像眼淚一般的披肩，彷彿披在一副枯骨上面。當初她一定也美過，現在怎麼會形銷骨立的呢？為了荒唐胡鬧嗎？有什麼傷心事嗎？過分的貪心嗎？是不是談愛情談得太多了？有沒有做過花粉生意？還是單單是個娼妓？她是否因為年輕的時候驕奢過度，而受到老年時路人側目的報應？慘白的眼睛教人發冷，乾癟的臉孔帶點凶相。尖利的聲音好似叢林中冬天將臨時的蟬鳴。

她自稱服侍過一個患膀胱炎的老人，被兒女以為沒有錢而丟在一邊。老人給她一千法郎的終身年金，至今他的繼承人常常為此跟她爭執，說她壞話。雖然她的面貌被情欲摧殘得很厲害，肌膚之間卻還有些白皙與細膩的遺跡，足見她身上還保存一點殘餘的美。

波阿萊先生差不多是架機器。他走在植物園的小道上像一個灰色的影子：戴著軟綿綿的舊鴨舌帽，有氣無力的抓著一根手杖，象牙球柄已經發黃了；褪色的大褂遮不了空蕩蕩的紮腳褲，只見衣襬在那裡扯來扯去；套著藍襪子，兩條腿搖搖晃晃像喝醉了酒；上身露出腌臢的白背心，枯草似的粗紗頸圍，跟繞在火雞似脖子上彆扭的領帶，亂糟糟的攪在一起。

看他那副模樣，大家都心裡思忖，這個幽靈是否跟在義大利大街上溜達的哥兒們同樣屬於潑辣放肆的白種民族？什麼工作使他這樣乾癟縮小的？什麼情欲把他生滿小球刺兒的臉變成了黑沉沉的豬肝色？這張臉畫成漫畫，簡直不像是真的。他當過什麼差事呢？說不定做過司法部的職員，經手過劊子手送來的帳單——執行逆倫犯所用的蒙面黑紗、刑臺下鋪的糠[11]、刑架上掛鍘刀的繩子等等的帳單。也許他當過屠宰場收款員，或衛生處副稽查之類。

總之，這傢伙好比社會大磨坊裡的一匹驢子，做了傀儡而始終不知道牽線的是誰，也彷彿多少公眾的災殃或醜事的軸心。總括一句，他是我們見了要說一聲**究竟這等人也少不得**的人。這些被精神的或肉體的痛苦磨得色如死灰的臉相，巴黎的漂亮人物是不知道的。

巴黎真是一片海洋，丟下探海錘也沒法測量這海洋的深度。不論花多少心血到裡面去搜尋去描寫，不管海洋的探險家如何眾多如何熱心，都會隨時找到一片處女地、一個新的洞穴，或是幾朵鮮花，幾顆明珠，一些妖魔鬼怪，一些聞所未聞、文學家想不到去探訪的事。伏蓋公寓便是這些奇怪的魔窟之一。

11 法國刑法規定，凡逆倫犯押赴刑場時，面上須蒙以黑紗以為識別。刑臺下鋪糠乃預備吸收屍身之血。

其中有兩張臉跟多數房客和包飯的主顧成為顯著的對比。維多莉・泰伊番小姐雖則膚色蒼白，帶點病態，像有貧血的姑娘；雖則經常的憂鬱、局促的態度、寒酸和嬌弱的外貌，使她脫不了這幅畫面的基本色調——痛苦；可是她的臉究竟不是老年人的臉，動作和聲音究竟是輕靈活潑的。這個不幸的年輕人彷彿一株新近移植的灌木，因為水土不宜而葉子萎黃了。黃裡帶紅的臉色、灰黃的頭髮、過分纖瘦的腰身，頗有近代詩人在中世紀小雕像上發現的那種嫵媚，灰中帶黑的眼睛表現她有基督徒式的溫柔與隱忍。樸素而經濟的裝束勾勒出年輕人的身材。

她的好看是由於五官四肢配搭得巧。只要心情快樂，她可能非常動人；女人要有幸福才有詩意，正如穿扮齊整才顯得漂亮。要是舞會的歡情把這張蒼白的臉染上一些粉紅的色調，要是講究的生活使這對已經微微低陷的面頰重新豐滿而泛起紅暈，要是愛情使這雙憂鬱的眼睛恢復光彩，維多莉大可跟最美的姑娘見個高低。她只缺少教女人返老還童的東西：衣衫和情書。

她的故事足夠寫一本書。她的父親自以為有不認親生女兒的理由，不讓她留在身邊，只給六百法郎一年，又改變他財產的性質，以便全部傳給兒子。維多莉的母親在悲苦絕望之中死在遠親古的太太家裡，古的太太便把孤兒當做親女一樣撫養長大。共和政府軍需官的寡婦不幸除了丈夫的預贈年金和公家的撫恤金以外一無所有，可能一朝丟下這個既無經驗又無資產的少女，任憑社會擺布。好心的太太每星期帶維多莉去望彌撒，每半個月去懺悔一次，讓她將來至少能做一個虔誠的姑娘。這辦法的確不錯。有了宗教的熱情，這個棄女將來也能有一條出路。

她愛她的父親，每年回家去轉達母親臨終時對父親的寬恕；每年父親總是閉門不納。能居間斡旋的只有她的哥哥，而哥哥四年之中沒有來探望過她一次，也沒有幫助過她什麼。她求上帝使父親開眼，使哥哥軟心，毫無怨恨的為他們祈福。古的太太和伏蓋太太只恨字典上咒罵的字眼太少，不夠形容這種野蠻的行為。她們咒罵混帳的百萬富翁的時候，總聽到維多莉說些柔和的話，好似受傷的野鴿，痛苦的叫喊仍然吐露著愛。

歐也納．特．拉斯蒂涅純粹是南方型的臉：白皮膚，黑頭髮，藍眼睛。風度、舉動、姿勢，都顯出他是大家子弟，幼年的教育只許他有高雅的習慣。雖然衣著樸素，平日盡穿隔年的舊衣服，有時也能裝扮得風度翩翩的上街。平常他只穿一件舊大褂，粗背心；蹩腳的舊黑領帶扣得馬馬虎虎，像一般大學生一樣；褲子也跟上裝差不多，靴子已經換過底皮。

在兩個青年和其餘的房客之間，那四十上下、鬢角染色的伏脫冷，正好是個中間人物。人家看到他那種人都會喊一聲好傢伙！肩頭很寬，胸部很發達，肌肉暴突，方方的手非常厚實，手指中節生著一簇簇茶紅色的濃毛。沒有到年紀就打皺的臉似乎是性格冷酷的標記，但是看他軟和親熱的態度，又不像冷酷的人。他的低中音嗓子，跟他嘻嘻哈哈的快活脾氣剛剛配合，絕對不討厭。

他很殷勤，老堆著笑臉。什麼鎖鑰壞了，他立刻拆下來，粗枝大葉的修理，上油，銼一陣磨一陣，裝配起來，說：「這一套我是懂的。」而且他什麼都懂：帆船，海洋，法國，外國，買賣，人物，時事，法律，旅館，監獄。要是有人過於抱怨訴苦，他立刻湊上來幫忙。好幾次他借錢給伏蓋太太和某些房客；但受惠的人死也不敢賴他的債，因為他儘管外表隨和，自有一道深沉而堅決的目光教人害怕。看那唾口水的功架，就可知道他頭腦冷靜的程度：要解決什麼尷尬局面的話，一定是殺人不眨眼的。像嚴厲的法官一樣，他的眼睛似乎能看透所有的問題、所有的心地、所有的感情。

他的日常生活是中飯後出門，回來用晚飯，整個黃昏都在外面，到半夜前後回來，用伏蓋太太給他的彈簧鎖鑰匙開大門。彈簧鎖鑰匙這種優待只有他一個人享受。他待寡婦也再好沒有，叫她媽媽，摟著她的腰——可惜這種奉承，對方體會得不夠。老媽媽還以為這是輕而易舉的事，殊不知唯有伏脫冷一個人才有那麼長的手臂，搆得著她粗大的腰身。他另外一個特點是飯後喝一杯葛洛麗亞[12]，每個月很闊綽的花十五法郎。

那班青年人固然捲在巴黎生活的漩渦內一無所見，那班老年人也固然對一切與己無干的事漠不關心，但即使不像他們那麼膚淺的人，也不會注意到伏脫冷形跡可疑。旁人的事，他都能知道或者猜到；他的心思或營生，卻沒有一個人看得透。雖然他把親熱的態度、快活的性情，當做牆壁一般擋在他跟旁人之間，但他不時流露的性格頗有些可怕的深度。往往他發一陣可以跟于凡那[13]相比的牢騷，專愛挖苦法律，鞭撻上流社會，攻擊它的矛盾，似乎他對社會抱著仇恨，心底裡密不透風的藏著什麼祕密事。

泰伊番小姐暗中偷覷的目光和私下的念頭，離不了這個中年人跟那個大學生。一個是精力充沛，一個是長得俊美，她無意之間受到他們吸引。可是那兩位好似一個也沒有想到她，雖說天道無常，她可能一變而為陪嫁富裕的對象。並且，那些人也不願意推敲旁人自稱為的苦難是真是假。除了漠不關心之外，他們還因為彼此境況不同而提防人家。他們知道沒有力量減輕旁人的痛苦，而且平時歎苦經歎得太多了，互相勸慰的話也早已說盡。像老夫妻一樣的無話可談，他們之間的關係只有機械的生活，等於沒有上油的齒輪在那裡互相推動。他們可以在路上遇到一個瞎子而頭也不回的走過，也可以無動於衷的聽人家講一樁苦難，甚至把死亡看作一個悲慘局面的解決。飽經憂患的結果，大家對最慘痛的苦難都冷了心。

12 羼有酒精的咖啡或紅茶。
13 西元一世紀時以諷刺尖刻著名的拉丁詩人。

這些傷心人中最幸福的還算伏蓋太太，高高在上的管著這所私人救濟院。唯有伏蓋太太覺得那個小園是一座笑盈盈的樹林；事實上，靜寂和寒冷，乾燥和潮溼，使園子像大草原一樣廣漠無垠。唯有為她，這所黃黃的、陰沉沉的、到處是帳臺的銅綠味的屋子，才充滿愉快。這些牢房是屬於她的。她餵養那批終身做苦役的囚犯，他們尊重她的威權。以她所定的價目，這些可憐蟲在巴黎哪裡還能找到充足而衛生的飯食，以及即使不能安排得高雅舒適，至少可以收拾得乾乾淨淨的房間？哪怕她做出極不公道的事來，人家也只能忍受，不敢叫屈。

整個社會的分子在這樣一個團體內當然應有盡有，不過是具體而微罷了。像學校或交際場中一樣，飯桌上十八個客人中間有一個專受白眼的可憐蟲，老給人家打哈哈的出氣筒。歐也納·特·拉斯蒂涅住到第二年開頭，發覺在這個還得住上兩年的環境中，最堪注目的便是那個出氣筒——從前做麵條生意的高里奧老頭。

要是畫家來處理這個對象，一定會像史家一樣把畫面上的光線集中在他頭上。半含仇恨的輕蔑，帶著輕視的虐待，對苦難毫不留情的態度，為什麼加之於一個最老的房客身上呢？難道他有什麼可笑的或是古怪的地方，比惡習更不容易原諒嗎？這些問題牽涉到社會上許多暴行。也許人的天性就喜歡教那些為了謙卑，為了懦弱，或者為了滿不在乎而忍受一切的人，忍受一切。我們不是都喜歡把什麼人或物變成犧牲品，來證明我們的力量嗎？最幼弱的生物像兒童，就會在大冷天按人家的門鈴，或者提著腳尖在嶄新的建築物上塗寫自己的名字。

六十九歲的高老頭，在一八一三年上結束了買賣，住到伏蓋太太這兒來。他先住古的太太的那套房間，每年付一千二百法郎膳宿費，那氣派彷彿多五個路易少五個路易[14]都無所謂。伏蓋太太預收了一筆補償費，把那三間屋子整新了一番，添置一些常用家具，例如黃布窗簾，羊毛絨面的安樂椅，幾張膠畫，以及連鄉村旅店都不要的糊壁紙。

高老頭那時還被尊稱為高里奧先生，也許房東看他那種滿不在乎的闊氣，以為他是個不知市面的冤大頭。高里奧搬來的時候箱籠充實，裡外服裝、被褥行頭，都很講究，表示這位告老的商人很會享福。十八件二號荷蘭細布襯衫，教伏蓋太太歎賞不止，麵條商還在紗頸圍上扣著兩支大金剛鑽別針，中間繫一條小鏈子，愈加顯出襯衣料子的細潔。他平時穿一套寶藍衣服，每天換一件雪白的細格布背心，下面鼓起一個滾圓的大肚子在那兒翕動，把一條掛有各色墜子的粗金鏈子，震動得一蹦一跳。鼻煙匣也是金的，裡面有一個裝滿頭髮的小圓匣子，彷彿他還有風流豔事呢。

聽到房東太太說他風流，他嘴邊立刻浮起笑容，好似一個小財主聽見旁人稱讚他的

14 路易為法國舊時金幣，合二十至二十四法郎，隨時代而異。

愛物。他的櫃子（他把這個名詞跟窮人一樣念錯了音）裝滿許多家用的銀器。伏蓋寡婦殷勤的幫他整東西時，不由得眼睛發亮，什麼勺子、羹匙、食器、油瓶、湯碗、盤子、鍍金的早餐用具，以及美醜不一、有相當分量、他捨不得放手的東西。這些禮物使他回想起家庭生活中的大事。他抓起一個盤，跟一個蓋上有兩隻小鴿親嘴的小缽，對伏蓋太太說：

「這是內人在我們結婚的第一周年送我的。好心的女人為此花掉了做姑娘時候的積蓄。噢，太太，要我動手翻土都可以，這些東西我絕不放手。謝天謝地！這一輩子總可以天天早上用這個缽喝咖啡。我不用發愁，有現成飯吃的日子還長哩。」

末了，伏蓋太太那雙喜鵲眼還瞥見一疊公債票，約略加起來，高里奧這個好人每年有八千到一萬法郎的進款。從那天起，襲弗冷家的姑奶奶，年紀四十八而只承認三十九的伏蓋太太，打起主意來了。

雖然高里奧的裡眼角向外翻轉，又是虛腫又是往下掉，他常常要用手去抹，她覺得這副相貌還體面，討人喜歡。他的多肉而突出的腿肚子，跟他的方鼻子一樣暗示他具備伏蓋寡婦所重視的若干優點；而那張滿月似的、又天真又癡呆的臉，也從旁證實。伏蓋寡婦理想中的漢子應當精壯結實，能把全副精神花在感情方面。

每天早晨，皇家綜合理工學院[15]的理髮匠來替高里奧把頭髮撲粉，梳成鴿翅式，在他的低額角上留出五個尖角，十分好看。雖然有點土氣，但是他穿扮得十分整齊，倒起煙來老是一大堆，吸進鼻孔的神氣表示他從來不愁煙壺裡會缺少瑪古巴[16]。所以高里奧搬進伏蓋太太家的那一天，她晚上睡覺的時候便盤算怎樣離開伏蓋的墳墓，到高里奧身上去再生。她把這個念頭放在欲火上燒烤，彷彿烤一隻塗滿油脂的竹雞。再醮，把公寓出盤，跟這位布爾喬亞的精華結合，成為本區中一個顯要的太太，替窮人募捐，星期日逛旭阿西、梭阿西、香蒂伊[17]；隨心所欲的上戲院，坐包廂，毋須再等房客在七月中弄幾張作家的贈券送她。

總而言之，她做著一般巴黎小市民的黃金夢。她有一個銅子一個銅子積起來的四萬法郎，對誰也沒有提過。當然，她覺得以財產而論，自己還是一個出色的對象。「至於其他，我還怕比不上這傢伙！」想到這裡她在床上翻了個身，彷彿有心表現一下美妙的身段，所以胖子西爾維每天早上看見褥子上有個陷下去的窩。

從這天起，約莫有三個月，伏蓋寡婦利用高里奧先生的理髮匠，在裝扮上花了點心血，推說公寓裡來往的客人都很體面，自己不能不修飾得和他們相稱。她想出種種花招

15 法國有名的最高學府之一，校址在先賢祠附近，離伏蓋公寓甚近。
16 當時最著名的一種鼻煙。
17 旭阿西、梭阿西、香蒂伊，均巴黎近郊名勝。

要調整房客，聲言從今以後只招待在各方面看來都是最體面的人。遇到生客上門，她便宣傳說高里奧先生、巴黎最有名望最有地位的商界巨頭，特別選中她的公寓。她分發傳單，上面大書特書：**伏蓋宿舍**，後面寫著：「**拉丁區最悠久最知名的包飯公寓**。風景優美，可以遠眺高勃冷盆地（那是要在四層樓上遠眺的），園亭幽雅，菩提樹夾道成蔭。」另外還提到環境清靜、空氣新鮮的話。

這份傳單替她招來了特．朗倍梅尼伯爵夫人，三十六歲，丈夫是一個死在戰場上的將軍；她以殉職軍人的寡婦身分，等公家結算撫恤金。伏蓋太太把飯菜弄得很精美，客廳裡生火有六個月之久，傳單上的諾言都嚴格履行，甚至花了她的血本。伯爵夫人稱伏蓋太太為親愛的朋友，說預備把特．伏曼朗男爵夫人和上校畢各阿梭伯爵的寡婦、她的兩個朋友，介紹到這裡來；她們住在瑪萊區[18]一家比伏蓋公寓貴得多的宿舍裡，租期快要滿了。一旦陸軍部各司署把手續辦完之後，這些太太都是很有錢的。

「可是，」她說，「衙門裡的公事老不結束。」

兩個寡婦晚飯之後一齊上樓，到伏蓋太太房裡談天，喝著果子酒，嚼著房東留備自用的糕果。特．朗倍梅尼夫人大為贊成房東太太對高里奧的看法，認為確是高見，據說她一進門就猜到房東太太的心思，覺得高里奧是個十全十美的男人。

「啊！親愛的太太，」伏蓋寡婦對她說，「他一點毛病都沒有，保養得很好，還能給一個女人許多快樂哩。」

伯爵夫人對伏蓋太太的裝束很熱心的貢獻意見，認為還不能跟她的抱負配合。

「你得武裝起來。」她說。

仔細計算一番之後，兩個寡婦一同上皇家宮殿的木廊[19]，買了一頂飾有羽毛的帽子和一頂便帽。伯爵夫人又帶她的朋友上小耶納德鋪子挑了一件衣衫和一條披肩。武裝買齊，紮束定當之後，寡婦真像煨牛肉飯店的招牌[20]。她卻覺得自己大為改觀，添加了不少風韻，便很感激伯爵夫人，雖是生性吝嗇，也硬要伯爵夫人接受一頂二十法郎的帽子；實際是打算託她去探探高里奧，替自己吹噓一番。朗倍梅尼夫人很樂意當這個差事，跟老麵條商作了一次密談，想籠絡他，把他勾引過來派自己的用場。可是種種的誘惑，對方即使不曾明白拒絕，至少是怕羞得厲害。他的傖俗把她氣走了。

「我的寶貝，」她對她的朋友說，「你在這個傢伙身上什麼都擠不出來的！他那疑神疑鬼的態度簡直可笑。這是個吝嗇鬼、笨蛋、蠢貨，只能討人厭。」

高里奧先生和朗倍梅尼太太會面的經過，甚至使伯爵夫人從此不願再和他住在一幢

18 從十七世紀起，瑪萊區即為巴黎高等住宅區。
19 一八二八年以前皇家宮殿內有一條走廊，都是板屋，開著小鋪子，廊子的名字叫做木廊。
20 飯店當時開在中學街，招牌上畫一條牛，戴著帽子和披肩，旁邊有一株樹，樹旁坐著一個女人。

樓裡。第二天她走了，把六個月的膳宿費都忘了，留下的破衣服只值五法郎。伏蓋太太拚命尋訪，總沒法在巴黎打聽到一些關於特．朗倍梅尼伯爵夫人的消息。她常常提起這件倒楣事，埋怨自己過於相信人家，其實她的疑心病比貓還要重。但她像許多人一樣，老是提防親近的人而遇到第一個陌生人就上當。這種古怪的，也是實在的現象，很容易在一個人的心裡找到根源。

也許有些人，在共同生活的人身上再也得不到什麼；把自己心靈的空虛暴露之後，暗中覺得受著旁人嚴厲的批判；而那些得不到的恭維，他們又偏偏極感需要，或者自己素來沒有的優點，竭力想顯得具備；因此他們希望爭取陌生人的敬重或感情，顧不得將來是否會落空。更有一等人，天生勢利，對朋友或親近的人絕對不行方便，因為那是他們的義務，沒有報酬的，不比替陌生人效勞，可以讓自尊心滿足一下。所以在感情圈內和他們離得越近的人，他們越不愛；離得越遠，他們越殷勤。伏蓋太太顯然兼有上面兩種性格，骨子裡都是鄙陋的、虛偽的、惡劣的。

「我要是在這裡，」伏脫冷說，「包你不會吃這個虧！我會揭破那個女騙子的面皮，教她當場出糗。那種嘴臉我是一望而知的。」

像所有心路不寬的人一樣，伏蓋太太從來不能站在事情之外推究它的原因。她喜歡把自己的錯處推在別人頭上。受了那次損失，她認為老實的麵條商是罪魁禍首，並且據她自己說，從此死了心。當她承認一切的挑引和搔首弄姿都歸於無用之後，她馬上猜到了原因，以為這個房客像她所說的另有所歡。事實證明她那個美麗動人的希望只是一場空夢，在這傢伙身上是什麼都擠不出來的，正如伯爵夫人那句一針見血的話——她倒像是個內行呢。

伏蓋太太此後敵視的程度，當然遠過於先前友誼的程度。仇恨的原因並非為了她的愛情，而是為了希望的破滅。一個人向感情的高峰攀登，可能中途休息；從怨恨的險坡往下走，就難得留步了。然而高里奧先生是她的房客，寡婦不能不捺著受傷的自尊心不讓爆發，把失望以後的長吁短歎藏起來，把報復的念頭悶在肚裡，好似修士受了院長的氣，逢到小人要發洩感情，不問是好感是惡感，總是不斷的玩小手段的。那寡婦憑著女人的狡獪，想出許多暗中捉弄的方法，折磨她的仇人。她先取消公寓裡添加出來的幾項小節目。

「用不著什麼小黃瓜跟鰳魚了。都是上當的東西！」她恢復舊章的那天早晨，這樣吩咐西爾維。

可是高里奧先生自奉菲薄，正如一般白手成家的人，早年不得已的儉省已經成為習慣。素羹，或是肉湯，加上一盤蔬菜，一向是，而且永遠就該是，他最稱心的晚餐。因此伏蓋太太要折磨她的房客極不容易，他簡直無所謂嗜好，也就沒法跟他為難。遇到這樣一個無懈可擊的人，她覺得無可奈何，只能瞧不起他，把她對高里奧的敵意感染別的房客；而他們為了好玩，竟然幫著她出氣。

第一年將盡，寡婦對他十分猜疑，甚至在心裡思忖：這個富有七八千法郎進款的商人，銀器和飾物的精美不下於富翁的外室，為什麼住到這裡來，只付一筆在他財產比例上極小的膳宿費？這第一年的大半時期，高里奧先生每星期總有一兩次在外面吃晚飯；隨後，不知不覺改為一個月兩次。高里奧大爺那些甜蜜的約會，對伏蓋太太的利益配合得太好了，所以他在家用餐的習慣越來越正常，伏蓋太太不能不生氣。這種改變被認為一方面由於他的財產慢慢減少，同時也由於他故意跟房東為難。小人許多最可鄙的習慣中間，有一樁是以為別人跟他們一樣小氣。

不幸，第二年年終，高里奧先生竟證實了關於他的讕言，要求搬上三樓，膳宿費減為九百法郎。他需要極度撙節，甚至整整一冬，屋裡沒有生火。伏蓋寡婦要他先付後住，高里奧答應了，從此她便管他叫高老頭。

關於他降級的原因，大家議論紛紛，可是始終猜不透！像那假伯爵夫人所說的，高老頭是一個城府很深的傢伙。一班頭腦空空如也，並且因為只會胡扯而隨便亂說的人，自有一套邏輯，認為不提自己私事的人絕沒有什麼好事。

在他們眼中，那麼體面的富商一變而為騙子，風流人物一變而為老混蛋了。一會兒，照那個時代搬入公寓的伏脫冷的說法，高老頭是做交易所的，送完了自己的錢，還在那裡靠公債做些小小的投機，這句話，在伏脫冷嘴裡用的是有聲有色的金融上的術語。一會兒，他是個小賭徒，天天晚上去碰運氣，贏他十來個法郎。一會兒，他又是特務警察雇用的密探，但伏脫冷認為他還不夠狡猾當這個差事。又有一說，高老頭是個放高利貸的守財奴，再不然是一個追同號獎券的人[21]。總之，大家把他當作惡劣的嗜好、無恥、低能，所能產生的最神祕的人物。

不過無論他的行為或惡劣的嗜好如何要不得，人家對他的敵意還不至於把他攆出門外：他從沒欠過房飯錢。況且他也有他的用處，每個人快樂的或惡劣的心緒，都可用打趣或咕嚕的方式藉他來發洩。最近似而被眾人一致認可的意見，是伏蓋太太的那種說法。這個保養得那麼好，一點毛病都沒有，還能給一個女人許多快樂的人，據她說，實在是個古怪的好色鬼。伏蓋寡婦的這種壞話，有下面的事實做根據。

那個晦氣星伯爵夫人白吃白住了半年，溜掉以後幾個月，伏蓋太太一天早上起身之前，聽見樓梯上有綢衣窸窣的聲音，一個年輕的女人輕輕巧巧的溜進高里奧房裡，打開房門的方式又像有暗號似的。

21 買獎券時每次買同樣的號碼而增加本錢，叫做「追同號獎券」。

胖子西爾維立即上來報告女主人，說有個漂亮得不像良家婦女的姑娘，裝扮得神仙似的，穿著一雙毫無灰土的薄底呢靴，像鰻魚一樣從街上一直溜進廚房，問高里奧先生的房間在哪裡。伏蓋太太帶著廚娘去湊在門上偷聽，耳朵裡掠到幾句溫柔的話；兩人會面的時間也有好一會。高里奧送女客出門，胖子西爾維馬上抓起菜籃，裝作上菜市的模樣去跟蹤這對情人。

她回來對女主人說：「太太，高里奧先生一定錢多得作怪，才撐得起那樣的場面。你真想不到，吊刑街轉角，有一輛漂亮馬車等在那裡，我看她上去的。」

吃晚飯的時候，伏蓋太太去拉了一下窗簾，把射著高里奧眼睛的那道陽光遮掉[22]。

「高里奧先生，你陽光高照，豔福不淺呢，」她說話之間暗指他早晨的來客，「嚇！你眼力真好，她漂亮得很啊。」

「那是我的女兒吶。」他回答時那種驕傲的神氣，房客都以為是老人為了顧面子。

一個月以後，又有一個女客來拜訪高里奧先生。他女兒第一次來，穿的是晨裝，這次是晚餐以後，穿得像要出去應酬的模樣。房客在客廳裡聊天，瞥見一個美麗的金髮女子，瘦瘦的身腰，極有丰韻，那種高雅大方的氣度絕不可能是高老頭的女兒。

「哎啊！竟有兩個！」胖子西爾維說。她完全認不出是同一個人。

過了幾天，另外一個女兒，高大、結實、深色皮膚、黑頭髮，配著炯炯有神的眼睛，跑來見高里奧先生。

「哎啊！竟有三個！」西爾維說。

這第二個女兒初次也是早上來的，隔了幾天又在黃昏時穿了跳舞衣衫，坐了車來。

「哎啊！竟有四個！」伏蓋太太和西爾維一齊嚷著。她們在這位闊太太身上一點沒有看出她上次早晨穿扮樸素的影子。

那時高里奧還付著一千二百法郎的膳宿費。伏蓋太太覺得一個富翁養四、五個情婦是滿平常的，把情婦充作女兒也很巧妙。他把她們叫到公寓裡來，她也並不生氣。可是那些女客既然說明了高里奧對她冷淡的原因，她在第二年年初便喚他做老公貓。等到他降級到九百法郎之後，有一次她看見這些女客之中的一個下樓，就惡狠狠的問他打算把她的公寓當作什麼地方。高老頭回答說這位太太是他的大女兒。

「你女兒有二三十個嗎？」伏蓋太太尖刻的說。

「我只有兩個。」高老頭答話的口氣非常柔和，正如一個落難的人，什麼貧窮的委屈都受得了。

快滿第三年的時候，高老頭還要節省開支，搬上四層樓，每個月的房飯錢只有四

22 本書中所說的晚餐，約在下午四點左右。公寓每日只開兩餐。

十五法郎了。他戒掉了鼻煙，打發了理髮匠，頭上也不再撲粉。高老頭第一次不撲粉下樓，房東太太大吃一驚，直叫起來。他的頭髮原是灰中帶綠的腌臢顏色。他的面貌被暗中的憂患磨得一天比一天難看，似乎成了飯桌上最憂鬱的一張臉。

如今是毫無疑問了：高老頭是一個老色鬼。要不是醫生本領高強，他的眼睛早就保不住，因為治他那種病的藥品是有副作用的。他的頭髮所以顏色那麼醜惡，也是由於他縱欲無度，和服用那些使他繼續縱欲的藥物之故。可憐蟲的精神與身體的情形，使那些無稽之談顯得鑿鑿有據。漂亮的被褥衣物用舊了，他買十四銅子一碼的棉布來代替。金剛鑽、金煙匣、金鏈條、飾物，一樣一樣的不見了。他脫下寶藍大褂跟那些華麗的服裝，不分冬夏，只穿一件栗色粗呢大褂、羊毛背心、灰色毛料長褲。他越來越瘦，腿肚子掉了下去；從前因心滿意足而肥胖的臉，不知打了多少皺襇；腦門上有了溝槽，牙床骨突了出來。

他住到聖·日內維新街的第四年上，完全變了樣。六十二歲時的麵條商，看上去不滿四十，又胖又肥的小財主，彷彿不久才荒唐過來，雄糾糾氣昂昂，教路人看了也痛快，笑容也頗有青春氣息；如今忽然像七十老翁，龍龍鍾鍾，搖搖晃晃，面如死灰。當初那麼生氣勃勃的藍眼睛，變了黯淡的鐵灰色，轉成蒼白，眼淚水也不淌了，殷紅的眼眶好似在流血。有些人覺得他可憎，有些人覺得他可憐。一班年輕的醫學生注意到他下唇低垂，量了量他面角的頂尖，再三戲弄他而什麼話都探不出來之後，說他害著甲狀腺腫大[23]。

有一天黃昏，吃過飯，伏蓋太太挖苦他說：「啊，喂！她們不來看你了嗎，你那些女兒？」口氣之間顯然懷疑他做父親的身分。高老頭一聽之下，渾身發抖，彷彿給房東太太刺了一針。

「有時候來的。」他聲音顫抖的回答。

「哎啊！有時你還看到她們！」那班大學生齊聲嚷著，「真了不起，高老頭！」

老人並沒聽見他的答話所引起的嘲笑，又恢復了迷迷糊糊的神氣。光從表面上觀察的人以為他老態龍鍾。倘使對他徹底認識了，也許大家會覺得他的身心交瘁是個大大的疑案，可是認識他真是談何容易。要打聽高里奧是否做過麵條生意、有多少財產，都不是難事。無奈那班注意他的老年人從來不走出本區的街坊，老躲在公寓裡像牡蠣黏著岩石；至於旁人，巴黎生活特有的誘惑，使他們一走出聖·日內維新街便忘記了他們所調侃的可憐老頭。

23 面角為生理學名詞。側面從耳孔至齒槽（鼻孔與口唇交接處）之水平線，正面從眼窩上部（即額角最突出處）至齒槽之垂直線，兩線相遇所成之角，稱為面角。人類之面角大，近於直角；獸類之面角小，近於銳角。面角的頂尖乃指眼窩上部。甲狀腺腫大之生理現象往往為眼睛暴突，精神現象為感覺遲鈍、智力衰退。

見識狹隘的人和漠不關心的年輕人，一致認為以高老頭那種寒傖、那種蠢頭蠢腦，根本談不上有什麼財產或本領。至於他稱為女兒的那些女人，大家都接受伏蓋太太的意見。像她那種每天晚上以嚼舌為事的老太婆，對什麼事都愛亂猜，結果自有一套嚴密的邏輯，她說：

「要是高老頭真有那麼有錢的女兒，像來看他的那些女客，他絕不會住在我四層樓上，每月只付四十五法郎的房飯錢，也不會穿得像窮人一樣的上街了。」

沒有一件事情可以推翻這個結論。所以到一八一九年十一月底，這幕慘劇爆發的時期，公寓裡每個人都對可憐的老頭子有了極其肯定的意見。他根本不曾有過什麼妻兒子女；荒淫的結果使他變成了一隻蝸牛、一個人形的軟體動物，據一個包飯客人——博物院職員說，應當列入加斯葛底番類[24]。

跟高老頭比較起來，波阿萊竟是鷹揚威武，大有紳士氣派了。波阿萊會說話、會理論、會對答。雖然他的說話、理論、對答，只是用不同的字眼重複旁人的話。但他究竟參與談話，他是活的，還像有知覺的，不比高老頭，照那博物院職員的說法，在溫度計上永遠指著零度。

歐也納・特・拉斯蒂涅過了暑假回來，他的心情正和一般英俊有為的青年或是因家境艱難而暫時顯得高卓的人一樣。寄寓巴黎的第一年，法科學生考初級文憑的作業並不多，盡可享受巴黎的繁華。要知道每個戲院的戲碼，摸出巴黎迷宮的線索，學會規矩、談吐，把京城裡特有的娛樂都玩過，走遍好好壞壞的地方，選聽有趣的課程，背得出各個博物院的寶藏……

一個大學生絕不嫌時間太多。他會對無聊的小事情入迷，覺得偉大得不得了。他有他的大人物，例如法蘭西學院的什麼教授，拿了薪水吸引群眾的人。他整著領帶，對喜歌劇院樓廳裡的婦女搔首弄姿。一樣一樣的入門以後，他就脫了殼，擴大眼界，終於體會到社會的各階層是怎樣交錯起來的。大太陽的日子，在香榭麗舍大道上輻輳成行的車馬，他剛會欣賞，跟著就眼紅了。

歐也納得了文學士和法學士學位，回鄉過暑假的時節，已經不知不覺經過這些學習。童年的幻象，外省人的觀念，完全消滅了。見識改換，雄心奮發之下，他看清了老家的情形。父親、母親、兩個兄弟、兩個妹妹，和一個除了養老金外別無財產的姑母，統統住在拉斯蒂涅家小小的田地上。年收三千法郎左右的田，進款並沒把握，因為葡萄的行情跟著酒市起落，可是每年總得湊出一千二百法郎給他。

家裡一向為了疼他而瞞起的常年窘迫的景象、他把小時候覺得那麼美麗的妹妹和

24 加斯葛底番為博物學上分類的名詞。

他認為美的典型的巴黎婦女所作的比較、壓在他肩上的這個大家庭的渺茫的前途、眼見任何微末的農作物都珍藏起來的儉省的習慣、用榨床上的殘渣剩滓製造的家常飲料，總之，在此無須一一列舉的許多瑣事，使他對於權位的欲望與出人頭地的志願，加強了十倍。像一切有志氣的人，他發願一切都要靠自己的本領去掙。但他的性格明明是南方人的性格：臨到實行就狐疑不決，主意動搖了，彷彿青年人在汪洋大海之中，既不知向哪方面駛去，也不知把帆掛成怎樣的角度。

先是他想沒頭沒腦的用功，後來又感到應酬交際的必要，發覺女子對社會生活影響極大，突然想投身上流社會，去征服幾個可以做他後臺的婦女。一個有熱情有才氣的青年，加上倜儻風流的儀表，和很容易教女人著迷的那種健壯的美，還愁找不到那樣的女子嗎？他一邊在田野裡散步，一邊不斷轉著這些念頭。從前他和妹妹出來閒逛完全無憂無慮，如今她們覺得他大大的變了。

他的姑母特．瑪西阿太太，當年也曾入宮覲見，認識一批名門貴族的領袖。野心勃勃的青年忽然記起姑母時常講給他聽的回憶中，有不少機會好讓他到社會上去顯露頭角，這一點至少跟他在法學院的成就同樣重要，他便盤問姑母，那些還能拉到關係的人是怎麼樣的親戚。老姑太太把家譜上的各支各脈想了一想，認為在所有自私的闊親戚之中，特．鮑賽昂子爵夫人大概最容易說話。她用老派的體裁寫了封信交給歐也納，說如果能接近這位子爵夫人，她自會幫他找到其餘的親戚。

回到巴黎幾天之後，拉斯蒂涅把姑母的信寄給特·鮑賽昂夫人，夫人寄來一張第二天的跳舞會的請帖，代替覆信。

以上是一八一九年十一月底公寓裡的大概情形。過了幾天，歐也納參加了特·鮑賽昂太太的舞會，清早兩點左右回家。為了補償損失的光陰，勇氣十足的大學生一邊跳舞一邊發願回去熬夜。他預備第一次在這個萬籟無聲的區域中熬夜，自以為精力充沛，其實只是見到豪華的場面的衝動。那晚他沒有在伏蓋太太家用餐，其他租客可能以為他要天亮才回來，好像他有幾次赴柏拉杜舞會[25]或奧迪安舞會，絲襪上濺滿汙泥、漆皮鞋走了樣的回家。

克利斯朵夫門上大門之前，開出門來向街上瞧了瞧。拉斯蒂涅恰好在這時趕回，悄悄的上樓，跟在他後面上樓的克利斯朵夫卻鬧出許多響聲。歐也納進了臥房，卸了裝，換上軟鞋，披了一件破大褂，點起泥炭，急匆匆的準備用功。克利斯朵夫笨重的腳步聲還沒有完，把青年人輕微的響動蓋過了。

歐也納沒有開始讀書，先出神的想了一會。他看出特·鮑賽昂子爵夫人是當紅的闊

25 柏拉杜為舞廳名字，坐落最高法院對面，一八五五年時拆毀。

太太之一，她的府第被認為是聖・日爾曼區[26]最愉快的地方。以門第與財產而論，她也是貴族社會的一個領袖。靠了特・瑪西阿姑母的力量，這個窮學生居然受到鮑府的優待，但還不知道這優待的作用多大。能夠在那些金碧輝煌的客廳中露面，就等於一紙閥閱世家的證書。一旦踏進了這個比任何社會都不容易進去的地方，可以到處通行無阻。

盛會中的鬢光釵影看得他眼睛都花了。他和子爵夫人僅僅寒暄了幾句，便在那班爭先恐後赴此晚會的巴黎女神中，發現了一個教青年人一見傾心的女子。阿娜斯大齊・特・雷斯多伯爵夫人生得端正、高大，被稱為巴黎身腰最好看的美人之一。一雙漆黑的大眼睛、美麗的手、有樣的腳，舉動之間流露出熱情的火焰。這樣一個女人，照特・龍格羅侯爵的說法，是一匹**純血種的馬**。潑辣的氣息並沒影響她的美，身腰豐滿圓渾而並不肥胖。**純血種的馬**、**貴種的美人**，這些成語已經開始代替**天上的安琪兒**、**仙女般的臉龐**，以及新派公子哥兒早已唾棄不用的關於愛情的老神話。

在拉斯蒂涅心目中，阿娜斯大齊・特・雷斯多夫人乾脆就是一個迷人的女子。他想法在她的扇子上登記了兩次[27]，並且在第一次四組舞時就有機會對她說：

「以後在哪裡跟你見面呢，太太？」說話之間那股熱情衝動的態度，正是女人最喜歡的。

「森林[28]啊、喜劇院啊、我家裡啊，到處都可以。」她回答。

於是這南方的冒險家，在一場四組舞或華爾滋舞中間可能接觸的範圍內，竭力和這個動人心魄的伯爵夫人周旋。一經說明他是特・鮑賽昂太太的表弟，他心目中的那位貴婦人立刻邀請他，說隨時可以去她家玩。她對他最後一次的微笑，使他覺得登門拜訪之舉是少不了的了。

賓客之中有的是當時出名放肆的男人，什麼摩冷古、龍格羅、瑪克辛・特・脫拉伊、特・瑪賽、阿瞿達-賓多、王特奈斯，都是自命不凡、煊赫一世之輩，盡跟最風雅的婦女廝混，例如勃朗同爵士夫人、特・朗日公爵夫人、特・甘爾迦羅哀伯爵夫人、特・賽里齊夫人，特・加里里阿諾公爵夫人、法洛伯爵夫人、特・朗蒂夫人、特・哀格勒蒙侯爵夫人、菲爾米阿尼夫人、特・李斯多曼侯爵夫人、特・埃斯巴侯爵夫人、特・摩弗里紐斯公爵夫人、葛朗第安夫人。

在這等場合，年輕人鬧出不通世面的笑話是最糟糕的。拉斯蒂涅遇到的幸而不是一個嘲笑他愚昧無知的人，而是特・朗日公爵夫人的情人特・蒙脫里伏侯爵，一位淳樸如兒童的將軍，告訴他特・雷斯多伯爵夫人住在海爾特街。

年紀輕輕，渴想踏進上流社會，飢渴的想弄一個女人，眼見高門大戶已有兩處打通

26 當時第一流貴族的住宅區。
27 當時舞會習慣，凡男子要求婦女同舞，必先預約，由女子在扇子上登記，依次輪值。
28 森林為近郊布洛涅森林的簡稱，巴黎上流社會遊樂勝地。

了路子：在聖・日爾曼區能夠跨進特・鮑賽昂子爵夫人的府第，在唐打區[29]能夠在特・雷斯多伯爵夫人家出入！一眼之間望到一連串的巴黎沙龍，自以為相當英俊，足夠博取女人的歡心而得到她的幫助與庇護！也自認為雄心勃勃，盡可像江湖賣技的漢子似的，走在繩索上四平八穩，飛起大腿作一番精彩表演，把一個迷人的女子當作一個最好的平衡棒，支持他的重心！

腦中轉著這些念頭，那女人彷彿就巍巍然站在他的炭火旁邊，站在法典與貧窮之間。在這種情形之下，誰又能不像歐也納一樣沉思遐想，探索自己的前途？誰又能不用成功的幻想點綴前途？他正在胡思亂想，覺得將來的幸福十拿九穩，甚至自以為已經在特・雷斯多太太身旁了，不料靜悄悄的夜裡忽然「哼……」的一聲歎息，歐也納聽了幾乎以為是病人的痰厥。他輕輕開了門，走入甬道，瞥見高老頭房門底下有一線燈光；他怕鄰居病了，湊上鎖孔張望，不料老人幹的事非常可疑，歐也納覺得為了公眾安全，應當把自稱為麵條商的老頭深更半夜幹的勾當看個明白。

原來高老頭把一張桌子仰倒著，在桌子橫槓上縛了一個鍍金的盤和一件好似湯缽一類的東西，另外用根粗繩絞著那些鐫刻精工的器物，拚命拉緊，似乎要絞成金條。老人不聲不響，用筋脈隆起的手臂，靠繩索幫忙，扭著鍍金的銀器，像揑麵粉一般。

「呦！好傢伙！」拉斯蒂涅私下想著，挺起身子站了一會，「他是個賊還是個窩贓的？是不是為了掩人耳目，故意裝瘋作傻，過著叫花子般的生活？」

大學生又把眼睛湊上鎖孔，只見高老頭解開繩索，拿起銀塊，在桌上鋪了一條毯子，把銀塊放在上面捲滾，非常俐落的搓成一根條子。條子快搓成的時候，歐也納心上想：「難道他的力氣跟波蘭王奧古斯特一樣大嗎？」

高老頭傷心的瞧了瞧他的作品，掉下幾滴眼淚，吹滅蠟燭，躺上床去，歎了一口氣。

歐也納私忖道：「他瘋了。」

「可憐的孩子！」高老頭忽然叫了一聲。

聽到這一句，拉斯蒂涅認為這件事還是不聲張為妙，覺得不該冒冒失失斷定鄰居是壞人。他正要回房，又聽見一種難以形容的聲音，大概是幾個穿布底鞋的人上樓梯。歐也納側耳細聽，果然有兩個人不同的呼吸，既沒有開門聲，也沒有腳步聲，忽然三樓伏脫冷的屋內漏出一道微光。

「一所公寓裡竟有這麼些怪事！」他一邊想一邊走下幾級聽著，居然還有錢的聲音。一會兒，燈光滅了，沒有開門的聲音，卻又聽到兩個人的呼吸。他們慢慢的下樓，聲音也就跟著低下去。

29 當時新貴的住宅區，海爾特街即在此區域內。

「誰啊？」伏蓋太太打開臥房的窗子問。

「是我回來囉，伏蓋媽媽。」伏脫冷大聲回答。

「真怪！」歐也納回到房內想，「克利斯朵夫明明把大門上了閂。在巴黎真要通宵不睡才弄得清周圍的事。」

這些小事打斷了他關於愛情的幻想，他開始用功了。可是，他先是猜疑高老頭，心思亂了，而打擾得更厲害的是特．雷斯多太太的面貌不時出現，彷彿一個預告幸運的使者，結果他上床睡熟了。年輕人發狠要在夜裡讀書，十有九夜是以睡覺度過的。要熬夜，一定要過二十歲。

第二天早上，巴黎濃霧蔽天，罩住全城，連最準時的人也弄錯了時間。生意上的約會全失誤了，中午十二點，大家還當是八點。九點半，伏蓋太太在床上還沒動彈。克利斯朵夫和胖子西爾維也起遲了，正在斷斷續續的喝他們的咖啡，裡面羼著從房客的牛奶上撩起來的一層乳脂。西爾維把牛乳放在火上盡煮，教伏蓋太太看不出他們揩油的痕跡。

克利斯朵夫把第一塊烤麵包浸在咖啡裡，說道：「喂，西爾維，你知道，伏脫冷先生是個好人；昨晚又有兩個客人來看他。太太要有什麼疑心，你一個字都別提。」

「他有沒有給你什麼？」

「五法郎，算本月分的賞錢，意思叫我不要聲張。」

西爾維回答：「除了他跟古的太太捨得花錢以外，旁的都想把新年裡右手給的，左手拿回去！」

「哼！他們給的也是天曉得！」克利斯朵夫接著說，「區區一個五法郎！高老頭自己擦皮鞋擦了兩年了。波阿萊那小氣鬼根本不用鞋油，大概他寧可吞在肚裡，捨不得擦他的破靴子。至於那瘦小的大學生，他只給兩法郎。兩法郎還不夠我買鞋刷，最後他還賣掉他的舊衣服。真是沒出息的地方！」

西爾維一小口一小口喝著咖啡：「話得說回來，咱們這個還算這一區的好差事哩。哎，克利斯朵夫，關於伏脫冷先生，人家有沒有對你說過什麼？」

「怎麼沒有！前幾天街上有位先生跟我說：你們那裡住著一個鬢角染黑的胖子是不是？我回答說：不，先生。他並沒有染鬢角。他那樣愛玩樂的人，才沒有這個閒工夫呢。我把這個告訴了伏脫冷先生，他說：兄弟，你應付得好！以後就這樣說吧。最討厭的是讓人家知道我們的缺點，娶起老婆來不麻煩嗎？」

「也有人在菜市上哄我，要知道我有沒有看見他穿襯衫。你想好笑不好笑！」西爾維忽然轉過話頭，「呦！恩典谷已經敲九點三刻了，還沒一個人動彈。」

「啊，喂！他們都出去啦。古的太太跟她的小女孩八點鐘就上聖．丹蒂安拜老天爺去了。高老頭挾著一個小包上街了。大學生要十點鐘上完課才回來。我打掃樓梯的時候看他們出去的。我還給高老頭的小包裹撞了一下，硬得像鐵。這老頭子究竟在幹什麼呢？旁人耍弄他，當作陀螺一樣，人倒是挺好的，比他們都強。他不給什麼錢，可是我替他送信去的地方，那班太太酒錢給得很闊氣，穿戴也漂亮。」

「是他所說的那些女兒嗎，嗯？統共有十來個吧？」

「我一向只去過兩家，就是到這裡來過的兩個。」

「太太起來了，等下就要叫叫嚷嚷的，我該上去了。你當心著牛奶，克利斯朵夫，小心那隻貓。」

西爾維走進女主人的屋子。

「怎麼？西爾維，已經九點四十五分了，你讓我睡得像死人一樣！真是從來沒有的事！」

「那是濃霧作怪，濃得用刀劈也劈不開。」

「中飯怎麼了[30]？」

「喔！那些房客都見了鬼，一太早就滾出去了。」

「說話要清楚，西爾維。應該說一『大』早。」

「哦！太太，你要我怎麼說都可以。包你十點鐘有飯吃。米旭諾跟波阿萊還沒動彈。只有他們倆在家，睡得像豬一樣……」

「西爾維，你把他們兩個放在一起講，好像……」

「好像什麼？」西爾維大聲癡笑起來，「兩個不是一雙嗎？」

「真怪，西爾維，昨夜克利斯朵夫把大門上了閂，怎麼伏脫冷先生還能進來？」

「不是的，太太。他聽見伏脫冷先生回來，下去開門的。你當作……」

「把短襖給我，快快去弄飯。剩下的羊肉再加些番薯；飯後點心用煮熟梨子，挑兩個小錢[31]一個的。」

過了一會，伏蓋太太下樓了，她的貓剛剛一腳掀開罩盆，急匆匆的舐著牛奶。

「咪斯蒂格里！」她叫了一聲，貓逃了，又回來在她腿邊廝磨，「好，好，你拍馬屁，你這老畜生！」

她接著又叫：「西爾維！西爾維！」

「哎，哎，什麼事呀，太太？」

「你瞧，貓喝掉了多少！」

「都是混帳的克利斯朵夫不好，我早告訴他擺桌子，他到哪裡去了？不用急，太太，那份牛奶倒在高老頭的咖啡裡吧。讓我沖些水，他不會發覺的。他對什麼都不在意，連吃

30 當時中飯比現在吃得早，大概在十一點左右（見皮爾南著：《一八三〇年代法國的日常生活》），但伏蓋公寓的習慣，中飯比一般更早。

31 所謂小錢是法國的一種舊銅幣，價值等於一個銅子（Sou）的四分之一。

什麼都不知道。」

「他去哪裡去了，這怪物？」伏蓋太太擺著盤子問。

「誰知道？大概在跟魔鬼打交道吧。」

「我睡太多了。」伏蓋太太說。

「可是太太，你新鮮得像一朵玫瑰……」

這時門鈴一響，伏脫冷大聲唱著，走進客廳：

我久已走遍了世界，
人家到處看見我呀……

「哦！哦！你早，伏蓋媽媽。」他招呼了房東，又親熱的擁抱她。

「喂，放手呀。」

「幹嘛不說放肆呀！」他回答，「說啊，說我放肆啊！哦，哦，我來幫你擺桌子。你看我多好！……

勾搭褐髮和金髮的姑娘，

愛一陣呀歎一聲……

「我才看見一樁怪事……

……全是偶然[32]……」

寡婦道：「什麼事？」

「高老頭八點半在太子街，拿了一套鍍金餐具，走進一家收買舊食器、舊肩章的銀匠鋪，賣了一筆好價錢。虧他不吃這行飯的人，絞出來的條子倒很像樣呢。」

「真的？」

「當然真的。我有個夥計出遠門，送他上了郵車回來，我看到高老頭，就想瞧瞧是怎麼回事。他回到本區格萊街上，走進放高利貸的高布賽克家。你知道高布賽克是個了不起的壞蛋，會把他老子的背脊梁雕成骰子的傢伙！真是個猶太人、阿拉伯人、希臘人、波希米亞人，哼，你休想搶到他的錢，他把錢都存在銀行裡。」

「那麼高老頭去幹什麼？」

「幹什麼？吃盡當光！」伏脫冷回答，「這糊塗蟲不惜傾家蕩產去愛那些婊子……」

32 以上是尼古拉的喜歌劇《育公特》（一八一四）中的唱詞。

「他來了！」西爾維叫著。

「克利斯朵夫，你上來。」高老頭招呼傭人。

克利斯朵夫跟著高老頭上樓，一會兒下來了。

「你要去哪裡？」伏蓋太太問。

「替高里奧先生跑一趟。」

「什麼東西呀？」伏脫冷說著，從克利斯朵夫手中搶過一個信封，念道：**送阿娜斯大齊·特·雷斯多伯爵夫人**。他把信還給克利斯朵夫，問：「送哪裡呢？」

「海爾特街。他吩咐一定要面交伯爵夫人。」

「裡面是什麼東西？」伏脫冷把信照著亮處說，「鈔票？不是的。」他把信封拆開一點，「哦，是一張債務清訖的借票。嘿！這老妖精倒有義氣！」他伸出大手摸了摸克利斯朵夫的頭髮，把他的身體像骰子般骨碌碌的轉了幾下，「去吧，壞東西，你又好賺幾個酒錢了。」

刀叉杯盤已經擺好。西爾維正在煮牛奶。伏蓋太太生著火爐，伏脫冷在旁幫忙，嘴裡哼著：

我久已走遍了世界，
人家到處看見我呀……

一切準備停當，古的太太和泰伊番小姐回來了。

「這麼早到哪裡去啦，漂亮的太太？」伏蓋太太問。

「我們在聖．丹蒂安教堂祈禱。今天不是要去泰伊番先生家嗎？可憐的孩子渾身發抖，像一片樹葉。」古的太太說著，坐在火爐前面，鞋子擱在火門口冒起煙來。

「來烤火吧，維多莉。」伏蓋太太說。

「小姐，」伏脫冷端了一把椅子給她，「求上帝使你父親回心轉意固然不錯，可是不夠。還得有個朋友去教這個醜八怪把頭腦醒醒。聽說這蠻子手頭有三百萬，偏偏不肯給你一分陪嫁。這年月，一個美人兒是少不得陪嫁的。」

「可憐的孩子，」伏蓋太太接口道，「你那魔王老子不怕報應嗎？」

一聽這幾句，維多莉眼睛溼了。伏蓋太太看見古的太太對她擺擺手，就不出聲了。

軍需官的寡婦接著說：「只要我能見到他的面，和他說話，把他妻子的遺書交給他，也就罷了。我從來不敢冒險從郵局寄去，他認得我的筆跡……」

「哦！那些無辜的女人，遭著災殃，受著欺侮[33]**，」**伏脫冷這麼嚷著，忽然停下，

33 一八一一年有齣戲就用這個題目，一八三〇年仍在上演。

說，「你現在就是落到這個田地！過幾天讓我來管這筆帳，包你稱心滿意。」

「哦！先生，」維多莉一邊說，一邊對伏脫冷又畏怯又熱烈的望了一眼，伏脫冷卻毫不動心。「倘若你有方法見到家父，請你告訴他，說我把父親的慈愛和母親的名譽，看得比世界上所有的財寶都貴重。如果你能把他的鐵石心腸勸轉一些，我要在上帝面前為你祈禱，我一定感激不盡……」

「我久已走遍了世界……」伏脫冷用諷刺的口吻唱著。

這時，高里奧、米旭諾小姐、波阿萊都下樓了，也許都聞到了肉汁的味道，那是西爾維做來澆在前夜的羊肉上的。七個同住的人正在互相問好，圍著桌子坐下，時鐘敲了十點，大學生的腳步也在門外響了。

「嗳，可以了，歐也納先生，」西爾維說，「今天你可以跟大家一塊吃飯了。」

大學生招呼了樓友，在高老頭身旁坐下。

「我今天有椿意想不到的奇遇。」他說著夾了好些羊肉，切了一塊麵包——伏蓋太太老在那裡評估麵包的大小。

「奇遇！」波阿萊叫道。

「哎！你大驚小怪幹什麼，老糊塗？」伏脫冷對波阿萊說，「難道他老人家不配嗎？」

泰伊番小姐怯生生的對大學生瞧了一眼。

伏蓋太太說道：「把你的奇遇講給我們聽吧。」

「昨天我去赴特．鮑賽昂子爵夫人的舞會，她是我的表姊，有一所華麗的住宅，每間屋子都鋪滿了綾羅綢緞。她舉行一個盛大的跳舞會，把我樂得像一個皇帝……」

「像黃雀。」伏脫冷打斷了他的話。

「先生，」歐也納氣惱的問，「你這是什麼意思？」

「我說黃雀，因為黃雀比皇帝快活得多。」

應聲蟲波阿萊說：「不錯，我寧可做一隻無憂無慮的黃雀，不要做皇帝，因為……」

「總之，」大學生截住了波阿萊的話，「我和舞會裡最漂亮的一位太太跳舞、一位千嬌百媚的伯爵夫人，真的，我從沒見過那樣的美人。她頭上插著桃花，胸部又是最好看的花球，都是香極了的鮮花。啊唷！真要你們親眼看見才行。一個女人跳舞跳得入迷，真是難畫難描。唉！哪知今天早上九點，我看見這位神仙似的伯爵夫人在格萊街上走。哦！我的心跳啦，以為……」

「以為她到這裡來，嗯？」伏脫冷對大學生深深的瞧了一眼，「其實她是去找放高利貸的高布賽克老頭。要是你在巴黎婦女的心窩裡掏一下，包你先發現債主，後看見情夫。你的伯爵夫人叫做阿娜斯大齊．特．雷斯多，住在海爾特街。」

一聽見這個名字，大學生瞪著伏脫冷。高老頭猛的抬起頭來，把他們倆瞧了一眼，又明亮又焦急的目光教大家看了奇怪。

「克利斯朵夫走晚了一步，她到過那裡了。」高里奧不勝懊惱的自言自語。

「我猜到了。」伏脫冷咬著伏蓋太太的耳朵。

高老頭糊裡糊塗的吃著東西，根本不知道吃的是什麼。愣頭傻腦，心不在焉到這個程度，他還從來不曾有過。

歐也納問：「伏脫冷先生，她的名字誰告訴你的？」

伏脫冷回答：「嗳！嗳！既然高老頭會知道，幹嘛我不能知道？」

「什麼！高里奧先生？」大學生叫起來。

「真的？昨天晚上她很漂亮嗎？」可憐的老人問。

「誰？」

「特‧雷斯多太太。」

「你瞧這老東西眼睛多亮。」伏蓋太太對伏脫冷說。

「他難道養著那個女人嗎？」米旭諾小姐低聲問大學生。

「哦！是的，她漂亮得了不得，」歐也納回答高老頭，高老頭不勝豔羨的望著他，「要沒有特‧鮑賽昂太太，那位神仙般的伯爵夫人竟可以算全場的王后了。年輕人的眼睛只盯住她一個，我在她的登記表上已經是第十二名，沒有一次四組舞沒有她，旁的女人都氣壞了。昨天她的確是最得意的人。常言道：天下之美，莫過於滿帆的巨船、飛奔的駿馬、婆娑起舞的美女，真是一點不錯。」

「昨天在爵府的高堂上，今天早晨在債主的腳底下，這便是巴黎女人的本相，」伏脫冷說，「丈夫要供給不起她們揮霍，她們就出賣自己。要不就破開母親的肚子，搜搜刮刮的拿去擺架子。總而言之，她們什麼千奇百怪的事都做得出。唉，有的是，有的是！」

高老頭聽了大學生的話，眉飛色舞，像晴天的太陽；聽到伏脫冷刻毒的議論，立刻沉下了臉。

伏蓋太太道：「你還沒說出你的奇遇呢。你剛才有沒有跟她說話？她要不要跟你補習法律？」

歐也納道：「她沒有看見我。可是九點鐘在格萊街上碰到一個巴黎頂美的美人，清早兩點才跳完舞回家的女子，不古怪嗎？只有巴黎才會碰到這等怪事。」

「嚇！比這個更怪的事還多咧。」伏脫冷嚷道。

泰伊番小姐並沒留神他們的話，只想著等一下要去嘗試的事。古的太太向她遞了個眼色，教她去換衣服。她們倆一走，高老頭也跟著走了。

「喂，瞧見沒有？」伏蓋太太對伏脫冷和其餘的房客說，「他明明是給那些女人弄窮的。」

大學生叫道：「我無論如何不相信美麗的伯爵夫人是高老頭的情婦。」

「我們並沒要你相信啊，」伏脫冷截住了他的話，「你年紀太輕，還沒熟悉巴黎。慢慢你會知道自有一班所謂癡情漢……」

米旭諾小姐聽了這一句，會心的瞧了瞧伏脫冷，彷彿戰馬聽見了號角。

「哎！哎！」伏脫冷停了一下，深深的瞪了她一眼，「咱們不是都有過一點小小的癡情嗎？……」

老姑娘低下眼睛，好似女修士見到裸體雕像。

伏脫冷又道：「再說，那些人啊，一朝有了一個念頭就抓住不放。他們只認定一口井喝水，往往還是臭水。為了要喝這臭水，他們肯出賣老婆、孩子，或者把自己的靈魂賣給魔鬼。在某些人，這口井是賭場、是交易所，是收藏古畫、搜集昆蟲，或者迷上音樂；在另外一些人，也許是做得一手好菜的女人。世界上所有的女人，他們都不在乎，一心一意只要滿足自己風魔的那個。往往那女的根本不愛他們，凶悍潑辣，教他們付很高的代價換一點小小的滿足。

「唉！唉！那些傻瓜可沒有厭倦的時候，他們會把最後一床被窩送進長生庫，換幾個最後的錢去孝敬她。高老頭便是這等人。伯爵夫人剝削他，因為他不會聲張。這就叫做上流社會！可憐的老頭只想著她。一出癡情的範圍，你們親眼看到，他簡直是個蠢笨的畜生。提到他那一門，他眼睛就發亮，像金剛鑽。這個祕密是容易猜到的。今天早上他把鍍金盤子送進銀匠鋪，我又看他上格萊街高布賽克老頭家。

「再看他的下文。回到這裡，他教克利斯朵夫送信給特．雷斯多太太，咱們都看見信封上的地址，裡面是一張債務清訖的借票。要是伯爵夫人也去過那放債的家裡，顯見情形是緊急得很了。高老頭很慷慨的替她還債。用不到多少聯想，咱們就看清楚了。告訴你，年輕的大學生，當你的伯爵夫人嬉笑跳舞，搔首弄姿，把她的桃花一搖一擺，尖尖的手指拈著裙角的時候，她是像俗語所說的，大腳套在小鞋裡，正想著她的或是她情人的、到了期付不出的借票。」

歐也納叫道：「你們這麼一說，我非把事情弄清楚不可了。明天我就上特．雷斯多太太家。」

「對！」波阿萊接口道，「明天就得上特．雷斯多太太家。」

「說不定你會碰到高老頭放了情分在那邊收帳呢！」

歐也納不勝厭惡的說：「那麼你們的巴黎竟是一個垃圾坑了。」

「而且是一個古怪的垃圾坑，」伏脫冷接著說，「凡是渾身汙泥而坐在車上的都是正人君子，渾身汙泥而搬著兩條腿走的都是小人流氓。扒竊一件隨便什麼東西，你就給牽到法院廣場上去展覽，大家拿你當把戲看。偷上一百萬，交際場中就說你大賢大德。你們花三千萬養著憲兵隊和司法人員來維持這種道德。妙極了！」

「怎麼，」伏蓋太太插嘴道，「高老頭把他的鍍金餐具熔掉了？」

「蓋上有兩隻小鴿的是不是？」歐也納問。

「是呀。」

「大概那是他心愛的東西，」歐也納說，「他毀掉那個碗跟盤的時候，他哭了。我無意中看到的。」

「那是他看作性命一般的呢。」寡婦回答。

「你們瞧這傢伙多癡情！」伏脫冷叫道，「那女人有本事迷得他七葷八素。」

大學生上樓了，伏脫冷出門了。過了一會，古的太太和維多莉坐上西爾維叫來的馬車。波阿萊攙著米旭諾小姐，上植物園去消磨一天之中最舒服的兩個鐘頭。

「哎喲！他們這不像結了婚嗎？」胖子西爾維說，「今天他們第一次一起出去。兩個人都是又乾又硬，碰起來一定會爆出火星，像打火石一樣呢。」

「米旭諾小姐真要當心她的披肩才好，」伏蓋太太笑道，「要不就會像艾絨一樣燒起來的。」

四點鐘，高里奧回來了，在兩盞冒煙的油燈下看見維多莉紅著眼睛。伏蓋太太聽她們講著白天去看泰伊番先生一無結果的情形。他因為被女兒和這個老太太糾纏不清，終於答應接見，好跟她們說個明白。

「好太太，」古的太太對伏蓋太太說，「你想得到嗎？他連教維多莉坐也沒有，讓她從頭到尾站在那裡。對我，他並沒動火，可是冷冷的對我說，以後不必再麻煩上他的門；說小姐（不說他的女兒）越跟他麻煩（一年一次就說麻煩，這魔王！），越惹他厭；又說維多莉的母親當初並沒有陪嫁，所以她不能有什麼要求。反正是許多狠心的話，把可憐的姑娘哭得淚人兒似的。她撲在父親腳下，勇敢的說，她的苦苦哀求只是為了母親，她願意服從父親的意旨，一點不敢抱怨，但求他把亡母的遺囑讀一遍。於是她呈上信去，說著世界上最溫柔最誠心的話，不知她從哪裡學來的，一定是上帝的啟示吧，因為可憐的孩子說得那麼至情至性，把我聽的人都哭昏了。哪想到老昏君鉸著指甲，拿起可憐的泰伊番太太浸透眼淚的信，往壁爐裡一扔，說道：好！他想扶起跪在地下的女兒，一看見她捧著他的手要親吻，馬上縮了回去。你看他多可惡！他那混帳兒子跑進來，對他的親妹妹理都不理。」

「難道他們是野獸嗎？」高里奧插了一句。

「後來，」古的太太並沒留意高老頭的慨歎，「父子倆對我點點頭走了，說有要事。這便是我們今天拜訪的經過。至少，他見過了女兒。我不懂他怎麼會不認她，父女相像得跟兩滴水一樣。」

包飯的和寄宿的客人陸續來了，彼此問好，說些無聊的廢話。在巴黎某些社會中，這種廢話，加上古怪的發音和手勢，就算詼謔，主要是荒唐胡鬧。這一類的俗語常常在變化，作為根據的笑料不到一個月就聽不見了。什麼政治事件、刑事案子、街上的小調、戲子的插科打諢，都可以做這種遊戲的材料，把思想、言語，當做羽毛球一般拍來拍去。一種新發明的玩藝叫做**狄奧喇嘛**（diorama），比**透景像真畫**（panorama）把光學的幻景更推進一步；某些畫室用這個字打哈哈，無論說什麼，字尾總添上一個喇嘛（rama）。有一個年輕的畫家在伏蓋公寓包飯，把這笑料帶了來。

「啊，喂！波阿萊先生，」博物院管事說，「你的**健康喇嘛**怎麼啦？」不等他回答，又對古的太太和維多莉說，「兩位女士，你們心裡難受，是不是？」

「快開飯了嗎？」荷拉斯．皮安訓問。他是醫科學生，拉斯蒂涅的朋友。「我的寶貝胃兒快要掉到腳底下去了。」

「天冷得**要冰喇嘛**！」伏脫冷叫著，「讓一讓啊，高老頭。該死！你的腳把火門全占了。」

皮安訓道：「大名鼎鼎的伏脫冷先生，為何你說冷得**要冰喇嘛**？那不對。應該說冷得**要命喇嘛**。」

「不，」博物院管事說，「應當說冷得**要冰喇嘛**，意思是說我的腳冷。」

「啊！啊！原來如此！」

「嘿！拉斯蒂涅侯爵大人閣下，胡扯法學博士來了，」皮安訓一邊嚷一邊抱著歐也納的脖子，教他透不過氣來，「哦！嗨！諸位，哦！嗨！」

米旭諾小姐輕輕的進來，一言不發，對眾人點點頭，坐在三位女士旁邊。

「我一看見她就打寒噤，這隻老蝙蝠，」皮安訓指著米旭諾低聲對伏脫冷說，「我研究加爾的顱相學[34]，發覺她有猶大的反骨。」

「你先生認識猶大嗎？」伏脫冷問。

「誰沒有碰到過猶大？」皮安訓回答，「我敢打賭，這個沒有血色的老姑娘，就像那些長條的蟲，梁木都會給牠們蛀空的。」

伏脫冷理著鬢角，說道：「這就叫做，孩子啊，

那薔薇，就像所有的薔薇，
只開了一個早晨。」

34 加爾（一七五八—一八二八），德國醫生，首創顱相學。

看見克利斯朵夫恭恭敬敬端了湯盂出來，波阿萊叫道：

「啊！啊！了不起的**喇嘛湯**來了。」

「對不起，先生，」伏蓋太太道，「那是蔬菜湯。」

所有的年輕人都大聲笑了。

「輸了，波阿萊！」

「波阿萊、萊、萊輸了！」

「給伏蓋媽媽記上兩分。」伏脫冷道。

博物院管事問：「可有人注意到今天早上的霧嗎？」

皮安訓道：「那是一場狂霧、慘霧、綠霧，憂鬱的、悶塞的、高里奧式的霧。」

「**高里奧喇嘛的霧**，」畫家道，「因為渾渾沌沌，什麼都看不見。」

「喂，**葛里奧脫老爺**，提到你啦。」

高老頭坐在桌子橫頭，靠近端菜的門。他抬起頭來，把飯巾下面的麵包湊近鼻子去聞，那是他偶然流露的生意上的老習慣。

「呦！」伏蓋太太帶著尖刻的口氣，粗大的嗓子蓋住了羹匙、盤子和談話的聲音，「是不是麵包不行？」

「不是的，太太。那用的是埃唐普麵粉，頭等貨色。」

「你憑什麼知道的？」歐也納問。
「憑那種白，憑那種味道。」
「憑你鼻子裡的味道，既然你聞著嗅著，」伏蓋太太說，「你節省到極點，有朝一日單靠廚房的氣味就能過活的。」
博物院管事道：「那你不妨去領一張發明執照，倒好發一筆財哩。」
畫家說：「別理他。他這麼做，不過是教人相信他做過麵條生意。」
「那麼，」博物院管事又追問一句，「你的鼻子竟是一個提煉食物精華的蒸餾瓶了。」
「蒸——什麼？」皮安訓問。
「蒸餅。」
「蒸籠。」
「蒸汽。」
「蒸魚。」
「蒸包子。」
「蒸茄子。」
「蒸黃瓜。」
「蒸黃瓜喇嘛。」

這八句回答從室內四面八方傳來，像連珠炮似的，把大家笑得不可開交。高老頭愈加目瞪口呆的望著眾人，好像要想法懂一種外國話似的。

「蒸什麼？」他問身旁的伏脫冷。

「蒸豬腳，朋友！」伏脫冷一邊回答，一邊往高里奧頭上拍了一下，把他的帽子壓下去蒙住了眼睛。

可憐的老人被這下出其不意的攻擊駭呆了，半晌不動。克利斯朵夫以為他已經喝過湯，拿走了他的湯盆。等到高老頭掀起帽子，拿湯匙往身邊掏的時候，一下碰到了桌子，引得眾人哄堂大笑。

「先生，」老頭子說，「你真缺德，要是你敢再來捺我帽子的話……」

「那麼老頭子，怎麼樣？」伏脫冷截住了他的話。

「那麼，你總有一天要受大大的報應……」

「進地獄是不是？」畫家問，「還是進那個關壞孩子的黑房？」

「喂，小姐，」伏脫冷招呼維多莉，「你怎麼不吃東西？爸爸還是不肯讓步嗎？」

「簡直是魔王。」古的太太說。

「總得要他講個理才好。」伏脫冷說。

「可是，」跟皮安訓坐得很近的歐也納插嘴，「小姐大可為吃飯問題告一狀，因為她不吃東西。嗨！嗨！你們瞧高老頭打量維多莉小姐的神氣。」

老人忘了吃飯，只顧端詳可憐的女孩子。她臉上顯出真正的痛苦，一個橫遭遺棄的孝女的痛苦。

「好朋友，」歐也納低聲對皮安訓說，「咱們把高老頭看錯了。他既不是蠢貨，也不是毫無生氣的人。拿你的骨相學來試一試吧，再告訴我你的意見。昨夜我看見他扭一個鍍金盤子，像蠟做的一樣輕便；此刻他臉上的神氣，表示他頗有點了不起的感情。我覺得他的生活太神祕了，值得研究一下。你別笑，皮安訓，我說的是正經話。」

「不用說，」皮安訓回答，「用醫學的眼光看，這傢伙是有格局的。我可以把他解剖，只要他願意。」

「不，只要你量一量他的腦殼。」

「沒問題，就怕他的傻氣會傳染。」

兩處拜訪

第二天，拉斯蒂涅穿得非常漂亮，下午三點光景出發到特·雷斯多太太家去了，一路上癡心妄想，希望無窮。因為有這種希望，年輕人的生活才那麼興奮、激動。他們不考慮阻礙與危險，到處只看見成功；單憑幻想，把自己的生活變做一首詩；計畫受到打擊，他們便傷心苦惱，其實那些計畫只不過是空中樓閣，漫無限制的野心。要不是他們無知、膽小，社會的秩序也沒法維持了。

歐也納擔著一百二十分的心，提防街上的泥土，一邊走一邊盤算，跟特·雷斯多太太說些什麼話，準備好他的聰明才智，想好一番敏捷的對答，端整了一套巧妙的措辭，像泰勒朗[1]式警辟的句子，以便遇到求愛的機會拿來應用，而能有求愛的機會就能建築他的前程。不幸大學生還是被泥土沾汙了，只能在皇家宮殿叫人上鞋油、刷褲子。他把以防萬一的一枚銀幣找換時想道：

「我要是有錢，就可以坐在車上，舒舒服服的思考了。」

他終於到了海爾特街，向門上說要見特．雷斯多伯爵夫人。人家看他走過院子，大門外沒有車馬的聲音，便輕蔑的瞧了他一眼。他存著終有一朝揚眉吐氣的心，咬咬牙齒忍受了。院中停著一輛華麗的兩輪車，披掛齊整的馬在那裡跺腳。他看了揮金如土的奢華，暗示巴黎享樂生活的場面，已經自慚形穢，再加下人的白眼，自然更難堪了。他馬上心緒惡劣。滿以為心竅大開、才思湧發的頭腦，忽然閉塞了，神志也不清了。

當差進去通報，歐也納站在穿堂內一扇窗下，提著一隻腳，手肘擱在窗子的把手上，茫然望著窗外的院子。他覺得等了很久，要不是他有南方人的固執脾氣、堅持下去會產生奇蹟的那股毅力，他早已跑掉了。

「先生，」當差出來說，「太太在上房裡忙得很，沒有給我回音。請先生到客廳裡去等一會，已經有客在那裡了。」

僕役能在一言半語之間批判主人或非難主人，拉斯蒂涅一邊暗暗佩服這種可怕的本領，一邊胸有成竹，推開當差走出來的門，想教那班豪僕看看他是認得府裡的人物的，

1 泰勒朗（一七五四—一八三八），法國著名外交家。

不料他莽莽撞撞走進一間擺著油燈、酒架、烘乾浴巾的器具的屋子，屋子通到一條黑洞洞的走廊和一座暗梯。他聽到下人在穿堂裡竊笑，更慌了手腳。

「先生，客廳在這裡。」當差那種假裝的恭敬似乎多加了一點諷刺的意味。

歐也納性急慌忙的退出來，撞在浴缸上，幸而帽子抓在手中，不曾掉在缸裡。長廊盡頭亮著一盞小燈，那邊忽然開出一扇門，拉斯蒂涅聽見特・雷斯多太太和高老頭的聲音，還帶著一聲親吻。他跟著當差穿過飯廳，走進第一間客廳，發現一扇面臨院子的窗，便去站在那裡。他想看看清楚，這個高老頭是否真是他的高老頭。他心跳得厲害，又想起伏脫冷那番可怕的議論。當差還在第二客室門口等他，忽然裡面走出一個漂亮青年，不耐煩的說：

「我走了，莫利斯。告訴伯爵夫人，說我等了半個多鐘頭。」

這個放肆的男人——當然有他放肆的權利嘍——哼著一支義大利歌曲的花腔，往歐也納這邊的窗子走過來，為了端詳生客，也為了眺望院子。

「爵爺還是再等一會吧，太太事情已經完了。」莫利斯退往穿堂時說。

這時高老頭從小扶梯的出口，靠近大門那邊出現了。他提起雨傘準備撐開，沒有注意大門開處，一個戴勳章的青年趕著一輛輕便馬車直衝進來。高老頭趕緊倒退一步，險些給撞翻。馬被雨傘的綢蓋嚇了一下，向階沿衝過去的時候，微微往斜刺裡歪了一些。

青年人怒氣沖沖的回過頭來，望了望高老頭，在他沒有出大門之前，對他點點頭。那種禮貌就像對付一個有時要去求教的債主，又像對付一個不得不表敬意，而一轉背就要為之臉紅的下流胚。高老頭親熱的答禮，好似很高興。

這些小節目都在一眨眼之間過去了。歐也納全神貫注的瞧著，不覺得身邊還有旁人，忽然聽見伯爵夫人含嗔帶怨的聲音：

「嗳，瑪克辛，你走啦？」伯爵夫人也沒留意到樓下有車子進來。拉斯蒂涅轉過身子，瞧見她嬌滴滴的穿著件白喀什米爾外扣粉紅結的梳妝衣，頭上隨便綰著一個髻，正是巴黎婦女的晨裝。她身上發出一陣陣的香味，兩眼水汪汪的，大概才洗過澡，經過一番調理，她愈加嬌豔了。

年輕人是把什麼都看在眼裡的，他們的精神是和女人的光彩融成一片的，好似植物在空氣中吸取養料一般。歐也納毋須接觸，已經感覺到這位太太的手鮮嫩無比；微微敞開的梳妝衣有時露出一點粉紅的胸脯，他的眼睛就在這上面打轉。伯爵夫人用不到鯨魚骨綁腰，一根帶子就表現出柔軟的腰肢；她的脖子教人疼愛，套著軟底鞋的腳非常好看。瑪克辛捧著她的手親吻，歐也納才瞧見了瑪克辛，伯爵夫人才瞧見了歐也納。

「啊！是你，拉斯蒂涅先生，我很高興看到你。」她說話時那副神氣，聰明人看了馬上會服從的。

瑪克辛望望歐也納，又望望伯爵夫人，那態度分明是叫不識趣的生客走開。——「喂，親愛的，把這小子打發掉吧。」傲慢無禮的瑪克辛的眼神，等於這句簡單明瞭的話。伯爵夫人窺探瑪克辛的臉色，唯命是聽的表情無意中洩露了一個女人的全部心事。拉斯蒂涅心裡恨死了這個青年。先是瑪克辛一頭燙得很好的金黃頭髮，使他覺得自己的頭髮多麼難看。其次，瑪克辛的靴子又講究又乾淨，不像他的沾了一層薄泥，雖然走路極其小心。最後，瑪克辛穿著一件緊貼腰肢的外氅，像一個美麗的女人；歐也納卻在下午兩點半已經穿上黑衣服了。從夏朗德州來的聰明孩子，當然覺得這個高大細挑、淡眼睛、白皮膚的花花公子，會引誘沒有父母的子弟傾家的人，靠了衣著占著上風。

特·雷斯多太太不等歐也納回答，便飛鳥似的走進另外一間客廳，衣裾招展，像一隻蝴蝶。瑪克辛跟著她，怒火中燒的歐也納跟著瑪克辛和伯爵夫人。在大客廳中間，和壁爐架離開幾呎遠的地方，三個人又碰在一塊了。大學生明知要妨礙那討厭的瑪克辛，卻顧不得特·雷斯多太太會不會生氣，存心要跟這花花公子搗亂。他忽然記起在特·鮑賽昂太太的舞會上見過這青年，猜到他和伯爵夫人的關係。他憑著那種不是闖禍便是成功的少年人的膽氣，私忖道：「這是我的情敵，非打倒不可。」

啊！這冒失鬼！他不知道這位瑪克辛·特·脫拉伊伯爵專門挑撥人家侮辱他，然後先下手為強，一槍把敵人打死。歐也納雖是打獵的能手，但靶子棚裡二十二個木人，還不能打倒二十個。

年輕的伯爵往壁爐旁邊的長椅裡倒下身子，拿起火鉗，把柴火亂攪一陣，動作那麼粗暴、那麼煩躁，把阿娜斯大齊那張好看的臉馬上變得難看了。她轉身向著歐也納，冷冷的帶著質問意味瞪了他一眼，意思是說：「你幹嘛還不走？」那在有教養的人是會立刻當作逐客令的。

歐也納陪著笑臉，說道：「太太，我急於要拜見你，是為了……」

他突然停住，客廳的門開了。那位趕輕便馬車的先生忽然出現，光著頭，也不招呼伯爵夫人，只是不大放心的瞧瞧歐也納，跟瑪克辛握了握手，說了聲「你好」，語氣的親熱弄得歐也納莫名其妙。外省青年完全不知道三角關係多麼有意思。

伯爵夫人指著她的丈夫對大學生說：「這是特．雷斯多先生。」

歐也納深深鞠了一躬。

「這一位，」她把歐也納介紹給伯爵，「是特．拉斯蒂涅先生，因瑪西阿家的關係，跟特．鮑賽昂太太是親戚，我在她家上次的舞會上認識的。」

因瑪西阿家的關係、跟特．鮑賽昂太太是親戚，伯爵夫人因為要顯出主婦的高傲，表示她府上的賓客沒有一個無名小卒，而說得特別著重的兩句話，發生了奇妙的作用，伯爵立刻放下那副冷淡的矜持神氣，招呼大學生道：

「久仰久仰。」

連瑪克辛・特・脫拉伊伯爵也不安的瞧了瞧歐也納，不像先前那麼目中無人了。一個姓氏的力量竟像魔術棒一樣，不但周圍的人為之改容，便是大學生自己也頭腦清醒，早先預備好的聰明機變都恢復過來了。巴黎上流社會的氣氛對他原是漆黑一團，如今他靈機一動，忽然看清楚了。什麼伏蓋公寓、什麼高老頭，早已給忘得乾乾淨淨。

「我以為瑪西阿一族已經沒有人了。」特・雷斯多伯爵對歐也納說。

「是的，先生。先伯祖特・拉斯蒂涅騎士，娶的是瑪西阿家最後一位小姐。他們只生一個女兒，嫁給特・格拉朗蒲元帥，便是特・鮑賽昂太太的外祖父。我們一支是小房，先伯祖是海軍中將，因為盡忠王事，把什麼都丟了，就此家道中落。革命政府清算東印度公司的時候，竟不承認我們股東的權利。」

「令伯祖是不是在一七八九年前帶領『報復號』的？」

「正是。」

「那麼他該認得先祖了。當時先祖是『伏維克號』的艦長。」

瑪克辛對特・雷斯多太太微微聳了聳肩膀，彷彿說：「倘使他跟這傢伙大談海軍，咱們可完啦。」阿娜斯大齊懂得這意思，拿出女人的看家本領，對他笑著說：

「你來，瑪克辛，我有事請教你。你們兩位儘管駕著伏維克號和報復號並排出海吧。」

說罷她站起身子，向瑪克辛做了個俏皮的暗號，瑪克辛便跟著她往上房走去。這蹊蹺的一對剛走到門口，伯爵忽然打斷了跟歐也納的談話，很不高興的叫道：

「阿娜斯大齊，你別走。你明明知道……」

「我就來，我就來，」她搶著回答，「我託瑪克辛的事，一下子就說完的。」

她很快的回來了。凡是要自由行動的女子都不能不看準丈夫的性格，知道做到哪一步還不至於喪失丈夫的信任，也從來不在小事情上鬧彆扭。就跟這些女子一樣，伯爵夫人一聽丈夫的聲音，知道這時候不能太太平平在內客室耽下去。而這番挫折的確是從歐也納來的。因此伯爵夫人狠狠的對瑪克辛指著大學生。瑪克辛含譏帶諷向伯爵夫婦和歐也納說：

「噯，你們談正經，我不打攪了。再見吧。」說完他走了。

「別走啊，瑪克辛！」伯爵嚷道。

「回頭來吃飯吧，」伯爵夫人丟下歐也納和伯爵，跟著瑪克辛走進第一客室，耽擱了半晌，以為伯爵可能打發歐也納走的。

拉斯蒂涅聽見他們倆一會兒笑，一會兒談話，一會兒寂靜無聲，便在伯爵面前賣弄才華，或是恭維他，或是逗他高談闊論，有心拖延時間，好再見伯爵夫人，弄清她和高老頭的關係。歐也納怎麼都想不過來，這個愛上瑪克辛而能擺布丈夫的女子，怎麼會和老麵條商來往。他想摸清底細，拿到一點把柄去控制這個標準的巴黎女人。

「阿娜斯大齊！」伯爵又叫起太太來了。

「算了吧，可憐的瑪克辛，」她對那青年說，「沒辦法了，晚上見……」

「希望你，娜齊，」他咬著她耳朵，「把這小子打發掉。你梳妝衣敞開一下，他眼睛就紅得像一團火。他會對你談情說愛，連累你，最後教我不得不打死他。」

「你瘋了嗎，瑪克辛？這些大學生可不是挺好的避雷針嗎？當然我會教特·雷斯多對他頭痛的。」

瑪克辛大聲笑著出去了，伯爵夫人靠著窗口看他上車，拉起韁繩，揚起鞭子，直到大門關上了她才回來。

「喂，親愛的，」伯爵對她說，「這位先生家裡的莊園就在夏朗德河上，離凡端伊不遠。他的伯祖還認得我的祖父呢。」

「好極了，大家都是熟人。」伯爵夫人心不在焉的回答。

「還不止這一點呢。」歐也納低聲說。

「怎麼？」她不耐煩的問。

「剛才我看見從這裡出去一位先生，和我住在一所公寓裡，而且是隔壁房間，高里奧老頭……」

一聽到老頭這個俏皮稱呼，正在撥火的伯爵好似燙了手，把鉗子往火裡一扔，站起身子說：

「先生，你可以稱呼一聲高里奧先生吧！」

看見丈夫煩躁，伯爵夫人臉上白一陣紅一陣，狼狽不堪。她強作鎮靜，極力裝著自然的聲音說：「怎麼會認識一個我們最敬愛的……」她頓住了，盯著鋼琴，彷彿心血來潮想起了什麼，說道，「你喜歡音樂嗎，先生？」

「喜歡得很。」歐也納臉色通紅，心慌意亂，迷迷糊糊的覺得自己闖了禍。

「你會唱歌嗎？」她說著，走到鋼琴前面，用力按著所有的鍵，從最低音的do到最高音的fa，啦啦啦的響成一片。

「不會，太太。」

伯爵在屋裡踱來踱去。

「可惜！不會唱歌在交際場中就少了一件本領。——Ca-a-ro，Ca-a-ro，Ca-a-a-a-ro，non dubita-re[2]。」伯爵夫人唱著。

歐也納說出高老頭的名字，也等於揮動了一下魔術棒，跟那一句「跟特·鮑賽昂太

---

2 義大利作曲家齊馬羅沙（一七四九—一八〇一）的歌劇《祕密的婚姻》中的唱詞。

太是親戚」的魔術棒，作用正相反。他好比走進一個收藏家的屋子，靠了有力的介紹才得進門，不料粗心大意撞了一下擺滿小雕像的骨董櫥，把三、四個不曾十分粘牢的頭撞翻了。他恨不得鑽入地下。特．雷斯多太太冷冷的板著臉，神情淡漠的眼睛故意躲開闖禍的大學生。

大學生道：「太太，你和特．雷斯多先生有事，請接受我的敬意，允許我……」

伯爵夫人趕緊做一個手勢打斷了歐也納：「以後你每次光臨，我們總是很歡迎的。」

歐也納對主人夫婦深深的行了禮，雖然再三辭謝，還是被特．雷斯多先生一直送到穿堂。

「以後這位先生來，再不許通報！」伯爵吩咐莫利斯。

歐也納跨下石級，發覺在下雨了。

「哼！」他心裡想，「我跑來鬧了一個笑話，既不知道原因，也不知道範圍，除此以外還得糟蹋我的衣服帽子。真應該乖乖的啃我的法律，一心一意做個嚴厲的法官。要體體面面的到交際場中混，先得辦起兩輪馬車，雪亮的靴子，必不可少的行頭和金鏈條，從早起就戴上六法郎一副的麂皮手套，晚上又是黃手套，我夠得上這個資格嗎？混帳的高老頭，去你的吧！」

走到大門口，一個馬夫趕著一輛出租馬車，大概才送了新婚夫婦回家，正想瞞著老闆找幾個外快，看見歐也納沒有雨傘，穿著黑衣服、白背心，又是白手套、上過油的靴子，便向他招招手。歐也納憋著一肚子無名火，只想往已經掉下去的洞裡鑽，彷彿可以找到幸運的出路似的。他對馬夫點點頭，也不管袋裡只剩一法郎零兩個銅子，逕自上了車。車廂裡零零落落散著橘花和紮花的銅絲，證明新郎新娘才離開不久。

「先生要去哪裡呢？」車夫問。他已經脫下白手套[3]。

歐也納私下想：「管他！既然花了錢，至少得利用一下！」便高聲回答：「鮑賽昂府。」

「哪一個鮑賽昂府？」

一句話把歐也納問住了。初出茅廬的漂亮哥兒不知道有兩個鮑賽昂府，也不知道把他置之腦後的親戚有那麼多。

「特．鮑賽昂子爵，在……」

「葛勒南街，」馬夫側了側腦袋，接口說，「你知道，還有特．鮑賽昂伯爵和侯爵的府第，在聖．陶米尼葛街。」他一邊吊起踏腳，一邊補充。

「我知道。」歐也納沉著臉回答。他把帽子往前座的墊子上一丟，想道：「今天大家

3 喜事車子的馬夫通常穿一套特殊的禮服，還戴白手套。

都拿我打哈哈！嚇……這次胡鬧一下把我的錢弄光了。可是至少，我有了十足的貴族排場去拜訪我那所謂的表姊了。高老頭起碼花了我十法郎，這老混蛋！真的，我要把今天的倒楣事告訴特．鮑賽昂太太，說不定會引她發笑呢。這老東西跟那漂亮女人的該死關係，她一定知道。與其碰那無恥女人的釘子──恐怕還得花一大筆錢──還不如去討好我表姊。子爵夫人的姓名已經有那樣的威力，她本人的權勢更可想而知。還是走上面的門路吧。一個人想打天堂的主意，就該看準上帝下手！」

他思潮起伏，不知轉著多少念頭，上面的話只是一個簡單的提綱。他望著雨景，鎮靜了些，膽氣也恢復了些。他自忖雖然花掉了本月分僅存的十法郎，衣服鞋帽究竟保住了。一聽馬夫喊了聲：「不好意思，開門哪！」他不由得大為得意。

金鑲邊大紅制服的門丁，把大門拉得咕咕的直叫，拉斯蒂涅心滿意足，眼看車子穿過門洞，繞進院子，在階前玻璃棚下停住。馬夫穿著大紅滾邊的藍大褂，放下踏腳。歐也納下車聽見遊廊裡一陣竊笑。三四名當差在那裡笑這輛惡俗的喜事車子。他們的笑聲提醒了大學生，因為眼前就有現成的車馬好比較。

院中有一輛巴黎最華麗的轎車，套著兩匹精壯的牲口，耳邊插著薔薇花，咬著嚼子，馬夫頭髮撲著粉，打著領帶，拉著緞繩，好像怕牲口逃走似的。唐打區的雷斯多太太府上，停著一個二十六歲男子的輕巧兩輪車，聖．日爾曼區又擺著一位爵爺的煊赫的儀仗，一副三萬法郎還辨不起來的車馬。

「又是誰在這兒呢？該死！表姊一定也有她的瑪克辛！」歐也納到這時才明白，巴黎難得碰到沒有主顧的女人，縱然流著血汗也征服不了那樣一個王后。

他跨上臺階，心已經涼了一半。玻璃門迎著他打開了，那些當差都一本正經，像挨過一頓痛打的騾子。他上次參加的跳舞會，是在樓下大廳內舉行的。在接到請柬和舞會之間，他來不及拜訪表姊，所以不曾進入特．鮑賽昂太太的上房，今天還是第一遭瞻仰到那些精雅絕倫、別出心裁的布置；一個傑出的女子的心靈和生活習慣，都可以在布置上面看出來。有了特．雷斯多太太的客廳做比較，對鮑府的研究也就更有意思。

下午四點半，子爵夫人可以見客了。再早五分鐘，她就不會招待表弟。完全不懂巴黎規矩的歐也納，走上一座金漆欄杆、大紅毯子、兩旁供滿鮮花的大樓梯，進入特．鮑賽昂太太的上房；至於她的小史，巴黎交際場中交頭接耳說得一天一個樣子的許多故事之中的一頁，他可完全不知道。

三年以來，子爵夫人和葡萄牙一個最有名最有錢的貴族——特．阿瞿達－賓多侯爵有來往。那種天真無邪的交情，對當事人真是興味濃厚，受不了第三者打擾。特．鮑賽昂子爵本人也以身作則，不管心裡如何，面上總尊重這蹊蹺的友誼。

在他們訂交的初期，凡是下午兩點來拜訪子爵夫人的賓客，總碰到特．阿瞿達－賓多侯爵在座。特．鮑賽昂太太為了體統關係，不能閉門謝客，可是對一班的來客十分冷淡，目不轉睛的老瞧著牆壁上面的嵌線，結果大家都懂得她在那裡受罪。直到巴黎城中知道了兩點至四點之間的拜訪要打攪特．鮑賽昂太太，她才得到清靜。她上義大利劇院或者歌劇院，必定由特．鮑賽昂和特．阿瞿達–賓多兩位先生陪著；老於世故的特．鮑賽昂先生把太太和葡萄牙人安頓停當之後，就藉故走開。

最近特．阿瞿達先生要和洛希斐特家的一位小姐結婚了，整個上流社會中只剩特．鮑賽昂太太一個人不曾知道。有幾個女性朋友向她隱隱約約提過幾次，她只是打哈哈，以為朋友妒忌她的幸福，想破壞。可是教堂的婚約公告[4]馬上就得頒布。這位葡萄牙美男子，那天特意來想對子爵夫人宣布婚事，卻始終不敢吐出一個負心字。為什麼？因為天下的難事莫過於對一個女子下這麼一個最後通牒。有些男人覺得在決鬥場上給人拿著劍直指胸脯倒還好受，不像一個哭哭啼啼了兩小時，再暈過去要人施救的女子難於應付。

那時特．阿瞿達侯爵如坐針氈，一心要溜，打算回去寫信來告訴她。男女之間一刀兩斷的手續，書面總比口頭好辦。聽見當差通報歐也納．特．拉斯蒂涅先生來了，特．阿瞿達侯爵快樂得直跳。一個真有愛情的女人猜疑起來，比尋歡作樂、更換口味還要心思靈巧。一朝到了被遺棄的關頭，她對於一個姿勢的意義，能夠一猜就中，連馬在春天的空氣中嗅到刺激愛情的氣息，也沒有那麼快。特．鮑賽昂太太一眼就覷破了那個不由自主的表情，微妙的，可是天真得可怕的表情。

歐也納不知道在巴黎不論拜訪什麼人，必須先到主人的親友那裡，把丈夫的、妻子的，或兒女的過往打聽明白，免得鬧出笑話來，要像波蘭俗語所說的，**把五頭牛套上你的車！**就是說要費盡九牛二虎之力，才能拔出你的泥腳。在談話中出亂子，在法國還沒有名稱，大概因為謠言非常普遍，大家認為不會再發生冒失的事。

在特・雷斯多家鬧了亂子以後——主人也不給他時間**把五頭牛套上車**——，也只有歐也納才會莽莽撞撞闖進鮑賽昂家再去闖禍。所不同的是，他在前者家裡令特・雷斯多太太和特・脫拉伊先生發窘，在這裡卻是替特・阿瞿達解了圍。

一間小巧玲瓏的客室，只有灰和粉紅兩種顏色，陳設精美而沒有一點富貴氣。歐也納一進客室，葡萄牙人便向特・鮑賽昂太太說了聲「再會」，急急的搶著往門邊走。

「那麼晚上見，」特・鮑賽昂太太回頭向侯爵望了一眼，「我們不是要上義大利劇院嗎？」

「不能奉陪了。」他的手已經抓著門鈕。

特・鮑賽昂太太站起身子，叫他走回來，根本沒有注意歐也納。歐也納站在那裡，

---

4 西洋習俗，凡教徒結婚前一個月，教堂必前後須布三次公告，徵詢大眾對當事人之人品私德有無指摘。

給華麗的排場弄得迷迷糊糊，以為進了天方夜譚的世界。他面對著這個連瞧也不瞧他的太太，不知道怎麼辦。子爵夫人舉起右手食指做了個美妙的動作，指著面前的地方要侯爵站過來。這姿態有股熱情的威勢，侯爵不得不放下門鈕走回來。歐也納望著他，心裡非常羨慕。

他私下想：「這便是轎車中的人物！哼！竟要駿馬前驅，健僕後隨，揮金如流水，才能博得巴黎女子的青睞嗎？」

奢侈的欲望像魔鬼般咬著他的心，攫取財富的狂熱煽動他的頭腦，黃金的飢渴使他喉乾舌燥。他每季有一百三十法郎生活費；而父親、母親、兄弟、妹妹、姑母，統共每月花不到兩百法郎。他把自己的境況和理想中的目標很快的比較了一下，心裡愈加發慌了。

「為什麼你不能上義大利劇院呢？」子爵夫人笑著問。

「為了正經事！今晚英國大使館請客。」

「你可以先走一步啊。」

一個男人一開始欺騙，必然會接二連三的扯謊。特．阿瞿達先生笑著說：「你非要我先走不可嗎？」

「當然。」

「嗳，我就是要你說這一句呀。」他回答時那種媚眼，換了別的女人都會被他騙過的。

他抓起子爵夫人的手親了一下，走了。歐也納用手掠了掠頭髮，躬著身子預備行禮，以為特．鮑賽昂太太這一下總該想到他了。不料她身子往前一撲，衝入回廊，跑到窗前瞧特．阿瞿達先生上車。她側耳留神，只聽見跟班的小廝傳令給馬夫道：「上洛希斐特公館。」這幾個字，加上特．阿瞿達坐在車廂裡如釋重負的神氣，對子爵夫人不啻閃電和雷擊。她回身進來，心驚肉跳。上流社會中最可怕的禍事就是這個。她走進臥室，坐下來拈起一張美麗的信紙，寫道：

只要你在洛希斐特家吃飯而不是在英國使館，你非和我解釋清楚不可。我等著你。

有幾個字母因為手指發抖而寫走了樣，她改了改，簽上一個C字，那是她的姓名格蘭．特．蒲爾高涅的縮寫。然後她打鈴叫人。

「雅各，」她吩咐當差，「你七點半上洛希斐特公館去見特．阿瞿達侯爵。他在的話，把這條子交給他，不用等回音；要是不在，原信帶回。」

「太太，客廳裡還有人等著。」

「啊，沒錯！」她說完推門進去。

歐也納已經覺得很不自在，終於瞧見子爵夫人的時候，她情緒激動的語氣又攪亂了他的心。她說：

「對不起，先生，我剛才要寫個字條，現在可以奉陪了。」

其實她自己也不知道說些什麼，她心裡正想著：「啊！他要娶洛希斐特小姐。可是他身子自由嗎？今晚上這件親事就得毀掉，否則我……噢！事情明天就解決了，急什麼！」

「表姊……」歐也納才叫了一聲。

「唔？」子爵夫人傲慢的目光教大學生打了一個寒噤。

歐也納懂得了這個「唔」。三小時以來他長了多少見識，一聽見這一聲，馬上警惕起來，紅著臉改口道：「太太。」他猶豫了一會又說，「請原諒，我真需要人家提拔，便是拉上一點遠親的關係也有用處。」

特．鮑賽昂太太微微一笑，笑得很淒涼：她已經感覺到在她周圍醞釀的厄運。

「如果你知道我家庭的處境，」他接著說，「你一定樂意做神話中的仙女，替孩子們打破難關。」

她笑道：「哦，表弟，要我怎樣幫忙呢？」

「我也說不上。恢復我們久已疏遠的親戚關係，在我已經是大大的幸運了。你使我心慌意亂，簡直不知道我剛才說了些什麼。我在巴黎只認識你一個人。噢！我要向你請教，求你當我是個可憐的孩子，願意繞在你裙下，為你出生入死。」

「你能為我殺人嗎？」

「殺兩個都可以。」歐也納回答。

「孩子！真的，你是個孩子，」她咽住了眼淚，「你才會真誠的愛，你！」

「噢！」他甩了甩腦袋。

子爵夫人聽了大學生這句野心勃勃的回答，不禁對他大為關切。這是南方青年第一次用心計。在特・雷斯多太太的藍客廳和特・鮑賽昂太太的粉紅客廳之間，他讀完了三年的巴黎法。這部法典雖則沒有人提過，卻構成一部高等社會判例，一朝學成而善於運用的話，無論什麼目的都可以達到。

「噢！我要說的話想起來了，在你的舞會上我認識了特・雷斯多太太，我剛才看了她來的。」

「那你大大的打攪她了。」特・鮑賽昂太太笑著說。

「唉！是呀，我一竅不通，你要不幫忙，我會教所有的人跟我作對。我看，在巴黎極難碰到一個年輕、美貌、有錢、風雅，而又沒有主顧的女子。我需要這樣一位女子，把你們解釋得多麼巧妙的人生開導我，而到處都有一個脫拉伊先生。我這番來向你請教一個謎的謎底，求你告訴我，我所鬧的亂子究竟是什麼性質。我在那邊提起了一個老頭子……」

「特·朗日公爵夫人來了。」雅各進來通報，打斷了大學生的話，大學生做了一個大為氣惱的姿勢。

「你要想成功，」子爵夫人低聲囑咐他，「第一先不要這樣富於表情。」

「喂！你好，親愛的。」她起身迎接公爵夫人，握著她的手，感情洋溢，便是對親姊妹也不過如此。公爵夫人也做出種種親熱的樣子。

「這不是一對好朋友嗎？」拉斯蒂涅心裡想，「從此我可以有兩個保護人了。這兩位想必口味相仿，表姊關切我，這客人一定也會關切我的。」

「你真好，想到來看我，親愛的安多納德！」特·鮑賽昂太太說。

「我看見特·阿瞿達先生進了洛希斐特公館，便想到你是一個人在家了。」

公爵夫人說出這些不祥的話，特·鮑賽昂太太既不咬嘴唇，也不臉紅，而是目光鎮靜，額角反倒開朗起來。

「要是我知道你有客……」公爵夫人轉身望著歐也納，補上一句。

子爵夫人說：「這位是我的表弟歐也納·特·拉斯蒂涅先生。你有沒有蒙脫里伏將軍的消息？昨天賽里齊告訴我，大家都看不見他了，今天他到過府上沒有？」

大家知道公爵夫人熱戀特．蒙脫里伏先生，最近被拋棄了。她聽了這句問話十分刺心，紅著臉回答：

「昨天他在愛麗舍宮。」

「值班嗎[5]？」特．鮑賽昂太太問。

「格拉拉，你想必知道，」公爵夫人放出狡獪的目光，「特．阿瞿達先生和洛希斐特小姐的婚約，明天就要由教堂公布了？」

這個打擊可太凶了，子爵夫人不禁臉色發白，笑著回答：

「哦，又是那些傻瓜造的謠言。為何特．阿瞿達先生要把葡萄牙一個最美的姓送給洛希斐特呢？洛希斐特家封爵還不過是昨天的事。」

「可是人家說貝爾德有二十萬法郎利息的陪嫁呢。」

「特．阿瞿達先生是大富翁，絕不會存這種心思。」

「可是，親愛的，洛希斐特小姐著實可愛呢。」

「是嗎？」

「還有，他今天在那邊吃飯，婚約的條件已經談妥。你消息這樣不靈，好不奇怪！」

---

5 愛麗舍宮當時是路易十八的侄子特．裴里公爵的府第。蒙脫里伏將軍屬於王家禁衛軍，所以說「值班」。

「哎，你究竟鬧了什麼亂子呢，先生？」特‧鮑賽昂太太轉過話頭說，「這可憐的孩子剛踏進社會，我們才說的話，他一句也不懂。親愛的安多納德，請你照應照應他。我們的事，明天再談，明天一切都正式揭曉，你要幫我忙也更有把握了。」

公爵夫人傲慢的瞧了歐也納一眼，那種眼風能把一個人從頭到腳瞧盡，把他縮小，化為烏有。

「太太，我無意之間得罪了特‧雷斯多太太。『無意之間』這四個字便是我的罪名。」大學生靈機一動，發覺眼前兩位太太親切的談話藏著狠毒的諷刺，他接著說，「對那些故意傷害你們的人，你們會照常接見，說不定還怕他們；一個傷了人而不知傷到什麼程度的傢伙，你們當他是傻瓜，當他是什麼都不會利用的笨蛋，誰都瞧不起他。」

特‧鮑賽昂太太眼睛水汪汪的瞟了他一下。偉大的心靈往往用這種眼光表示他們的感激和尊嚴。剛才公爵夫人用拍賣行估價員式的眼風打量歐也納，傷了他的心，現在特‧鮑賽昂太太的眼神在他的傷口上塗了止痛的油膏。

歐也納接著說：「你們才想不到呢，我才博得了特‧雷斯多伯爵的歡心，因為，」他又謙恭又狡獪的轉向公爵夫人，「不瞞你說，太太，我還不過是個可憐的大學生，又窮又孤獨……」

「別說這個話，先生。哭訴是誰都不愛聽的，我們女人又何嘗愛聽？」

「好吧！我只有二十二歲，應當忍受這個年紀上的苦難，何況我現在正在懺悔，哪裡還有比這裡更美麗的懺悔室呢？我們在教士面前懺悔的罪孽，就是在這裡犯的。」

公爵夫人聽了這段褻瀆宗教的議論，把臉一沉，很想把這種粗俗的談吐指斥一番，她對子爵夫人說：「這位先生才……」

特·鮑賽昂太太覺得表弟和公爵夫人都很好笑，也就老實不客氣笑了出來。

「對啦，他才到巴黎來，正在找一個女教師，教他懂得一點兒風雅。」

「公爵夫人，」歐也納接著說，「我們想找門路，把所愛的對象摸清根柢，不是很自然的嗎？」（呸！他心裡想，這幾句話簡直像理髮匠說的。）

公爵夫人說：「我想特·雷斯多太太是特·脫拉伊先生的女弟子吧。」

大學生說：「我完全不知道，太太，因此糊裡糊塗闖了進去，把他們岔開了。幸而我跟她丈夫混得不壞，那位太太也還客氣，直到我說出我認識一個剛從他們後樓梯下去，在一條甬道底上跟伯爵夫人擁抱的人。」

「誰呀？」兩位太太同時問。

「住在聖·瑪梭區的一個老頭子，像我這窮學生一樣一個月只有四十法郎的生活費，被大家取笑的可憐蟲，叫做高里奧老頭。」

「哦呀！你這個孩子，」子爵夫人嚷道，「特·雷斯多太太便是高里奧家的小姐啊。」

「麵條商的女兒，」公爵夫人接口說，「她跟一個糕餅師的女兒同一天入宮覲見。你不記得嗎，格拉拉？王上笑開了，用拉丁文說了句關於麵粉的妙語，說那些女子，怎麼說的，那些女子……」

「其為麵粉也無異。」歐也納替她說了出來。

「對啦。」公爵夫人說。

「啊！原來是她的父親。」大學生做了個不勝厭惡的姿勢。

「可不是！這傢伙有兩個女兒，他都喜歡得要命，可是兩個女兒差不多已經不認他了。」

「那小的一個，」子爵夫人望著特．朗日太太說，「不是嫁給一個姓名像德國人的銀行家，叫做特．紐沁根男爵嗎？她名字叫但斐納，頭髮淡黃，在歌劇院有個側面的包廂，也上喜劇院，常常高聲大笑引人家注意，是不是？」

公爵夫人笑道：「噯，親愛的，真佩服你。你為何對那些人這樣留神呢？真要像特．雷斯多一樣愛得發瘋，才會跟阿娜斯大齊在麵粉裡打滾。嘿！他可沒有學會生意經。他太太落在特．脫拉伊手裡，早晚要倒楣的。」

「她們不認父親！」歐也納重複了一句。

「噯！是啊，」子爵夫人接著說，「不承認她們的親爸爸、好爸爸。聽說他給了每個女兒五六十萬，讓她們攀一門好親事，舒舒服服的過日子。他自己只留下八千到一萬法郎的進款，以為女兒永遠是女兒，一朝嫁了人，他等於有了兩個家，可以受到敬重、奉承。哪知不到兩年，兩個女婿把他趕出他們的圈子，當他是個要不得的下流東西……」

歐也納冒出幾顆眼淚。他最近還在家中體味到骨肉之愛、天倫之樂，他還沒有失掉青年人的信仰，而且在巴黎文明的戰場上還是第一天登臺。真實的感情是極有感染力的：三個人都一聲不出，愣了一會。

「唉！天哪，」特・朗日太太說，「這一類的事真是該死，可是我們天天看得到。總該有個原因吧？告訴我，親愛的，你有沒有想過，什麼叫女婿？——女婿是我們替他白養女兒的男人。我們把女兒當作心肝寶貝，撫養長大，我們和她有著成千成萬的聯繫。十七歲以前，她是全家的快樂天使，像詩人拉馬丁所說的**潔白的靈魂**，然後變做家庭的瘟神。女婿從我們手裡把她搶走，拿她的愛情當作一把刀，把我們的天使心中所有拴著娘家的感情，活生生的一齊斬斷。昨天女兒還是我們的性命，我們也還是女兒的性命；明天她便變做我們的仇敵。這種悲劇不是天天有嗎？這裡，又是媳婦對那個為兒子犧牲一切的公公肆無忌憚；那裡，又是女婿把岳母攆出門外。我聽見人家都在問，今日社會裡究竟有些什麼慘劇；唉，且不說我們的婚姻都變成了糊塗婚姻；關於女婿的慘劇不是可怕到極點嗎？我完全明白那老麵條商的遭遇，記得這個福里奧……」

「是高里奧，太太。」

「是啊，這莫里奧在大革命時代當過他們分會主席。那次有名的饑荒，他完全知道底細，當時麵粉的售價比進價高出十倍，他從此發了財。那時他囤足麵粉，光是我祖母的總管就賣給他一大批。當然，高里奧像所有那些人一樣，是跟公安委員會分肥的。我記得總管還安慰祖母，說她盡可以太太平平的住在葛朗維里哀，她的麥子就是一張出色的公民證。

「至於把麥子賣給劊子手[6]的洛里奧，只有一樁癡情，就是溺愛女兒。他把大女兒高高的供在特．雷斯多家裡，把老二接種接在特．紐沁根男爵身上，紐沁根是個加入保皇黨的有錢銀行家。你們明白，在帝政時代，兩個女婿看到家裡有個老革命黨並不討厭——既然是拿破崙當權，那還可以將就。可是波旁家復辟之後，那老頭子就教特．雷斯多先生頭疼了，尤其那個銀行家。兩個女兒或許始終愛著父親，想在父親跟丈夫之間委曲求全；她們在沒有外客的時候招待高里奧，想出種種藉口表示她們的體貼。『爸爸，你來呀。沒有人打攪，我們舒服多了！』諸如此類的話。

「我相信，親愛的，凡是真實的感情都有眼睛，都有聰明，所以那個大革命時代的可憐蟲傷心死了。他看出女兒覺得他丟了她們的臉；也看出要是她們愛丈夫，他卻妨害了女婿，非犧牲不可。他便自己犧牲了，因為他是父親，他自動退了出來。看到女兒因此高興，他明白自己做得很對。這小小的罪過實在是父女同謀的。我們到處都看到這種情形。在女兒的客廳裡，陶里奧老頭不是一個油脂的汙跡嗎？他在那裡感到拘束，悶得發慌。這個父親的遭遇，便是一個最美的女子對付一個最心愛的男人也能碰到，如果她的愛情使他厭煩，他會走開，做出種種卑鄙的事來躲開她。所有的感情都會落到這個田地的。

「我們的心是一座寶庫，一下子倒空了，就會破產。一個人把情感統統拿了出來，就像把錢統統花光了一樣得不到人家原諒。這個父親把什麼都給了。二十年間他給了他的心血、他的慈愛，又在一天之間給了他的財產。檸檬榨乾了，那些女兒把剩下的皮扔在街上。」

「社會真卑鄙。」子爵夫人低著眼睛，拉著披肩上的經緯。特・朗日太太講這個故事的時候，有些話刺了她的心。

「不是卑鄙！」公爵夫人回答，「社會就是那麼一套。我這句話不過表示我看透了社會。實際我也跟你一般想法，」她緊緊握著子爵夫人的手，「社會是一個泥坑，我們得站在高地上。」

6 大革命時代的公安委員會是逮捕並處決反革命犯的機構，在保皇黨人口中就變成「劊子手」。公安委員會當時也嚴禁囤貨，保皇黨人卻說它和商人分肥。

她起身親了一下特·鮑賽昂太太的前額，說：

「親愛的，你這一下真漂亮。血色好極了。」

然後她對歐也納略微點點頭，走了。

歐也納想起那夜高老頭扭絞鍍金盤子的情形，說道：「高老頭真偉大！」

特·鮑賽昂太太沒有聽見，她想得出神了。兩人半天沒有出聲，可憐的大學生愣在那裡，既不敢走，又不敢留，也不敢開口。

「社會又卑鄙又殘忍，」子爵夫人終於說，「只要我們碰到一樁災難，總有一個朋友來告訴我們，拿把短刀掏我們的心窩，教我們欣賞刀柄。冷一句熱一句，挖苦、奚落，一齊來了。啊！我可是要抵抗的。」

她抬起頭來，那種莊嚴的姿勢恰好顯出她貴婦人的身分，高傲的眼睛射出閃電似的光芒。——「啊！」她一眼瞧見了歐也納，「你在這裡！」

「是的，還沒有走。」他不勝惶恐的回答。

「噯，拉斯蒂涅先生，你得以牙還牙對付這個社會。你想成功嗎？我幫你。你可以測量出來，女人墮落到什麼地步、男人虛榮到什麼地步。雖然人生這部書我已經讀得爛熟，可是還有一些篇章不曾寓目。現在我全明白了。你越沒有心肝，越高升得快。你得不留情的打擊人家，叫人家怕你。只能把男男女女當作驛馬，把牠們騎得筋疲力盡，到了站上丟下來，這樣你就能達到欲望的最高峰。

「不是嗎？你要沒有一個女人關切，你在這裡便一文不值。這女人還得年輕，有錢，漂亮。倘使你有什麼真情，必須像寶貝一樣藏起，永遠別給人家猜到，要不就完啦，你不但做不成劊子手，反過來要給人家開刀了。有朝一日你動了愛情，千萬要守祕密！沒有弄清楚對方的底細，絕不能掏出你的心來。你現在還沒有得到愛情，可是為保住將來的愛情，先得學會提防人家。

「聽我說，米蓋爾……（她不知不覺說錯了名字）[7]，女兒遺棄父親，巴望父親早死，還不算可怕呢。那兩姊妹也彼此忌妒得厲害。雷斯多是舊家出身，他的太太進過宮了，貴族社會也承認她了。可是她的有錢妹妹，美麗的但斐納・特・紐沁根夫人、銀行家太太，卻難過死了；忌妒咬著她的心，她跟姊姊貌合神離，比路人還不如。姊姊已經不是她的姊姊。兩個人你不認我，我不認你，正如不認她們的父親一樣。

「特・紐沁根太太只要能進我的客廳，便是把聖・拉查街到葛勒南街一路上的灰土舐個乾淨也是願意的。她以為特・瑪賽能夠幫她達到這個目的，便甘心情願做他奴隸，把他纏得頭痛。哪知特・瑪賽乾脆不把她放在心上。你要能把她介紹到我這裡來，你便是

7 米蓋爾是她的情人阿瞿達侯爵的名字。

她的心肝寶貝。以後你能愛她就愛她，要不就利用她一下也好。我可以接見她一兩次，逢到盛大的晚會，賓客眾多的時候，可是絕不單獨招待她。我看見她打個招呼就夠了。

「你說出了高老頭的名字，你把伯爵夫人家的大門關上了。是的，朋友，你儘管上雷斯多家二十次，她會二十次不在家。你被他們攆出門外了。好吧，你叫高老頭替你介紹特·紐沁根太太吧。那位漂亮太太可以做你的幌子。一朝她把你另眼相看了，所有的女人都會一窩蜂的來追你。跟她競爭的對手、她的朋友、她的最知己的朋友，都想把你搶過去了。有些女人，只喜歡別的女子挑中的男人，好像那班中產階級的婦女，以為戴上我們的帽子就有了我們的風度。所以那時你就能走紅。在巴黎，走紅就是萬事亨通，就是拿到權勢的寶鑰。倘若女人覺得你有才氣、有能耐，男人就會相信，只要你自己不露馬腳。那時你多大的欲望都不成問題可以實現，你哪裡都走得進去。那時你會明白，社會不過是傻子跟騙子的集團。你別做傻子，也別做騙子。

「我把我的姓氏借給你，好比一根阿里安納的線，引你進這座迷宮[8]。別把我的姓汙辱了，」她扭了扭脖子，氣概非凡的對大學生瞧了一眼，「清清白白的還給我。好，去吧，我不留你了。我們做女人的也有我們的仗要打。」

「要不要一個死心塌地的人替你去點炸藥？」歐也納打斷了她的話。

「那又怎麼樣？」她問。

他拍拍胸脯，表姊對他笑了一笑，他也笑了笑，走了。那時已經五點，他肚子餓了，只怕趕不上晚飯。這一擔心，使他感到在巴黎平步青雲，找到了門路的快樂。得意之下，他馬上給自己的許多思想包圍了。像他那種年紀的青年，一受委屈就會氣得發瘋，對整個社會掄著拳頭，又想報復，又失掉了自信。拉斯蒂涅那時正為了「你把伯爵夫人家的大門關上了」那句話發急，心上想：

「我要去試一試！如果特．鮑賽昂太太的話沒錯，如果我真的碰在門上，那麼……哼！特．雷斯多夫人不論上哪一家的沙龍，都要碰到我。我要學擊劍、放槍，把她的瑪克辛打死！——可是錢呢？」他忽然問自己，「哪裡去弄錢呢？」

特．雷斯多伯爵夫人家裡鋪張的財富，忽然在眼前亮起來。他在那裡見到一個高里奧小姐心愛的奢華，金碧輝煌的屋子，顯而易見的貴重器物，暴發戶的惡俗排場，像人家的外室那樣的浪費。這幅迷人的圖畫忽然又給鮑賽昂府上的大家氣派壓倒了。他的幻想飛進了巴黎的上層社會，馬上冒出許多壞念頭，擴大他的眼界和心胸。他看到了社會的本相：法律跟道德對有錢的人全無效力，財產才是金科玉律。他想：「伏脫冷說得沒錯，有財便是德！」

8 希臘神話：阿里安納把一根線授給丹才，使他殺了牛首人身的米諾多，仍能逃出迷宮。

到了聖・日內維新街，他趕緊上樓拿十法郎付了車錢，走入氣味難聞的飯廳；十八個食客好似馬槽前的牲口一般正在吃飯。他覺得這副窮酸相跟飯廳的景象醜惡已極。環境轉變得太突兀了，對比太強烈了，格外刺激他的野心。一方面是最高雅的社會的新鮮可愛的面目，個個年輕，活潑，有詩意，有熱情，四周又是美妙的藝術品和闊綽的排場；另一方面是濺滿汙泥的陰慘畫面，人物的臉上只有被情欲掃蕩過的遺跡。

特・鮑賽昂太太因為被人遺棄，一怒之下給他的指導和策畫的計謀，他一下子都回想起來，而眼前的慘況又等於給那些話添上注解。拉斯蒂涅決意分兩路進攻去獵取財富：依靠學問，同時依靠愛情，成為一個有學問的博士，同時做一個時髦人物。可笑他還幼稚得很，不知道這兩條路線是永遠連不到一起的。

「你神氣憂鬱得很，侯爵大人。」伏脫冷說。他的眼風似乎把別人心裡最隱蔽的祕密都看得雪亮。

歐也納答道：「我受不了這一類的玩笑，要在這兒真正當一個侯爵，應當有十萬法郎進款。住伏蓋公寓的就不是什麼走運的人。」

伏脫冷瞧著拉斯蒂涅，以倚老賣老而輕蔑的神氣彷彿說：「小子！還不夠我一口！」接著說，「你心情不好，大概在漂亮的特・雷斯多太太那邊沒有得手。」

歐也納道：「哼，因為我說出她父親跟我們一桌子吃飯，她把我趕走了。」

飯桌上的人都面面相覷。高老頭低下眼睛，掉轉頭去抹了一下。

「你把鼻煙撒在我眼裡了。」他對鄰座的人說。

「從今以後，誰再欺負高老頭，就是欺負我，」歐也納望著老麵條商鄰座的人說，「他比我們都強。當然我不說女士們。」他向泰伊番小姐補上一句。

這句話成為事情的轉捩點，歐也納說話的神氣使桌上的人不出聲了。只有伏脫冷含譏帶諷的回答：

「你要做高老頭的後臺、做他的經理，先得學會擊劍跟放槍。」

「對啦，我就要這麼辦。」

「這麼說來，你今天預備開場嘍。」

「也許，」拉斯蒂涅回答，「不過誰都管不了我的事，既然我不想知道旁人黑夜裡幹些什麼。」

伏脫冷斜著眼把拉斯蒂涅瞄了一下。

「老弟，要拆穿人家的把戲，就得走進戲棚子，不能在帳幔的縫子裡張一張就算。別多說了，」他看見歐也納快要發毛，補上一句，「你要願意談談，我隨時可以奉陪。」

飯桌上大家冷冰冰的，不做聲了。高老頭聽了大學生那句話，非常難受，不知道眾人對他的態度已經改變，也不知道一個有資格阻止旁人虐待他的青年，挺身而出做了他的保護人。

「高里奧先生真是一個伯爵夫人的父親嗎？」伏蓋太太低聲問。

「同時也是一個男爵夫人的父親。」拉斯蒂涅回答。

「他只好當父親的角色，」皮安訓對拉斯蒂涅說，「我已經打量過他的腦袋：只有一根骨頭，一根父骨，他大概是天父吧。」

歐也納心事重重，聽了皮安訓的俏皮話不覺得好笑。他要遵從特·鮑賽昂太太的勸告，盤算從哪裡去弄錢、怎樣去弄錢。社會這片大草原在他面前又空曠又稠密，他望著出神了。吃完晚飯，客人散盡，只剩他一個人在飯廳裡。

「你竟看到我的女兒嗎？」高老頭非常感動的問。

歐也納驚醒過來，抓著老人的手，很熱絡的瞧著他回答：

「你是一個好人，正派的人。咱們回頭再談你的女兒。」

他不願再聽高老頭的話，躲到臥房裡給母親寫信去了。

> 親愛的母親，請你考慮一下，能不能再給我一次哺育之恩。我現在的情形可以很快的發跡，只是需要一千兩百法郎，而且非要不可。對父親一個字都不能提，也許他會反對，而如果我弄不到這筆錢，我將瀕於絕望，以至自殺。我的用意將來當

面告訴你，因為要你瞭解我目前的處境，簡直要寫上幾本書才行。

好媽媽，我沒有賭錢，也沒有欠債。可是你給我的生命，倘使你願意保留的話，就得替我籌這筆款子。總而言之，我已見過特．鮑賽昂子爵夫人，她答應提拔我。我得應酬交際，可是沒有錢買一副合適的手套。我能夠只吃麵包，只喝清水，必要時可以挨餓，但我不能缺少巴黎種葡萄的工具。將來是青雲直上還是留在泥地裡，都在此一舉。你們對我的期望，我全知道，並且要快快的實現。

好媽媽，賣掉一些舊首飾吧，不久我買新的給你。我很知道家中的境況，你的犧牲，我是心中有數的。你也該相信我不是無端端的教你犧牲，那我簡直是禽獸了。我的請求是迫不得已。我們的前程全靠這一次的接濟，拿了這個，我將上陣開仗，因為巴黎的生活是一場永久的戰爭。倘使為湊足數目而不得不出賣姑母的花邊，那麼請告訴她，我將來有最好看的寄給她。

他分別寫信給兩個妹妹，討她們的私蓄，知道她們一定樂意給的。為了使她們在家裡絕口不提，他故意挑撥年輕人的好勝心，要她們懂得體貼。可是寫完了這些信，他仍舊有點心驚肉跳，神魂不定。青年野心家知道像他妹妹那種與世隔絕、一塵不染的心靈多麼高尚，知道自己這封信要給她們多少痛苦，同時也要給她們多少快樂；她們將懷著如何歡悅的心情，躲在莊園底裡偷偷談論她們疼愛的哥哥。他心中亮起一片光明，似乎看到她們私下數著小小的積蓄，看到她們賣弄少女的狡獪，為了好心而第一次玩弄手段，把這筆錢用匿名方式寄給他。

他想：「一個姊妹的心純潔無比，它的溫情是沒有窮盡的！」他寫了那樣的信，覺得慚愧。她們許起願心來何等有力！求天拜地的衝動何等純潔！有一個犧牲的機會，她們還不快樂死嗎？如果他母親不能湊足他所要的款子，她又要多麼苦惱！這些至誠的感情、可怕的犧牲，將要成為他達到特·紐沁根太太面前的階梯。想到這些，他不由得落下幾滴眼淚，等於獻給家庭神壇的最後幾炷香。他心亂如麻，在屋子裡亂轉。高老頭從半開的門裡瞧見他這副模樣，進來問他：

「先生，你怎麼啦？」

「唉！我的鄰居，我還沒忘記做兒子、做兄弟的本分，正如你始終當著父親的責任。你真有理由替伯爵夫人著急，她落在瑪克辛·特·脫拉伊手裡，早晚要斷送她的。」

高老頭嘟囔著退了出來，歐也納不曾聽清他說些什麼。

第二天，拉斯蒂涅把信送往郵局。他到最後一刻還猶疑不決，但終於把信丟進郵箱，對自己說：「我一定成功！」這是賭棍的口頭禪、大將的口頭禪，這種相信運氣的話往往是致人死命而不是救人性命的。

過了幾天，他去看特．雷斯多太太。特．雷斯多太太不見。去了三次，三次擋駕，雖則他都趁瑪克辛不在的時間上門。子爵夫人料得不錯。大學生不再用功念書，只上堂去應卯畫到，過後便溜之大吉。多數大學生都要臨到考試才用功，歐也納把第二、第三年的學程併在一起，預備到最後關頭再一口氣認認真真讀他的法律。這樣他可以有一年三個月的空閒，好在巴黎的海洋中漂流，追求女人，或者撈一筆財產。

在那一星期內，他見了兩次特．鮑賽昂太太，都是等特．阿瞿達侯爵的車子出門之後才去的。這位紅極一時的女子、聖．日爾曼區最有詩意的人物，又得意了幾天，把洛希斐特小姐和特．阿瞿達侯爵的婚事暫時擱淺。特．鮑賽昂太太深怕好景不長，在這最後幾天中感情格外熱烈。

但就在這期間，她的禍事醞釀成熟了。特．阿瞿達侯爵跟洛希斐特家暗中同意，認為這一次的吵架與講和大有好處，希望特．鮑賽昂太太對這門親事有心理準備，終於肯把每天下午的聚首為特．阿瞿達的前程犧牲，結婚不是男人一生中必經的階段嗎？所以特．阿瞿達雖然天天海誓山盟，實在是在做戲，而子爵夫人也甘心情願受他蒙蔽。

「她不願從窗裡莊嚴的跳下去，寧可在樓梯上打滾。」她的最知己的朋友特．朗日公爵夫人這樣說她。這些最後的微光照耀得相當長久，使子爵夫人還能留在巴黎，給年輕的表弟效勞——她對他的關切簡直有點迷信，彷彿認為他能夠帶來好運。歐也納對她表示非常忠心、非常同情，而那是正當一個女人到處看不見憐憫和安慰的目光的時候。在這種情形之下，一個男人對女子說溫柔的話，一定是別有用心。

拉斯蒂涅為了徹底看清形勢，再去接近紐沁根家，想先把高老頭從前的生活弄個明白。他搜集了一些確實的材料，可以歸納如下：

大革命之前，約翰－姚希姆．高里奧是一個普通的麵條工匠，熟練、省儉，相當有魄力，能夠在東家在一七八九年第一次大暴動中遭劫以後，盤下鋪子，開在于西安街，靠近麥子市場。他很識時務，居然肯當分會主席，使他的買賣得到那個危險時代一班有勢力的人保護。

這種聰明是他起家的根源。就在不知是真是假的大饑荒時代，巴黎糧食貴得驚人的那一時節裡，他開始發財。那時民眾在麵包店前面拚命，而有些人照樣太太平平向雜貨商買到各式上等麵食。

那一年，高里奧積了一筆資本，他以後做買賣也就像一切資力雄厚的人那樣，處處占著上風。他的遭遇正是一切中等才具的遭遇。他的平庸占了便宜。並且直到有錢不再危險的時代，他的財富才揭曉，所以並沒引起人家的妒羨。

糧食的買賣似乎把他的聰明消耗完了。只要涉及麥子，麵粉，粉粒，辨別品質，來路，注意保存，推測行市，預言收成的豐歉，用低價糴進穀子，從西西里、烏克蘭去買來囤積，高里奧可以說沒有敵手的。看他調度生意，解釋糧食的出口法、進口法，研究立法的原則，利用法令的缺點等等，他頗有國務大臣的才器。辦事又耐煩又幹練，有魄力有恆心，行動迅速，目光犀利如鷹，什麼都占先，什麼都料到，什麼都知道，什麼都藏得緊，算計畫策如外交家，勇往直前如軍人。

可是一離開他的本行，一出他黑魆魆的簡陋的鋪子，閒下來背靠門框站在階沿上的時候，他仍不過是一個又蠢又粗野的工人，不會用頭腦，感覺不到任何精神上的樂趣，坐在戲院裡會打盹，總而言之，他是巴黎的那種陶里龐人[9]，只會鬧笑話。這一類的人差不多完全相像，心裡都有一股極高尚的情感。麵條司務的心便是給兩種感情填滿的、吸乾的，猶如他的聰明是為了糧食買賣用盡的。

他的老婆是布利一個富農的獨生女，是他崇拜讚美、敬愛無邊的對象。高里奧讚美她生得又嬌嫩又結實，又多情又美麗，跟他恰好是極端的對比。男人天生的情感，不是因為能隨時保護弱者而感到驕傲嗎？驕傲之外再加上愛，就可瞭解許多古怪的精神現象。所謂愛其實就是一班坦白的人對賜予他們快樂的人表示熱烈的感激。

過了七年圓滿的幸福生活，高里奧的老婆死了。這是高里奧的不幸，因為那時她正

9 一七九〇年時有一著名喜劇《聾子》，主人翁叫做陶里龐，幾乎遭人欺騙，斷送女兒的終身大事。

開始在感情以外對他有點影響。也許她能把這個死板的人栽培一下，教他懂得一些世道和人生。既然她早死，疼愛女兒的感情便在高里奧心中發展到荒謬的程度。死神奪去了他所愛的對象，他的愛就轉移到兩個女兒身上，她們開始的確滿足了他所有的感情。

儘管一班爭著要把女兒嫁給他做填房的商人或莊稼人，提出多麼優越的條件，他都不願意續娶。他的岳父，他唯一覺得氣味相投的人，很有把握的說高里奧發過誓，永遠不做對不起妻子的事，哪怕在她身後。中央市場的人不瞭解這種高尚的癡情，拿來取笑，替高里奧起了些粗俗的諢號。有個人跟高里奧做了一筆交易，喝著酒，第一個叫出這個外號，當場給麵條商一拳打在肩膀上，腦袋向前，一直翻倒在奧勃冷街一塊界石旁邊。

高里奧沒頭沒腦的偏疼女兒，又多情又體貼的父愛，傳布得遐邇聞名。甚至有一天，一個同行想教他離開市場以便操縱行情，告訴他說但斐納被一輛馬車撞翻了。麵條商立刻面無人色的回家。他為了這場虛驚病了好幾天。那造謠的人雖然並沒受到凶狠的老拳，卻在某次風潮中被逼破產，從此進不得市場。

兩個女兒的教育，不消說是不會合理的了。多達每年六萬法郎以上的進款，自己花不了一千二，高里奧的樂事只在於滿足女兒的幻想：最優秀的教師給請來培養她們高等教育應有的各種才藝；另外還有一個做伴的小姐，還算兩個女兒運氣，做伴的小姐是一個有頭腦有品格的女子。兩個女兒會騎馬，有自備車輛，生活的奢華像一個有錢的老爵爺養的情婦，只要開聲口，最奢侈的欲望，父親也會滿足她們，只要求女兒跟他親熱一下作為回敬。

可憐的傢伙，把女兒當作天使之流，當然是在他之上了。甚至她們給他的痛苦，他也喜歡。一到出嫁的年齡，她們可以隨心所欲的挑選丈夫，各人可以有父親一半的財產做陪嫁。特·雷斯多伯爵看中阿娜斯大齊生得美，她也很想當一個貴族太太，便離開父親，跳進了高等社會。但斐納喜歡金錢後，嫁了紐沁根，一個原籍德國而在帝政時代封了男爵的銀行家。高里奧依舊做他的麵條商。

不久，女兒女婿看他繼續做那個買賣，覺得不痛快，雖然他除此以外，生命別無寄託。他們央求了五年，他才答應帶著出盤鋪子的錢跟五年的盈餘退休。這筆資本所生的利息，便是他住進伏蓋公寓的時代，伏蓋太太估計約八千至一萬的收入。看到女兒受著丈夫的壓力，非但不招留他去住，還不願公開在家招待他，絕望之下，他便搬進這個公寓。

受盤高老頭鋪子的繆萊先生供給的資料只有這一些。特·朗日公爵夫人對拉斯蒂涅說的種種猜測的話因此證實了。

這場曖昧而可怕的巴黎悲劇的序幕，在此結束。

初見世面

十二月第一星期的末了，拉斯蒂涅接到兩封信，一封是母親的，一封是大妹妹的。那些一望而知的筆跡使他快樂得心跳，害怕得發抖。對於他的希望，兩張薄薄的紙等於一道生死攸關的判決書。想到父母姊妹的艱苦，他固然有點害怕，可是她們對他的溺愛，他太有把握了，盡可放心大膽吸取她們最後幾滴血。母親的信是這樣寫的：

親愛的孩子，你要的錢我寄給你了。但望好好的使用，下次即使要救你性命，我也不能瞞了父親再張羅這樣大的數目，那要動搖我們的命根，拿田地去抵押了。我不知道計畫的內容，自然無從批評，但究竟是什麼性質的計畫，你不敢告訴我呢？要解釋，用不著寫上幾本書，我們當媽的只要一句話就明白，而這句話可以免得我因為無從捉摸而牽腸掛肚。

告訴你，來信使我非常痛苦。好孩子，究竟是什麼情緒使你引起我這樣的恐怖呢？你寫信的時候大概非常難受吧，因為我看信的時候就很難受。你想幹哪一行呢？難道你的前途、你的幸福，就在於裝出你沒有的身分，花費你負擔不起的本錢，浪費你寶貴的求學光陰，去見識那個社會嗎？

孩子，相信你母親吧，拐彎抹角的路絕無偉大的成就。像你這種情形的青年，應當以忍耐與安命為美德。我不埋怨你，我不願我們的貢獻對你有半點苦味。我的話是一個又相信兒子，又有遠見的母親的話。你知道你的責任所在，我也知道你的心是純潔的，你的用意是極好的。所以我很放心的對你說：好，親愛的，去做吧！

我戰戰兢兢，因為我是母親；但你每走一步，我們的願望和祝福總是陪你一步。謹慎小心呀，親愛的孩子。你應當像大人一般明哲，你心愛的五個人[1]的命運都在你的肩上。是啊，我們的財富都在你身上，正如你的幸福就是我們的幸福。我們都求上帝幫助你的計畫。

你的姑母真是好到極點，她甚至懂得你關於手套的話。她很開心的說，她對長

1 父親、母親、兩個妹妹、兩個弟弟、一個姑母，應當是七個人。

子特別心軟。歐也納，你應該深深的愛她，她為你所做的事，等你成功以後再告訴你，否則她的錢要使你燙手的。你們做孩子的還不知道什麼叫做犧牲紀念物！可是我們哪一樣不能為你犧牲呢？她要我告訴你，說她親你的前額，希望你常常快樂。倘不是手指害痛風症，她也要寫信給你呢。

父親身體很好。今年的收成超過了我們的希望。再會了，親愛的孩子，關於你兩個妹妹的事，我不說了，洛爾另外有信給你。她喜歡拉拉扯扯的談家常，我就讓她來了。但求上天使你成功！噢！是的，你非成功不可，歐也納，你使我太痛苦了，我再也受不了第二次。因為巴望能有財產給我的孩子，我才懂得貧窮的滋味。好了，再會吧。切勿杳無音信。接受你母親的親吻吧。

歐也納念完信，哭了。他想到高老頭扭掉鍍金盤子，賣了錢替女兒還債的情景。「你的母親也扭掉了她的首飾，」他對自己說，「姑母賣掉紀念物的時候一定也哭了。你有什麼權利詛咒阿娜斯大齊呢？她為了情人，你為了只顧自己的前程，你比她強在哪裡？」

大學生肚子裡有些熱不可當的感覺。他想放棄上流社會，不拿這筆錢。這種良心上的責備正是心胸高尚的表現，一般人批判同胞的時候不大理會這一點，唯有天上的安琪兒才會考慮到，所以人間的法官所判的罪犯，常常會得到天使的赦免。拉斯蒂涅拆開妹妹的信，天真而婉轉的措辭使他心裡輕鬆了些。

親愛的哥哥，你的信來得正好，阿迦德和我，想把我們的錢派做多少用場，簡直決不定買哪樣好了。你像西班牙王的僕人一樣，打碎了主子的錶，倒反解決了他的難題。你一句話教我們齊了心。真的，為了選擇問題，我們老是在拌嘴，然而做夢也想不到，原來只有一項用途真正能滿足我們所有的欲望。

阿迦德快活得直跳起來。我們倆樂得整天瘋瘋癲癲，以至於（姑母的說法）媽媽扮起一本正經的臉來問：「什麼事呀，兩位小姐？」如果我們因此受到一言半語的埋怨，我相信我們還要更開心呢。一個女子為了所愛的人受苦才是樂事！只有我在快樂之中覺得不痛快，有點心事。

將來我絕不是一個賢慧的女人，我太會花錢，買了兩條腰帶、一支穿引胸衣小孔的美麗的引針、一些無聊東西，因此我的錢沒有胖子阿迦德多。她很省儉，把錢一塊塊積起來，像喜鵲一樣[2]。她有兩百法郎！我呢，可憐的朋友，我只有一百五十。我

2 西方各國傳說，喜鵲愛金屬發光之物，鄉居人家常有金屬物被喜鵲銜去之事。

大大的遭了報應，真想把腰帶扔在井裡，從此我用到腰帶，心中就要不舒適了。

唉，我揩了你的油。阿迦德真好，她說：「我們把三百五十法郎合在一起寄給他吧！」實際情形恕不詳細奉告！我們依照你的吩咐，拿了這筆了不得的款子假裝出去散步，一上大路，直奔呂番克村，把錢交給驛站站長格冷貝先生。回來我們身輕如燕。阿迦德問我：「是不是因為快樂使我們身體這樣輕？」我們不知講了多少話，恕不細述了。反正談的是你巴黎佬的事。

噢！好哥哥，我們真愛你！要說守祕密吧，像我們這樣的調皮姑娘，據姑母說，什麼都做得出來，就是守口如瓶也辦得到。母親和姑母偷偷摸摸的上安古蘭，兩人對旅行的目標絕口不提，動身之前，還開了一次很久的會，我們和男爵大人都不准參加。

在拉斯蒂涅國裡，大家紛紛猜測。公主們給王后陛下所繡的小孔紗衫，極祕密的趕起來，把兩條邊補足了。凡端伊方面決定不砌圍牆，用籬笆代替。小百姓要損失果子，再沒有釘在牆上的果樹，但外人可以賞玩一下園內的好風景。如果王太子需要手帕，特．瑪西阿母后在多年不動的庫房裡，找出了一匹遺忘已久的上等荷蘭細布；阿迦德和洛爾兩位公主，正在打點針線和老是凍得紅紅的手，聽候太子命令。唐．亨利和唐．迦勃里哀兩位小王子還是那麼淘氣：狂吞葡萄醬，惹姊姊們冒火，不肯念書，喜歡掏鳥窩，吵吵嚷嚷，冒犯禁令去砍伐柳條，做槍做棒。教皇的專使，俗稱為本堂教士，威嚇說要驅逐他們出教，如果他們再放著神聖的文法不學而去舞槍弄棒。

再會吧，親愛的哥哥，我這封信表示我對你全心全意的祝福，也表示我對你的友愛得到了極大的滿足。你將來回家，一定有許多事情告訴我！你什麼都不會瞞我，是不是？我是大妹妹呀。姑母曾經透露一句，說你在交際場中頗為得意。

只講起一個女子，其餘便隻字不提。

隻字不提，當然是對我們囉！喂！歐也納，你需要的話，我們可以省下手帕的布替你做襯衫。關於這一點，快快來信。倘若你馬上要做工很好的漂亮襯衫，我們得立刻趕做。有什麼我們不知道的巴黎式樣，你寄個樣子來，尤其袖口。

再會了，再會了！我吻你的左額，那是專屬於我的。另外一張信紙我留給阿迦德，她答應凡是我寫的話絕不偷看。可是為保險起見，她寫的時候我要在旁監視。

愛你的妹妹　洛爾・特・拉斯蒂涅

「哦！是啊，是啊，」歐也納心裡想，「無論如何非發財不可！奇珍異寶也報答不了這樣的忠誠。我得把世界上所有的幸福都帶給她們。」

他停了一會又想：「一千五百五十法郎，每個法郎都得用在刀口上！洛爾說得沒錯。該死！我只有粗布襯衫。為了男人的幸福，女孩子家會像小偷一樣機靈。她那麼天真，為我設想卻那麼周到，猶如天上的安琪兒，根本不懂得塵世的罪過便寬恕了。」

於是世界是他的了！先把裁縫叫來，探過口氣，居然答應賒帳。見過了脫拉伊先生，拉斯蒂涅懂得裁縫對年輕人的生活影響極大。為了帳單，裁縫要不是一個死冤家，便是一個好朋友，總是走極端的。歐也納所找的那個，懂得「人要衣裝」的老話，自命為能夠把青年人捧出山。

後來拉斯蒂涅感激之餘，在他那套巧妙的談吐裡有兩句話，使那個成衣匠發了財：「我知道有人靠了他做的兩條褲子，攀了一門有兩萬法郎陪嫁的親事。」

一千五百法郎現款，再加可以賒帳的衣服！這麼一來，南方的窮小子變得信心十足。他下樓用早餐的時候，自有一個年輕人有了幾文的那種說不出的神氣。錢落到一個大學生的口袋裡，他馬上覺得有了靠山。走路比從前有勁得多，槓桿有了著力的據點，眼神豐滿，敢於正視一切，全身的動作也靈活起來。前夜還怯生生的，挨了打不敢還手，此刻可有膽子得罪內閣總理了。他心中有了不可思議的變化：他無所不欲，無所不能，想入非非的又要這樣又要那樣，興高采烈，豪爽非凡，話也多起來了。

總之，從前沒有羽毛的小鳥如今長了翅膀。沒有錢的大學生拾取一星半點的歡娛，像一條狗冒著無窮的危險偷一根骨頭，一邊咬著嚼著，吮著骨髓，一邊還在跑。等到少年郎袋裡有了幾枚不容易招留的金洋，就會把樂趣細細的體味、咀嚼，得意非凡，魂都飛上半天，再不知「窮苦」二字怎講。

整個巴黎都是他的了。那是樣樣閃著金光、爆出火花的年齡！成年以後的男女哪還有這種快活勁！那是欠債的年紀，提心吊膽的年紀！而就因為提心吊膽，一切歡樂才格外有意思！凡是不熟悉塞納河左岸、沒有在拉丁區混過的人，根本不懂得人生！

拉斯蒂涅咬著伏蓋太太家一個銅子一個的煮熟梨，心上想：「嘿！巴黎的婦女知道了，一定會到這裡來向我求愛。」

這時柵門上的鈴聲一響，驛車公司的一個信差走進飯廳。他找歐也納．特．拉斯蒂涅先生，交給他兩個袋子和一張簽字的回單。歐也納被伏脫冷深深的瞅了一眼，好像被鞭子抽了一下。

伏脫冷對他說：「那你可以去找老師學擊劍打槍了。」

「金船到了。」伏蓋太太瞧著錢袋說。

米旭諾小姐不敢對錢袋望，唯恐人家看出她貪心。

「你的媽媽真好。」古的太太說。

「他的媽媽真好。」波阿萊馬上跟了一句。

「對啊，媽媽連血都擠出來了，」伏脫冷道，「現在你可以胡鬧，可以交際，去釣一筆陪嫁，跟那些滿頭桃花的伯爵夫人跳舞了。可是聽我的話，小朋友，靶子場非常去不可。」伏脫冷做了一個瞄準的姿勢。拉斯蒂涅想拿酒錢給信差，一個錢都掏不出來。伏脫冷拿一個法郎丟給來人。

「你的信用是不錯的。」他望著大學生說。

拉斯蒂涅只得謝了他，雖然那天從鮑賽昂家回來，彼此搶白過幾句以後，他非常討厭這個傢伙。在那八天之內，歐也納和伏脫冷見了面都不做聲，彼此只用冷眼觀察。大學生想來想去也不明白是怎麼回事。大概思想的放射，總是以孕育思想的力量為準的，頭腦要把思想送到什麼地方，思想便落在什麼地方，準確性不下於從炮身裡飛出去的彈丸，效果卻各各不同。

有些嬌嫩的個性，思想可以鑽進去損壞組織；也有些武裝堅強的個性、銅牆鐵壁式的頭腦，旁人的意志打上去只能頹然墮下，好像炮彈射著城牆一樣；還有軟如棉花的個性，旁人的思想一碰到它便失掉作用，猶如炮彈落在堡壘外面的泥溝裡。

拉斯蒂涅的那種頭腦卻是裝滿了火藥，一觸即發。他朝氣太旺，不能避免思想放射的作用，接觸到別人的感情，不能不感染，許多古怪的現象在他不知不覺之間種在他心裡。他的精神視覺像他的山貓眼睛一樣明徹；每種靈敏的感官都有那種神祕的力量，能夠感知遙遠的思想，也具有那種反應敏捷、往返自如的彈性。我們在優秀的人物身上、善於把握敵人缺點的戰士身上，就是佩服這種彈性。並且一個月以來，歐也納所發展的優點跟缺點一樣多。

他的缺點是社會逼出來的，也是滿足他日趨高漲的欲望所必需的。在他的優點之中，有一項是南方人的興奮活潑，喜歡單刀直入解決困難，受不了不上不下的局面；北方人把這個優點稱為缺點，他們以為這種性格如果是繆拉[3]成功的祕訣，也是他喪命的原因。由此可以得出一個結論：如果一個南方人把北方人的狡猾和羅亞爾河彼岸[4]的勇猛聯合起來，就可成為全才，坐上瑞典的王位[5]。

因此，拉斯蒂涅絕不能長久處於伏脫冷的炮火之下，而不弄清楚這傢伙究竟是敵是友。他常常覺得這怪人看透他的情欲、看透他的心思，而這怪人自己卻把一切藏得那麼嚴，其深不可測正如無所不知、無所不見，而一言不發的斯芬克斯。

這時歐也納荷包裡有了幾文，想反抗了。伏脫冷喝完了最後幾口咖啡，預備起身出

3　繆拉為法國南方人，拿破崙之妹婿，帝政時代名將之一，曾為拿波里王，終為奧軍俘獲槍決，以大膽勇猛出名。
4　羅亞爾河彼岸事實上還不能算法國南部；巴爾札克筆下的南方，往往範圍比一般更廣。
5　指貝爾納多特，也是法國南方人，拿破崙部下名將。後投奔瑞典，終為瑞典國王，開創貝爾納多特王朝。

去。歐也納說：

「對不起，請你等一下。」

「幹嘛？」伏脫冷回答，一邊戴上他的闊邊大帽，提起鐵手杖。平時他常常拿這根手杖在空中舞動，大有三四個強盜來攻擊也不怕的神氣。

「我要還你錢，」拉斯蒂涅說著，急急忙忙解開袋子，數出一百四十法郎給伏蓋太太，說道，「帳算清，朋友親。到今年年底為止，咱們兩訖了。再請兌五法郎零錢給我。」

「朋友親，帳算清。」波阿萊瞧著伏脫冷重複了一句。

「這邊還你一法郎。」拉斯蒂涅把錢拿給那個戴假頭髮的斯芬克斯。

「好像你就怕欠我的錢，嗯？」伏脫冷大聲說著，犀利的目光直瞧到他心裡；那副涎皮賴臉的挖苦人的笑容，歐也納一向討厭，想跟他鬧好幾回了。

「嗳……是的。」大學生回答，提著兩個錢袋預備上樓了。

伏脫冷正要從通到客廳的門出去，大學生想從通到樓梯道的門出去。

「你知道嗎，特．拉斯蒂涅喇嘛侯爵大人？你的話不大客氣！」伏脫冷說著，砰的一聲關上客廳的門，迎著大學生走過來。大學生冷冷的瞅著他。

拉斯蒂涅帶上飯廳的門，拉著伏脫冷走到樓梯腳下。樓梯間有扇直達花園的板門，嵌著長玻璃，裝著鐵柵。西爾維正從廚房出來，大學生當著她的面說：

「伏脫冷先生，我不是侯爵，也不是什麼拉斯蒂涅喇嘛。」

「他們要打架了。」米旭諾小姐不關痛癢的說。

「打架！」波阿萊跟著說。

「噢，不會的。」伏蓋太太摩挲著她的一堆錢幣回答。

「他們到菩提樹下去了，」維多莉小姐叫了聲，站起來向窗外張望，「可憐的年輕人沒有錯啊。」

古的太太說：「上樓吧，親愛的孩子，別管閒事。」

古的太太和維多莉起來走到門口，西爾維迎面攔住了去路，說道：

「什麼事啊？伏脫冷先生對歐也納先生說：我們來評評理吧！說完抓著他的手臂，踏著我們的朝鮮薊走過去了。」

這時伏脫冷出現了。——「伏蓋媽媽，」他笑道，「不用怕，我要到菩提樹下去試試我的手槍。」

「哎呀！先生，」維多莉合著手說，「你為何要打死歐也納先生呢？」

伏脫冷退後兩步，瞧著維多莉。

「又是一樁公案，」他那種嘲弄的聲音把可憐的姑娘羞得滿面通紅，「這小子很可愛是不是？你教我想起了一個主意。好，讓我來成全你們倆的幸福吧，美麗的孩子。」

古的太太抓起女孩的手臂，一邊走一邊湊在她耳邊說：

「維多莉，你今天真是莫名其妙。」

伏蓋太太道：「我不希望人家在我這裡開槍，你要驚動鄰居，大清早我就叫警察上門了！」

「哦！放心，伏蓋媽媽，」伏脫冷回答，「你別慌，我們到靶子場去就是了。」說罷，他追上拉斯蒂涅，親熱的抓了他的手臂：

「等會你看我三十五步之外接連五顆子彈打在黑桃A[6]的中心，你不至於洩氣吧？我看你有點生氣了，那你可要糊裡糊塗送命的呢。」

「你不敢啦？」歐也納說。

「別惹我，」伏脫冷道，「今天天氣不冷，來這裡坐吧，」他指著幾張綠漆的凳子，「好，這裡不會有人聽見了。我要跟你談談。你是一個好小子，我不願意傷了你。咱家鬼（嚇！該死！），咱家伏脫冷可以賭咒，我真喜歡你。為什麼？我會告訴你的。現在只要你知道，我把你認識得清清楚楚，好像你是我生的一樣。我可以給你證明。哎，把袋子放在這裡吧。」他指著圓桌說。

拉斯蒂涅把錢袋放在桌上，他不懂這傢伙本來說要打死他，怎麼又忽然裝作他的保護人。

「你很想知道我是誰、做過什麼事、現在又在做些什麼。你太好奇了，孩子。哎，不用急。我的話長呢。我『倒過楣』。你先聽著，等會再回答。我過去的身世，倒過楣三個字就可以說完了。我是誰？伏脫冷。做些什麼？做我愛做的事。完啦。你要知道我的個性嗎？只要對我好或是我覺得投緣的人，我對他們和氣得很。這種人可以百無禁忌，儘管在我小腿上踢幾腳，我也不會說一聲『哼，小心！』可是，小乖乖！那些找我麻煩的人，或是我覺得不對勁的，我會凶得像魔鬼。還得告訴你，我把殺人當作——呸——這樣的東西！」

說著，他唾了一道口水：「不過我殺人殺得很得體，倘使非殺不可的話。我是你們所說的藝術家。別小看我，我念過本威奴托．切利尼[7]的《回憶錄》，還是義大利文的原作！他是一個會作樂的好漢，我跟他學會了模仿天意——所謂天意，就是不分青紅皂白把我們亂殺一陣。我也學會了到處愛美麗的事物。你說，單槍匹馬跟所有的人作對，把他們一齊打倒，不是挺美嗎？

「對你們這個亂七八糟的社會組織，我仔細想過。告訴你，孩子，決鬥是小娃娃的玩

6 黑桃為撲克牌的一種花色，A為每種花色中最大的牌。此處是指打槍的靶子。
7 本威奴托．切利尼（一五〇〇—一五七一），十六世紀義大利版畫家、雕塑家，以生活放浪冒險聞名於世。

意，簡直胡鬧。兩個人之間有一個人多餘的時候，只有傻瓜才會聽憑偶然去決定。決鬥嘛，就像猜銅板！呃！我一口氣在黑桃A的中心打進五顆子彈，一顆釘著一顆，還是在三十五步之外！有了這些小本領，總以為打中個把人是沒問題的了。唉！哪知我隔開二十步打一個人竟沒有中。對面那混蛋，一輩子沒有拿過手槍，可是你瞧！」

他說著解開背心，露出像熊背一樣多毛的胸脯，上面生著一簇教人又噁心又害怕的黃毛，「那乳臭未乾的小子竟然把我的毛燒焦了。」他把拉斯蒂涅的手指按在他乳房的一個凹陷上，「那時我還是個孩子，像你這個年紀，二十一歲。我還相信一些東西，譬如說，相信一個女人的愛情，相信那些弄得你七葷八素的荒唐事。

「我們交起手來，你可能把我打死。假定我躺在地下了，你怎麼辦？得逃走囉，到瑞士去，白吃爸爸的，而爸爸也沒有幾分錢。你現在的情形，讓我來點醒你。我的看法高人一等，因為我有生活經驗，知道只有兩條路好走：不是糊裡糊塗的服從，就是反抗。我，還用說嗎？我對什麼都不服從。照你現在這個派頭，你知道你需要什麼，一百萬財產，而且要快。不然的話，你儘管胡思亂想，一切都是水中撈月，白費！這一百萬，我來給你吧。」

他停了一下，望著歐也納：「啊！啊！現在你對伏脫冷老頭的神氣好一些了。一聽我那句話，你就像小姑娘聽見人家說了聲『晚上見』，便理理毛，舐舐嘴唇，有如喝過牛奶的貓咪。這才對啦。

「來，來，咱們合作吧。先算算你那筆帳，小朋友。家鄉，我們有爸爸、媽媽、姑婆、兩個妹妹（一個十八、一個十七）、兩個弟弟（一個十五、一個十歲），這是我們的花名冊。姑婆管教兩個妹妹，神父教兩個弟弟拉丁文。家裡總是多喝栗子湯，少吃白麵包。爸爸非常愛惜他的褲子，媽媽難得添一件冬衣和夏衣，兩個妹妹能將就便將就了。我什麼都知道，我住過南方。要是家裡每年給你一千二，田裡的收入統共只有三千，那麼你們的情形就是這樣。

「我們有一個廚娘、一個當差，面子總要顧到，爸爸還是男爵呢。至於我們自己，我們有野心，有鮑賽昂家撐腰，我們拼著兩條腿走去，心裡想發財，袋裡空空如也；嘴裡吃著伏蓋媽媽的簡便飯菜，心裡愛著聖・日爾曼區的山珍海味；睡的是破床，想的是高堂大廈！我不責備你的欲望。我的小心肝，野心不是個個人有的。你去問問那些女人，她們追求的是怎麼樣的男人，還不是野心家？野心家比別的男人腰粗臂胖，血中鐵質更多，心也更熱。女人強壯的時候真快樂，真好看，所以在男人中專挑有力氣的愛，便是給他壓壞也甘心。

「我一項一項舉出你的欲望，好向你提出問題。問題是這樣：我們肚子餓得像狼，牙齒又尖又快，該怎麼做才能弄到大魚大肉？第一要吞下《法典》，那可不是好玩的事，也學不到什麼，可是這一關非過不可。好，就算過了關，我們去當律師，準備將來在重罪法庭當庭長，把一些英雄好漢，肩膀上刺了「T. F.」[8]的打發出去，好讓那些有錢人平平安安的睡覺。

「這可不是滋味，而且時間很久。先得在巴黎愁眉苦臉的熬兩年，對我們饞涎欲滴的美果只許看，不許碰。老想要而要不到，才磨人呢。倘若你面無血色，性格軟綿綿的像條蟲，那還不成問題；不幸我們的血像獅子的一樣滾燙，胃口奇好，一天可以胡鬧二十次。這樣你就受罪啦，受老天爺地獄裡最凶的刑罰啦。

「就算你安分守己，只喝牛奶，作些哀傷的詩，可是熬盡了千辛萬苦，憋著一肚子怨氣之後，你總得，不管你怎樣的胸襟高曠，先要在一個混蛋手下當代理檢察，在什麼破落的小城裡，政府丟給你一千法郎薪水，好像把殘羹冷飯扔給肉鋪裡的一條狗。你的職司是盯在小偷背後狂吠，替有錢人辯護，把有良心的送上斷頭臺。你非這樣不可！

「要沒有靠山，你就在外省法院裡發霉。到三十歲，你可以當一名年俸一千二的法官，倘若捧住飯碗的話。熬到四十歲，娶一個磨坊主人的女兒，帶來六千上下的陪嫁。好啦，謝謝吧。要是有靠山，到了三十歲你便是檢察官，五千法郎薪水，娶的是市長的女兒。再玩一下卑鄙的政治手段，譬如讀選舉票的時候，把自由黨的瑪虞哀念做保皇黨的維萊（既然押韻，用不著良心不安），你可以在四十歲的時候升做首席檢察官，還能當議員。你要注意，親愛的孩子，這麼做是要咱們昧一下良心，吃二十年苦，無聲無臭的受二十年難，咱們的姊妹只能當老姑娘終身。還得奉告一句，首席檢察官的缺額，全法國總共只有二十個，候補的有兩萬，其中盡有些不要臉的，為了升官發財，不惜出賣妻兒子女。

「如果這一行你覺得倒胃口，那麼再來瞧瞧別的。特·拉斯蒂涅男爵有意當律師嗎？噢！好極了！先得熬上十年，每月一千法郎開銷，要一套藏書，一間事務所，出去應酬，卑躬屈膝的巴結訴訟代理人，才能招攬案子，到法院去吃灰。要是這一行能夠使你出頭，那也罷了。可是你去問一問，五十歲左右每年賺五萬法郎以上的律師，巴黎有沒有五個？嚇！與其受這樣的委屈，還不如去當海盜。再說，哪裡來的本錢？這都洩氣得很。

「不錯，還有一條出路是女人的陪嫁。哦，你願意結婚嗎？那等於把一塊石頭掛上自己的脖子。何況為了金錢而結婚，咱們的榮譽感、咱們的志氣，又放到哪裡去？還不如現在就反抗社會！像一條蛇似的躺在女人前面，舐著丈母娘的腳，做出連母豬也害臊的卑鄙事情，呸！這樣要能換到幸福，倒還罷了。但這種情形之下娶來的老婆，會教你倒楣得像陰溝蓋。跟自己的老婆鬥，還不如跟男人打架。

8 苦役犯肩上黥印「T. F.」兩個字母，是「苦役」二字的縮寫。

「這是人生的三岔口，朋友，你挑吧。你已經挑定了，你去過表親鮑賽昂家，嗅到了富貴氣。你也去過高老頭的女兒雷斯多太太家，聞到了巴黎婦女的味道。那天你回來，臉上明明白白寫著幾個字：往上爬！不顧一切的往上爬。我暗中叫好，心裡想這倒是一個配我脾胃的漢子。你要用錢，哪裡去找呢？你抽了姊妹的血。做兄弟的多多少少全騙過姊妹的錢。你家鄉多的是栗子，少的是金錢，天知道怎麼弄來的一千五百法郎，往外溜的時候跟大兵出門搶劫一樣快，錢完了怎麼辦？用功嗎？用功的結果，你現在明白了，是讓波阿萊那等角色老來在伏蓋媽媽家租間屋子。

「跟你情形相仿的四五萬青年，此刻都有一個問題要解決：趕快弄一筆財產。你是其中的一個。你想：你們要怎樣的拚命、怎樣的鬥爭？勢必你吞我，我吞你，像一個瓶裡的許多蜘蛛，因為根本沒有四五萬個好缺額。你知道巴黎人怎麼打天下的？不是靠天才的光芒，就是靠腐蝕的本領。在這個人堆裡，不像炮彈一般轟進去，就得像瘟疫一般鑽進去。清白老實一無用處。在天才的威力之下，大家會屈服；先是恨他、譭謗他，因為他一口獨吞，不肯分肥；可是他要堅持的話，大家便屈服了。總而言之，沒法把你埋在土裡的時候，就向你磕頭。

「雄才大略是少有的，遍地風行的是腐化墮落。社會上多的是飯桶，而腐蝕便是飯桶的武器，你到處覺得有它的刀尖。有些男人，全部家產不過六千法郎薪水，老婆的衣著花到一萬以上。收入只有一千二的小職員也會買田買地。你可以看到一些女人出賣身體，為的是要跟貴族院議員的公子，坐了車到長野跑馬場的中央大道上去奔馳。女兒有了五萬法郎進款，可憐的窩囊廢高老頭還不得不替女兒還債，那是你親眼目睹的。

「你看著吧，在巴黎走兩三步路要不碰到這一類的鬼玩意才怪。我敢把腦袋跟這一堆生菜打賭，你要碰到什麼你中意的女人，不管是誰，不管怎麼有錢、美麗、年輕，你馬上掉在黃蜂窠裡。她們受著法律束縛，什麼事都得跟丈夫明爭暗鬥。為了情人、衣著、孩子、家裡的開銷、虛榮，所玩的手段，簡直說不完，反正不是為了高尚的動機。所以正人君子是大眾的公敵。

「你知道什麼叫做正人君子嗎？在巴黎，正人君子是不聲不響，不願分贓的人。至於那批可憐的公共奴隸，到處做苦工而沒有報酬的，還沒有包括在內，我把他們叫做**相信上帝的傻瓜**。當然這是德行的最高峰，愚不可及的好榜樣，同時也是苦海。倘若上帝開個玩笑，在最後審判時缺席一下，那些好人包你都要愁眉苦臉！因此，你要想快快發財，必須現在已經有錢，或者裝作有錢。要弄大錢，就該大刀闊斧的幹，要不一切就完了。三百六十行中，倘使有十幾個人成功得快，大家便把他們叫做賊。你自己去找結論吧。人生就是這麼回事。跟廚房一樣腥臭。要撈油水不能怕弄髒手，只要事後洗乾淨；今日所謂道德，不過是這一點。

「我這樣評論社會是有權利的，因為我認識社會。你以為我責備社會嗎？絕對不是。世界一向是這樣的。衛道人士永遠改變不了它。人是不完全的，不過他的作假有時多有時少，一班傻子便跟著說風俗淳樸了，或是澆薄了。我並不幫平民罵富翁，上中下三等的人都是一樣的人。這些高等野獸，每一百萬之中總有十來個狠傢伙，高高的坐在一切之上，甚至坐在法律之上，我便是其中之一。你要有種，你就揚著臉一條直線往前衝。可是你得跟妒忌、毀謗、庸俗戰鬥，跟所有人戰鬥。拿破崙碰到一個叫做奧勃里的陸軍部長，差一點送他往殖民地[9]。

「你自己想一想吧！看你是否能每天早上起來，比前一晚更有勇氣。如果是的話，我可以給你提出一個誰也不會拒絕的計畫。喂，你聽著。我這裡有個主意。我想過一種族長的生活，在美國南部弄一大塊田地，就算十萬阿爾邦[10]吧。我要在那邊種植，買奴隸，靠著賣牛、賣菸草、賣林木的生意賺他幾百萬，把日子過得像小皇帝一樣。那種隨心所欲的生活，蹲在這種破窯裡的人連做夢也想不到的。

「我是個大詩人。我的詩不是寫下來的，而是在行動和感情上表現的。此刻我有五萬法郎，只夠買四十個人。我需要二十萬法郎，因為我要兩百個黑人，才能滿足我長老生活的癮。黑人，你懂不懂？那是一些自生自滅的孩子，你愛拿他們怎麼辦就怎麼辦，絕沒有一個好奇的檢察官會來過問。有了這筆黑資本，十年之內可以賺到三、四百萬。

我若成功了，就沒有人盤問我的出身。我就是四百萬先生、合眾國公民。那時我才五十歲，不至於發霉，我愛怎麼玩就怎麼玩。

「總而言之，倘若我替你弄到一百萬陪嫁，你肯不肯給我二十萬？兩成佣金，不算太多吧？你可以教嫩妻愛你。一旦結了婚，你得表示不安、懊惱，半個月內裝作悶悶不樂。然後，某一天夜裡，先來一番裝腔作勢，再在兩次親吻之間，對你老婆說出有二十萬的債，當然那時要稱她為心肝寶貝囉！這種戲碼天天都有一批最優秀的青年在搬演。一個少女把心給了你，還怕不肯打開錢包嗎？你以為你損失了嗎？不。一樁買賣就能把二十萬撈回來。憑你的資本、憑你的頭腦，要弄多大的家產都不成問題。

「於是乎[11]，你在六個月之中就造就了你的幸福、造就了一個小嬌娘的幸福，還有伏脫冷老頭的幸福，以及你父母姊妹的幸福，他們此刻不是缺少木柴，手指凍得發疼嗎？我的提議跟條件，你不用大驚小怪！巴黎六十樁美滿的婚姻，總有四十七樁是這一類的交易。公證人公會曾經強逼某先生……」

「要我怎麼辦呢？」拉斯蒂涅迫不及待的打斷了伏脫冷的話。

9 一七九四年的拿破崙被國防委員會委員奧勃里解除義大利方面軍的炮兵指揮。
10 阿爾邦為古量度名，約等於三十至五十一畝，因地域而異。每畝合一百平方公尺。
11 原文是拉丁文，舊時邏輯學及修辭學中的套頭語，表示伏脫冷也念過書。

「噢，用不著你多費心的，」伏脫冷回答的時候，那種高興好比一個漁翁覺得魚兒上了鉤，「你聽我說！凡是可憐的、受難的女子，她的心就像一塊極需要愛情的海綿，只要一滴感情，就立刻膨脹。追求一個孤獨、絕望、貧窮、想不到將來有大家產的姑娘，呃！那簡直是拿了一手同花順[12]，或是知道了頭獎的號碼去買獎券，或是得了消息去做公債。你的親事就像在三合土上打了根基。一旦有幾百萬家產落在那姑娘頭上，她會當作泥土一般扔在你腳下，說道：『拿吧，我的心肝！拿吧，阿陶夫！阿弗萊！拿吧，歐也納！』只要阿陶夫、阿弗萊，或者歐也納有那聰明的頭腦肯為她犧牲。

「所謂犧牲，不過是賣掉一套舊衣服，換幾個錢一同上藍鐘飯鋪吃一頓香菌包子；晚上再到滑稽劇院看一場戲；或者把錶送往當鋪，買一條披肩送她。那些愛情的小玩意，無須跟你細說，多少女人都喜歡那一套，譬如寫情書的時候，在信箋上灑幾滴水冒充眼淚等等，我看你似乎完全懂得調情的把戲。

「你瞧，巴黎彷彿新大陸上的森林，有無數的野蠻民族在活動，什麼伊林諾人、許龍人，都在社會上靠打獵過活。你是個追求百萬家產的獵人，得用陷阱、用鳥笛、用哨子去獵取。打獵的種類很多：有的獵取陪嫁，有的獵取破產後的清算[13]，有的出賣良心，有的出賣無法抵抗的訂戶[14]。凡是滿載而歸的人都被敬重、慶賀、受上流社會招待。

「說句公平話，巴黎的確是世界上最好客的城市。如果歐洲各大京城高傲的貴族，不許一個聲名狼藉的百萬富翁跟他們稱兄道弟，巴黎自會對他張開雙手，赴他的宴會，吃他的飯，跟他碰杯，祝賀他的醜事。」

「可是哪裡去找這樣一個姑娘呢？」歐也納問。

「就在眼前，聽你擺布！」

「維多莉小姐嗎？」

「對啦！」

「怎麼？」

「她已經愛上你了，你那個特．拉斯蒂涅男爵夫人！」

「她一個子兒都沒有呢。」歐也納很詫異的說。

「噢！這個嗎？再補上兩句，事情就明白了。泰伊番老頭在大革命時代暗殺過他的一個朋友。他是跟咱們一派的好漢，思想獨往獨來。他是銀行家，弗萊特烈－泰伊番公司的大股東，他想把全部家產傳給獨生子，把維多莉一腳踢開。我本人，可不喜歡這種不公平的事。我好比唐．吉訶德，專愛鋤強扶弱。如果上帝的旨意要召回他的兒子，泰伊番

12 同花順為紙牌中最高級的大牌。
13 資本主義社會中有的商人是靠倒閉清算而發財的。
14 出賣良心是指受賄賂的選舉，出賣訂戶指報館老闆出讓報紙。

自會承認女兒——他好歹總要一個繼承人，這又是人類天生的傻脾氣，可是他不能再生孩子，我知道。

「維多莉溫柔可愛，很快會把老子哄得回心轉意，用感情弄得他團團轉，像個德國陀螺似的。你對她的愛情，她感激萬分，絕不會忘掉，她會嫁給你。我呢，我來替天行道，教上帝發願。我有個生死之交的朋友，羅亞爾軍團[15]的上校，最近調進王家衛隊。他聽了我的話加入極端派的保皇黨，他才不是固執成見的糊塗蟲呢。

「順便得忠告你一句，好朋友，你不能拿自己的話當真，也不能拿自己的主張當真。有人要收買你的主張，不妨出賣。一個自命為從不改變主張的人，是一個永遠走直線的人，相信自己永遠正確的大傻瓜。世界上沒有原則，只有意外；沒有法律，只有時勢。高明的人和意外跟時勢打成一片，任意支配。倘若真有什麼固定的原則跟法律，大家也不能隨時更換，像我們換襯衫一樣容易了。

「一個人用不著比整個民族更有智慧。替法國出力最少的倒是受人膜拜的偶像，因為他老走激進的路，其實這等人至多只能放在博物院中跟機器一起，掛上一條標籤，稱他為拉法耶特[16]，至於被每個人丟石子的那位親王，根本瞧不起人類，所以人家要他發多少誓便發多少誓，他卻在維也納會議中使法國免於被瓜分。他替人爭了王冠，人家卻把汙泥丟在他臉上[17]。

「噢！什麼事的底細我都明白，人家的祕密我知道的才多呢！不用多說了。只要有一天能碰到三個人對一條原則的運用意見一致，我就佩服，我馬上可以採取一個堅決的主張，可是不知何年何月才有這麼一天呢！對同一條法律的解釋，法庭上就沒有三個法官意見相同。言歸正傳，說我那個朋友吧。只要我開個口，他會把耶穌基督重新釘上十字架。憑我伏脫冷老頭一句話，他就會向那個小子挑釁，他——對可憐的妹妹連一分錢都不給，哼！——……然後……」

伏脫冷站起身子，擺著姿勢，好似一個劍術教師準備開步的功架：

「然後，請他回老家！」

「嚇死人了！」歐也納道，「你是開玩笑吧，伏脫冷先生？」

「呦！呦！呦！別緊張，」他回答，「別那麼孩子氣。你要是願意，儘管去生氣，去冒火！說我惡棍、壞蛋、無賴、強盜，都行，只別叫我騙子，也別叫我奸細！來吧，開口吧，把你的連珠炮放出來吧！我原諒你，在你這個年紀上那是很自然的！我就是過來人！

15 滑鐵盧一仗以後，拿破崙的一部分軍隊改編為羅亞爾軍團。

16 拉法耶特一生並無重大貢獻而聲名不衰，政制屢更，仍無影響。

17 指泰勒朗，在拿破崙時代以功封為親王，王政時代仍居顯職，可謂三朝元老。路易十八能復辟，泰勒朗在幕後出了很大的力量。

「不過得仔細想一想。也許有一天你幹的事比這個更要不得，你會去拍漂亮女人的馬屁，接受她的錢。你已經在這麼想了。因為你要不在愛情上預支，你的夢想怎麼能成功？親愛的大學生，德行是不可分割的，是則是，非則非，一點沒有含糊。

「有人說罪過可以彌補，可以用懺悔來抵銷！哼，笑話！為了要爬到社會上的某一級而去勾引女人、離間一家的兄弟，總之為了個人的快活和利益，明裡暗裡所幹的一切卑鄙勾當，你以為合乎信仰、希望、慈悲三大原則嗎？一個紈袴子弟引誘未成年的孩子一夜之間丟了一半家產，憑什麼只判兩個月徒刑？一個可憐的窮鬼在**加重刑罰的情節**[18]中偷了一千法郎，憑什麼就判終身苦役？這是你們的法律。沒有一條不荒謬。戴了黃手套說漂亮話的人物，殺人不見血，永遠躲在背後；普通的殺人犯卻在黑夜裡用鐵棍撬門進去，那明明是犯了**加重刑罰**的條款了。

「我現在向你提議的，跟你將來所要做的，差別只在於見血不見血。你還相信世界上真有什麼永恆不變的東西！嗳！千萬別把人放在眼裡，倒應該研究一下法網上哪裡有漏洞。只要不是彰明昭著發的大財，骨子裡都是大家遺忘了的罪案，只是案子做得乾淨罷了。」

「別說了，先生，我不能再聽下去，你要使我懷疑自己了，這時我只能聽感情指揮。」

「隨你吧，孩子。我只當你是個硬漢。我再不跟你說什麼了。不過，最後交代你一句：」他目不轉睛的瞪著大學生，「我的祕密交給你了。」

「不接受你的計畫，當然會忘掉的。」

「說得好，我聽了很高興。不是嗎？換了別人，就不會這麼謹慎體貼了。別忘了我這番心意。等你半個月。要就辦，不要就算了。」

眼看伏脫冷挾著手杖，若無其事的走了，拉斯蒂涅不禁想道：「好一個死心眼的傢伙！特．鮑賽昂太太文文雅雅對我說的，他赤裸裸的說了出來。他拿鋼鐵般的利爪把我的心撕得粉碎。我何必要上特．紐沁根太太家去？我剛轉好念頭，他就猜到了。關於德行，這強盜賊子三言兩語告訴我的，遠過於多少人物、多少書本所說的。如果德行不允許妥協，我豈不是偷盜了我的妹妹？」

他把錢袋往桌上一扔，坐下來胡思亂想。

「忠於德行，就是做一個偉大的殉道者！嚇！大家都相信德行，可是誰是有德行的？民眾崇拜自由，可是自由的人民在哪裡？我的青春還像明淨無雲的藍天，可是巴望富貴，不就是決定說謊，屈膝，在地下爬，逢迎吹拍，處處作假嗎？不就是心甘情願聽那班說過謊，屈過膝，在地下爬過的人使喚嗎？要加入他們的幫口，先得侍候他們。呸！那不行。我要規規矩矩、清清白白的用功，夜以繼日的用功，憑勞力來賺我的財產。這

18「加重刑罰的情節」為法律術語，例如手持武器，夜入人家，在刑事上即為加重刑罰的情節。

是求富貴最慢的路，但我每天可以問心無愧的上床。白璧無瑕，像百合一樣的純潔，將來回顧一生的時候，豈不挺美？我跟人生，還像一個青年和他的未婚妻一樣新鮮，伏脫冷卻教我看到婚後十年的情景。該死！我越想越糊塗了。還是什麼都不去想，聽憑我的感情引導吧。」

胖子西爾維的聲音趕走了歐也納的幻想，她報告說裁縫來了。他拿了兩口錢袋站在裁縫前面，覺得這個場面倒也不討厭。試過晚禮服，又試一下白天穿的新裝，他馬上變了一個人。

他心裡想：「還怕比不上特．脫拉伊？還不是一樣的紳士氣派？」

「先生，」高老頭走進歐也納的屋子說，「你可是問我特．紐沁根太太上哪些地方應酬嗎？」

「是啊。」

「下星期一，她要參加特．加里里阿諾元帥的跳舞會。要是你能夠去，請你回來告訴我，她們姊妹倆是不是玩得開心，穿些什麼衣服，總之，你要樣樣說給我聽。」

「你怎麼知道的？」歐也納讓他坐在火爐旁邊問他。

「她的老媽子告訴我的。從丹蘭士和公斯當斯[19]那邊，我打聽出她們的一舉一動。」

他像一個年輕的情人因為探明了情婦的行蹤，對自己的手段非常得意，「你可以看到她們了，你！」他的豔羨與痛苦都天真的表現了出來。

「還不知道呢，」歐也納回答，「我要去見特．鮑賽昂太太，問她能不能把我介紹給元帥夫人。」

歐也納想到以後能夠穿著新裝上子爵夫人家，不由得暗中歡喜。道德家所謂人心的深淵，無非指一些自欺欺人的思想、不知不覺只顧自己利益的念頭。那些突然的變化，來一套仁義道德的高調，又突然回到老路上去，都是迎合我們求快樂的願望的。眼看自己穿扮齊整，手套靴子樣樣合格之後，拉斯蒂涅又忘了敦品勵學的決心。青年人陷於不義的時候，不敢對良心的鏡子照一照；成年人卻不怕正視——人生兩個階段的不同完全在於這一點。

幾天以來，歐也納和高老頭這對鄰居成了好朋友。他們心照不宣的友誼、伏脫冷和大學生的不投緣，其實都出於同樣的心理。將來倘有什麼大膽的哲學家，想肯定我們的感情對物質世界的影響，一定能在人與動物的關係中找到不少確實的例子，證明感情並不是抽象的。譬如說，看相的人推測一個人的性格，絕不能一望而知，像狗知道一個陌生人對牠的愛憎那麼快。有些無聊的人想淘汰古老的字眼，可是「物以類聚」這句成語

19 丹蘭士是特．紐沁根太太的女傭人，公斯當斯是特．雷斯多太太的女傭人。

始終掛在每個人的嘴邊。受到人家的愛，我們是感覺到的。感情在無論什麼東西上面都能留下痕跡，並且能穿越空間。一封信代表一顆靈魂，等於口語的忠實回聲，所以敏感的人把信當作愛情的至寶。

高老頭的盲目感情，已經把他像狗一樣的本能發展到出神入化，自然能體會大學生對他的同情、欽佩和好意。可是初期的友誼還沒有到推心置腹的階段。歐也納以前固然表示要見特・紐沁根太太，卻並不想託老人介紹，而僅僅希望高里奧漏出一點口風給他利用。高老頭也直到歐也納拜訪了阿娜斯大齊和特・鮑賽昂太太回來，當眾說了那番話，才和歐也納提起女兒。他說：

「親愛的先生，你怎麼會以為說出了我的名字，特・雷斯多太太便生你的氣呢？兩個女兒都很孝順，我是個幸福的父親。只是兩個女婿對我不好。我不願意為了跟女婿不和，教兩個好孩子傷心，我寧可暗地裡看她們。這種偷偷摸摸的快樂，不是那些隨時可以看到女兒的父親所能瞭解的。我不能那麼做，你懂不懂？

「所以碰到好天氣，先問過老媽子女兒是否出門，我上香榭麗舍大道去等。車子來的時候，我的心跳起來。看她們穿扮那麼漂亮，我多高興。她們順便對我笑一笑，噢！那就像天上照下一道美麗的陽光，把世界鍍了金。我待在那兒，她們還要回來呢。是呀，我又看見她們了！呼吸過新鮮空氣，臉蛋兒紅紅的。旁邊的人說：『哦！多漂亮的女人！』我聽了多開心。那不是我的親骨肉嗎？我喜歡替她們拉車的馬，我願意做她們膝上的小狗。她們快樂，我才覺得活得有意思。各有各的愛的方式，我那種愛又不妨礙誰，人家幹嘛要管我的事？我有我享福的辦法。晚上去看女兒出門上跳舞會，難道犯法嗎？要是去晚了，知道『太太已經走了』，那我才傷心死呢！有一晚我等到凌晨三點，才看到兩天沒有見面的娜齊。我開心得幾乎暈過去！

「我求你，以後提到我，一定得說我女兒孝順。她們要送我各式各樣的禮物，我把她們攔住了，我說：『不用破費呀！我要那些禮物幹什麼？我一樣都不缺。』真的，親愛的先生，我是什麼東西？不過是一個臭皮囊罷了，只是一顆心老跟著女兒。」

那時歐也納想出門先上杜樂麗花園遛遛，然後到了時間去拜訪特‧鮑賽昂太太。高老頭停了一會又說：「將來你見過了特‧紐沁根太太，告訴我你在兩個之中更喜歡哪一個。」

這次的散步是歐也納一生的關鍵。有些女人注意到他了：他那麼美，那麼年輕，那麼體面，那麼風雅！一看到自己成為路人讚美的目標，立刻忘了被他羅掘一空的姑母、妹妹，也忘了良心的指摘。他看見頭上飛過那個極像天使的魔鬼，五色翅膀的撒旦，一路撒著紅寶石，把黃金的箭射在宮殿前面，把女人穿得大紅大紫，把簡陋的王座蒙上惡俗的光彩；他聽著那個虛榮的魔鬼嘮叨，把虛幻的光彩認為權勢的象徵。伏脫冷的議論儘管那樣的玩世不恭，已經深深的種在他心頭，好比處女的記憶中有個媒婆的影子，對她說道：「黃金和愛情，滔滔不盡！」

懶洋洋的溜達到五點左右，歐也納去見特・鮑賽昂太太，不料碰了個釘子，年輕人無法抵抗的那種釘子。至此為止，他覺得子爵夫人非常客氣，非常殷勤，那是貴族教育的表現，不一定有什麼真情實意的。他一進門，特・鮑賽昂太太便做了一個不高興的姿勢，冷冷的說：

「特・拉斯蒂涅先生，我不能招待你，至少在這個時候！我忙得很……」

對於一個能察言觀色的人，而拉斯蒂涅已經很快的學會了這一套，這句話、這個姿勢、這副眼光、這種音調，原原本本說明了貴族階級的特性和習慣。他在絲絨手套下面瞧見了鐵掌，在儀態萬方之下瞧見了本性和自私，在油漆之下發現了木料。總之他聽見了從王上到末等貴族一貫的口氣：我是王。

以前歐也納把她的話過於當真，過於相信她的心胸寬大。不幸的人只道恩人與受恩的人是盟友，以為一切偉大的心靈完全平等。殊不知使恩人與受恩的人同心一體的那種慈悲，是跟真正的愛情同樣絕無僅有、同樣不被瞭解的天國的熱情。兩者都是優美的心靈慷慨豪爽的表現。拉斯蒂涅一心想踏進特・加里里阿諾公爵夫人的舞會，也就忍受了表姊的脾氣。

「太太，」他聲音顫巍巍的說，「沒有要緊事，我也不敢來驚動你，你包涵點吧，我之後再來。」

「好，那麼你來吃飯吧。」她對剛才的嚴厲有點不好意思了，因為這位太太的好心的確不下於她的高貴。

雖則突然之間的轉圜使歐也納很感動，他臨走仍不免有番感慨：「爬就是了，什麼都得忍受。連心地最好的女子一剎那間也會忘掉友誼的諾言，把你當破靴似的扔掉，別的女人還用說嗎？各人自掃門前雪，想不到竟是如此！沒錯，她家不是開店的，我不該有求於她。真得像伏脫冷所說的，像一顆炮彈似的轟進去！」

想到要在子爵夫人家吃飯的快樂，大學生的牢騷也就沒有了。就是這樣，好似命中註定似的，他生活中一切瑣瑣碎碎的意外，都逼他如伏脫冷所說的，在戰場上為了不被人殺而不得不殺人，為了不受人騙而不得不騙人，把感情與良心統統丟開，戴上假面具，冷酷無情的玩弄人，神不知鬼不覺的去獵取富貴。

他回到子爵夫人家，發現她滿面春風，又是向來的態度了。兩人走進飯廳，子爵早已等在那裡。大家知道，王政時代是飲食最奢侈的時代。特．鮑賽昂先生什麼都玩膩了，除了講究吃喝以外，再沒有別的嗜好。他在這方面跟路易十八和臺斯加公爵[20]是同

20 臺斯加公爵生於一七四七年，一七七四年為宮中掌膳大臣。路易十八復辟後，仍任原職，以善於烹飪聞名。相傳某次與王共同進膳後因不消化病卒。路易十八聞訊，自詡「胃力比那個可憐的臺斯加強多了」。

道。他飯桌上的奢侈是外表和內容並重的。歐也納還是第一次在世代簪纓之家用餐，沒有見識過這等場面。舞會結束時的宵夜餐在帝政時代非常流行，軍人非得飽餐一頓、養足精神，應付不了國內外的戰鬥。當時的風氣把這種宵夜餐取消了。歐也納過去只參加過舞會，幸虧他態度持重——將來他在這一點上很出名的，而那時已經開始有些氣度——並沒顯得大驚小怪。可是眼見鏤刻精工的銀器，席面上那些說不盡的講究，第一次領教到毫無聲響的侍應：一個富於想像的人怎麼能不羨慕無時無刻不高雅的生活，而不厭棄他早上所想的那種清苦生涯呢！

他忽然想到公寓的情形，覺得厭惡至極，發誓正月裡非搬家不可：一則換一所乾淨的屋子，一則躲開伏脫冷，免得精神上受他的威脅。頭腦清楚的人真要問，巴黎既有成千上萬有聲無聲的傷風敗俗之事，怎麼國家會如此糊塗，把學校放在這個城裡，讓年輕人聚集在一起？怎麼美麗的婦女還會受到尊重？怎麼兌換商堆在鋪面上的黃金不至於從木鐘[21]裡不翼而飛？再拿年輕人很少犯罪的情形來看，那些耐心的饑荒病者拚命壓制饞癆的苦功，更令人佩服了！窮苦的大學生跟巴黎的奮戰，好好描寫下來，便是現代文明最悲壯的題材。

特．鮑賽昂太太瞧著歐也納逗他說話，他卻始終不肯在子爵面前開一聲口。

「你今晚陪我上義大利劇院去嗎？」子爵夫人問她的丈夫。

「能夠奉陪在我當然是樁快樂的事，」子爵的回答，殷勤之中帶點俏皮，歐也納根本沒有發覺，「可惜我要到多藝劇院去會朋友。」

「他的情婦囉。」她心裡想。

「阿瞿達今晚不來陪你嗎？」子爵問。

「不。」她回答的神氣不大高興。

「噯，你一定要人陪的話，不是有拉斯蒂涅先生在這裡嗎？」

子爵夫人笑盈盈的望著歐也納，說道：「對你可不大方便吧？」

「夏多布里昂先生說過：法國人喜歡冒險，因為冒險之中有光榮。」歐也納彎了彎身子回答。

過了一會，歐也納坐在特．鮑賽昂太太旁邊，給一輛飛快的轎車送往那個時髦劇院。他走進一個正面的包廂，和子爵夫人同時成為無數手眼鏡的目標，子爵夫人的裝束美豔無比。歐也納幾乎以為進了神仙世界。再加銷魂蕩魄之事接踵而至。

子爵夫人問道：「你不是有話跟我說嗎？喲！你瞧，特．紐沁根太太就離我們三個包廂。她的姊姊和特．脫拉伊先生在另外一邊。」

---

21 木鐘為當時兌換商堆放金幣之器物。

子爵夫人說著，對洛希斐特小姐的包廂瞟了一眼，看見特．阿瞿達先生並沒在座，頓時容光煥發。

「她可愛得很。」歐也納瞧了瞧特．紐沁根太太。

「她的眼睫毛黃得發白。」

「沒錯，可是多美麗的細腰身！」

「手很大。」

「噢！眼睛美極了！」

「臉太長。」

「長有長的漂亮。」

「真的嗎？那是她運氣好。你瞧她手眼鏡舉起放下的姿勢！每個動作都脫不了高里奧氣息。」子爵夫人這些話使歐也納大為詫異。

特．鮑賽昂太太擎著手眼鏡照來照去，似乎並沒注意特．紐沁根太太，其實是把每個舉動瞧在眼裡。劇院裡都是漂亮人物。可是特．鮑賽昂太太的年輕、俊俏、風流的表弟，只注意但斐納．特．紐沁根一個，叫但斐納看了著實得意。

「先生，你對她一直看下去，要給人家笑話了。這樣不顧一切的死盯人是不會成功的。」

「親愛的表姊，我已經屢次承蒙你照應，倘使你願意成全我的話，只請你給我一次惠而不費的幫助。我已經入迷了。」

「這麼快？」

「是的。」

「就是這一個嗎？」

「還有什麼旁的地方可以施展我的抱負呢？」他對表姊深深的望了一眼，停了一會又道，「特·加里里阿諾公爵夫人跟特·裴里夫人很要好。你見到她的時候，請你把我介紹給她，帶我去赴她下星期一的跳舞會。我可以在那裡碰到特·紐沁根太太，試試我的本領。」

「好吧，既然你已經看中她，你的愛情一定順利。瞧，特·瑪賽在特·迦拉蒂沃納公主的包廂裡。特·紐沁根太太在受罪啦，她氣死了。要接近一個女人，尤其銀行家的太太，再沒比這個更好的機會了。唐打區的婦女都是喜歡報復的。」

「你碰到這情形又怎麼辦？」

「我嘛，我就不聲不響的受苦。」

這時特·阿瞿達侯爵走進特·鮑賽昂太太的包廂。

他說：「因為要來看你，我把事情都弄糟啦，我先提一聲，免得我白白犧牲。」

歐也納覺得子爵夫人臉上的光輝是真愛的表示，不能和巴黎式的調情打趣、裝腔作勢混為一談。他對表姊欽佩之下，不說話了，歎了口氣把座位讓給阿瞿達，心裡想：「一個女人愛到這個地步，真是太高尚、太了不起了！這傢伙為了一個玩具娃娃把她丟了，真教人想不通。」

他像小孩子一樣氣憤至極，很想在特．鮑賽昂太太腳下打滾，恨不得有魔鬼般的力量把她搶到自己心坎裡，像一隻鷹在平原上把一頭還沒斷奶的小白山羊抓到窩裡去。在這個粉白黛綠的博物院中沒有一幅屬於他的畫、沒有一個屬於他的情婦，他覺得很委屈。他想：「有一個情婦等於有了王侯的地位，有了權勢的標識！」他望著特．紐沁根太太，活像一個受了侮辱的男子瞪著敵人。子爵夫人回頭使了個眼色，對他的知情識趣表示不勝感激。臺上第一幕剛演完。

她問阿瞿達：「你和特．紐沁根太太相熟，可以把拉斯蒂涅先生介紹給她嗎？」

侯爵對歐也納說：「哦，她一定很高興見見你的。」

漂亮的葡萄牙人起身挽著大學生的手臂，一眨眼便到了特．紐沁根太太旁邊。

「男爵夫人，」侯爵說道，「我很榮幸能夠給你介紹這位歐也納．特．拉斯蒂涅騎士，特．鮑賽昂太太的表弟。他對你印象非常深刻，我有心成全他，讓他近前來瞻仰瞻仰他的偶像。」

這些話多少帶點打趣和唐突的口吻，可是經過一番巧妙的掩飾，永遠不會使一個女人討厭。特．紐沁根太太微微一笑，把丈夫剛走開而留下的座位讓歐也納坐了。她說：「我不敢請你留在這裡，一個人有福分跟特．鮑賽昂太太在一起，是不肯走開的。」

「可是，太太，」歐也納低聲回答，「如果我要討表姊的歡心，恐怕就該留在你身邊。」他又提高嗓子，「侯爵來到之前，我們正談著你，談著你大方高雅的風度。」

特．阿瞿達先生抽身告辭了。

「真的，先生，你要留在我這裡嗎？」男爵夫人說，「那我們可以變熟了，家姊和我提過你，真是久仰得很！」

「那麼她真會作假，她早已把我擋駕了。」

「怎麼呢？」

「太太，我應當把原因告訴你，不過要說出這樣一樁祕密，先得求你包涵。我是令尊大人的鄰居，當初不知道特．雷斯多太太是他的女兒。我無意中，冒冒失失提了一句，把令姊和令姊夫得罪了。你真想不到，特．朗日公爵夫人和我的表姊，認為這種背棄父親的行為多麼不合體統。我告訴她們經過情形，她們笑壞了。特．鮑賽昂太太把你和令姊做比較，說了你許多好話，說你待高里奧先生十分孝順。真是，你怎麼能不孝順他呢？他那樣的疼你，叫我看了忌妒。今天早上我和令尊大人談了你兩小時。剛才陪表姊吃飯的時候，我腦子裡還裝滿了令尊的那番話，我對表姊說：我不相信你的美貌能夠跟你的好心相比。大概看到我對你這樣仰慕，特．鮑賽昂太太才特意帶我到這裡來，以她那種慣有的殷勤對我說，我可以有機會碰到你。」

「先生，」銀行家太太說，「承你的情，我感激得很。不久我們就能成為老朋友了。」

「你說的友誼固然不只是泛泛之交，但我可永遠不願意做你的朋友。」

初出茅廬的人這套套公式的話，女人聽了總很舒服，唯有冷靜的頭腦才會覺得這話空洞貧乏。一個年輕人的舉動、音調、目光，使那些廢話變得有聲有色。特．紐沁根太太覺得拉斯蒂涅風流瀟灑。她像所有的女子一樣，沒法回答大學生那些單刀直入的話，扯到別的事情上去了。

「是的，姊姊對可憐的父親很不好。他卻是像上帝一樣的疼我們。特．紐沁根先生只許我在白天接待父親，我沒辦法才讓步的。可是我為此難過了多少次，哭了多少回。除了平時虐待之外，這種霸道也是破壞我們夫妻感情的一個原因。旁人看我是巴黎最幸福的女子，實際卻是最痛苦的。我對你說這些話，你一定以為我瘋了。可是你認識我父親，不能算外人了。」

「噢！」歐也納回答，「像我這樣願意把身心一齊捧給你的人，你永遠不會碰到第二個。你不是要求幸福嗎？」他用那種直扣心弦的聲音說，「啊！如果女人的幸福是要有人愛、有人疼，有一個知己可以訴說心中的欲望、夢想、悲哀、喜悅，把自己的心，把可愛的缺點和美妙的優點一齊顯露出來，不怕被人拿去利用，那麼請相信我，這顆赤誠的心只能在一個年輕的男子身上找到，因為他有無窮的幻想，只要你暗示一下，他便為你赴湯蹈火。他還不知道天高地厚，也不想知道，因為你便是他的全世界。

「我啊，請不要笑我幼稚，我剛從偏僻的外省來，不懂世故，只認識一班心靈優美的人，我沒有想到什麼愛情。承我的表姊瞧得起，把我看作心腹；從她那裡我才體會到熱情的寶貴。既然沒有一個女人好讓我獻身，我就像薛侶班[22]一樣愛慕所有的女人。可是我剛才進來一看見你，便像觸電似的被你吸住了。我想你已經想了好久！但做夢也想不到你會這樣美。特・鮑賽昂太太叫我別一直看著你，她可不知道你美麗的紅唇、潔白的膚色、溫柔的眼睛，叫人沒有法子不看。你瞧，我也對你說了許多瘋話，可是請你讓我說吧。」

女人最喜歡這些絮絮叨叨的甜言蜜語，連最古板的婦女也會聽進去，即使她們不應該回答。這麼一開場，拉斯蒂涅又放低聲音，說了一大堆心裡話，特・紐沁根太太的笑容明明在鼓勵他。她不時對特・迦拉蒂沃納公主包廂裡的特・瑪賽瞟上一眼。拉斯蒂涅

22 十八世紀博馬舍的喜劇《費加洛的婚禮》中的人物，年少風流，善於鍾情。

陪著特・紐沁根太太，直到她丈夫來找她回去的時候。

「太太，」歐也納說，「在特・加里里阿諾公爵夫人的舞會之前，我希望能夠去拜訪你。」

「既然內人請了你，她一定歡迎你的。」特・紐沁根男爵說。一看這個臃腫的阿爾薩斯人的大圓臉，你就知道他是個老奸巨猾。

特・鮑賽昂太太站起來預備和阿瞿達一同走了。歐也納一邊過去作別，一邊想：「事情進行得不錯，我對她說『你能不能愛我？』她並不怎麼吃驚。轡繩已經扣好，只要跳上去就行了。」他不知道男爵夫人根本心不在焉，正在等特・瑪賽的一封信，一封令人心碎的決裂的信。歐也納誤會了這意思，以為自己得手了，滿心歡喜，陪子爵夫人走到戲院外面的廊下，大家都在那裡等車。

歐也納走後，阿瞿達對子爵夫人笑著說：「你的表弟簡直換了一個人。他要衝進銀行去了。看他像鰻魚一般靈活，我相信他會抖起來的。也只有你會教他挑中一個正需要安慰的女人。」

「可是，」特・鮑賽昂太太回答，「先得知道她還愛不愛丟掉她的那一個。」

歐也納從義大利劇院走回聖・日內維新街，一路打著如意算盤。他剛才發現特・雷斯多太太注意他，不管他在子爵夫人的包廂裡，還是在特・紐沁根太太包廂裡，他料定從此那位伯爵夫人不會再把他擋駕了。他也估計一定能夠討元帥夫人喜歡，這樣他在巴黎高等社會的中心就有了四個大戶人家好來往。他已經懂得，雖然還不知道用什麼方法，在這個複雜的名利場中，必須抓住一個機鈕，才能高高在上的控制機器，而他自問的確有教輪子擱淺的力量。

「倘若特·紐沁根太太對我有意，我會教她怎樣控制她的丈夫。那傢伙是做銀錢生意的，可以幫我一下子發一筆大財。」這些念頭，他並沒想得這樣露骨，他還不夠老練，不能把局勢看清、估計、細細的籌畫。他的主意只像輕雲一般在天空飄蕩，雖沒有伏脫冷的計畫狠毒，可是放在良心的坩鍋內熔化之下，也未必能提出多少純粹的分子了。一般人就是從這一類的交易開始，終於廉恥蕩然，而今日社會上也相習成風，恬不為怪。方正清白、意志堅強、嫉惡如仇，認為稍出常規便是罪大惡極的人物，在現代比任何時代都寥落了。

過去有兩部傑作代表這等清白的性格，一是莫里哀的《阿賽斯德》，一是比較晚近的華特·史考特爵士的《丁斯父子》。也許性質相反的作品，把一個上流人物、一個野心家如何抹煞良心、走邪路、裝了偽君子而達到目的，曲曲折折描寫下來，會一樣的美，一樣的動人心魄。

拉斯蒂涅走到公寓門口，已經對紐沁根太太著了迷，覺得她身段窈窕，像燕子一樣輕巧。令人心醉的眼睛、彷彿看得見血管而像絲織品一樣細膩的皮膚、迷人的聲音、金黃的頭髮，他都一一回想起來，也許他走路的時候全身的血活動了，使腦海中的形象格外富於誘惑性。他粗手粗腳的敲著高老頭的房門，喊：

「喂，鄰居，我見過但斐納太太了。」

「在哪裡？」

「義大利劇院。」

「她玩得怎麼樣？請進來喔。」老人沒穿好衣服就起來開了門，趕緊睡下。

「跟我說呀，她怎麼樣？」他緊跟著問。

歐也納還是第一次走進高老頭的屋子。欣賞過女兒的裝束，再看到父親住的醜地方，他不由得做了個吃驚的姿勢。窗上沒有簾子，糊壁紙好幾處受了潮氣而脫落、捲縮，露出煤煙熏黃的石灰。老頭子躺在破床上，只有一條薄被，壓腳的棉花毯是用伏蓋太太的舊衣衫縫的。地磚潮溼，全是灰。窗子對面，一口舊紅木櫃子，帶一點鼓形，銅把手是蔓藤和花葉糾結在一處的形狀；一個木板面子的洗臉架，放著臉盆和水壺，旁邊是全套剃鬍子用具。壁角放著幾雙鞋；床頭小几，底下沒有門，面上沒有雲石；壁爐沒有生過火的痕跡，旁邊擺一張胡桃木方桌，高老頭毀掉鍍金盤子就是利用桌上的橫檔。一口破書櫃上放著高老頭的帽子。這套破爛家具還包括兩把椅子，一張草墊陷下去的大靠椅。紅白方格的粗布床幔，用一條破布吊在天花板上。便是最窮的掮客住的閣樓，家具也比高老頭在伏蓋家用的好一些。

你看到這間屋子會身上發冷，胸口發悶，像監獄裡陰慘慘的牢房。幸而高老頭沒有留意歐也納把蠟燭放在床几上時的表情。他翻了個身，把被窩一直蓋到下巴。

「哎，你說，兩姊妹你喜歡哪一個？」

「我喜歡但斐納太太，」大學生回答，「因為她對你更孝順。」

聽了這句充滿感情的話，老人從床上伸出手，握著歐也納的手，很感動的說：

「多謝多謝，她對你說了我什麼？」

大學生把男爵夫人的話背了一遍，渲染一番，老頭子好像聽著上帝的聖旨。

「好孩子！是呀，是呀，她很愛我啊。可是別相信她說阿娜斯大齊的話，姊妹倆為了我彼此忌妒，你明白嗎？這更加證明她們的孝心。娜齊也很愛我，我知道的。父親對兒女，就跟上帝對我們一樣。他會鑽到孩子的心底裡去，看他們存心怎麼樣。她們兩人心地一樣好。噢！要再有兩個好女婿，不是太幸福了嗎？世界上沒有全福的。倘若我跟她們住在一起，只要聽到她們的聲音、知道她們在那裡、看到她們走進走出，像從前在我身邊一樣，那我簡直開心死了。她們穿得漂亮嗎？」

「漂亮。可是，高里奧先生，既然你女兒都嫁得這麼好，你怎麼還住在這樣一個貧民窟裡?」

「嘿,」他裝作滿不在乎的神氣說,「我住得再好有什麼關係?這些事情我竟說不上來,我不能接連說兩句有頭有尾的話。總而言之,一切都在這裡,」他拍了拍心窩,「我嘛,我的生活都在兩個女兒身上。只要她們能玩、開開心心、穿得好、住得好,我穿什麼衣服、睡什麼地方,有什麼關係?反正她們暖和了,我就不覺得冷;她們笑了,我就不會心煩;只有她們傷心了我才傷心。你有朝一日做了父親,聽見孩子嘁嘁喳喳,你心裡就會想:『這是從我身上出來的!』你覺得這些小生命每滴血都是你的血,是你的血的精華——不是嗎!甚至你覺得跟她們的皮肉連在一起,她們走路,你自己也在動作。無論哪裡都有她們的聲音在答應我。她們的眼神有點不開心,我的血就凍了。你終有一天會知道,為了她們的快樂而快樂,比你自己快樂更快樂。我不能向你解釋這個,只能說心裡有那麼一股勁,教你渾身舒暢。總之,我一個人過著三個人的生活。

「我再告訴你一件怪事好不好?我做了父親,才懂得上帝。他無處不在,既然世界是從他來的。先生,我對女兒便是這樣的無處不在。不過我愛我的女兒,還勝過上帝愛人類;因為人不像上帝一樣的美,我的女兒卻比我美得多。我跟她們永遠心心相連,所以我早就預感到,你今晚會碰到她們。天哪!要是有個男人使我的小但斐納快樂,把真正的愛情給她,那我可以替那個男人擦靴子、跑腿。我從她的老媽子那裡知道,特·瑪賽那小子是條惡狗，我有時真想扭斷他的脖子。哼，他竟不知道愛一個無價之寶的女人，夜鶯般的聲音，生得像天仙一樣！只怪她沒有眼睛，嫁了個阿爾薩斯死胖子。姊妹倆都要俊俏溫柔的青年才配得上，可是她們的丈夫都是她們自己挑的。」

那時高老頭偉大極了。歐也納從沒見過他表現那種慈父的熱情。感情有股薰陶的力量，一個人不論如何粗俗，只要表現出一股真實而強烈的情感，就有種特殊的氣息，使容貌為之改觀，舉動有生氣，聲音有音色。往往最蠢的傢伙，在熱情鼓動之下，即使不能在言語上，至少能在思想上達到雄辯的境界，他彷彿在光明的領域內活動。那時老人的聲音舉止，感染力不下於名演員。歸根結柢，我們優美的感情不就是意志的表現嗎？

「告訴你，」歐也納道，「她大概要跟特·瑪賽分手了，你聽了高興嗎？那花花公子丟下她去追迦拉蒂沃納公主。至於我，我今晚已經愛上了但斐納太太。」

「哦！」高老頭叫著。

「是呀。她並不討厭我。我們談情談了一小時，後天星期六我要去看她。」

「哦！親愛的先生，倘若她喜歡你，我也要喜歡你呢！你心腸好，不會給她受罪。你若欺騙她，我就割掉你的腦袋。一個女人一生只愛一次，你知不知道？老天！我盡說傻話，歐也納先生。你在這裡冷得很。哎啊！你跟她說過話嘍，她教你對我說些什麼呢？」

「一句話也沒有，」歐也納心裡想，可是他高聲回答：「她告訴我，說她很親熱的擁抱你。」

「再見吧，鄰居。希望你睡得好，做好夢。憑你剛才那句話，我就會做好夢了。上帝保佑你萬事如意！今晚你簡直是我的好天使，我在你身上聞到了女兒的氣息。」

歐也納睡下時想道：「可憐的老頭子，哪怕鐵石心腸也得被他感動呢。他的女兒可一點沒有想到他，當他外人一樣。」

自從這次談話以後，高老頭把他的鄰居看作朋友、一個意想不到的心腹。他們的關係完全建築在老人的父愛上面，沒有這一點，高老頭跟誰也不會親近的。癡情漢的計算從來不會錯誤。因為歐也納受到但斐納的重視，高老頭便覺得跟這個女兒更親近了些，覺得她對自己的確更好一些。並且他已經把這個女兒的痛苦告訴歐也納，他每天都要祝福一次的但斐納從來沒有得到甜蜜的愛情。照他的說法，歐也納是他遇到的最可愛的青年，他也似乎預感到，歐也納能給但斐納從來未有的快樂。所以老人對鄰居的友誼一天天的增加，要不然，我們就無從得知這件故事的終局了。

第二天，高老頭在飯桌上不大自然的瞧著歐也納的神氣、和他說的幾句話、平時跟石膏像一樣而此刻完全改變了的面容，使同住的人大為奇怪。伏脫冷從密談以後還是初次見到大學生，似乎想猜透他的心思。

前晚睡覺之前，歐也納曾經把眼前闊大的天地估量一番，此刻記起伏脫冷的計畫，自然聯想到泰伊番小姐的陪嫁，不由得盯著維多莉，正如一個極規矩的青年盯著一個有錢的未婚姑娘。碰巧兩人的眼睛遇在一塊。可憐的姑娘當然覺得歐也納穿了新裝很可愛。雙方的目光意義深長，拉斯蒂涅肯定自己已經成為她心目中的對象——少女不都有些模糊的欲望，碰到第一個迷人的男子就想求得滿足嗎？歐也納聽見有個聲音在耳邊叫：「八十萬！八十萬！」可是又突然想到前晚的事，認為自己對紐沁根太太別有用心的熱情，確實是一帖解毒劑，可以壓制他不由自主的邪念。

他說：「昨天義大利劇院演唱羅西尼的《塞維利亞的理髮師》，我從沒聽過那麼美的音樂。喝！在義大利劇院有個包廂多舒服！」

高老頭聽了，馬上豎起耳朵，彷彿一條狗看到了主人的動作。

「你們真開心，」伏蓋太太說，「你們男人愛怎麼玩就怎麼玩。」

「你怎麼回來的？」伏脫冷問。

「走回來的。」

「哼，」伏脫冷說，「要玩就得玩個痛快。我要坐自己的車，上自己的包廂，舒舒服服的回來。要就全套，不就拉倒！這是我的口號。」

「這才對啦。」伏蓋太太湊上一句。

「你要到特·紐沁根太太家去吧，」歐也納低聲對高里奧說，「她一定很高興看到你，會向你打聽我許多事。我知道她一心希望我的表姊特・鮑賽昂子爵夫人招待她。你不妨告訴她，說我太愛她了，一定使她滿足。」

拉斯蒂涅趕緊上學校，覺得在這所怕人的公寓裡耽得越少越好。他差不多閒蕩了一整天，頭腦裡熱烘烘的，像抱著熱烈的希望的年輕人一樣。他在盧森堡公園內從伏脫冷的那番話開始想，想到社會和人生，忽然碰到他的朋友皮安訓。

「你幹嘛一本正經的板著臉？」醫學生說著，抓著他的手往盧森堡宮前面走去。

「腦子裡盡想些壞念頭，苦悶得很。」

「什麼壞念頭？那也可以治啊。」

「怎麼治？」

「只要屈服就行了。」

「你不知道怎麼回事，只管打哈哈。你念過盧梭沒有？」

「念過。」

「他著作裡有一段，說倘使身在巴黎，能夠單憑一念之力，在中國殺掉一個年老的滿大人[23]，因此發財，讀者打算怎麼辦？你可記得？」

「記得。」

「那麼你怎麼辦？」

「噢！滿大人我已經殺了好幾十個了。」

「說正經話，如果真有這樣的事，只要你點點頭就行，你做不做？」

「那滿大人是不是老得很了？呃，老也好、少也好、生病也好、健康也好，我嘛，嚇！我不做。」

「你是個好人，皮安訓。不過要是你愛上一個女人，愛得你肯把靈魂翻身，而你非得有錢，有很多的錢，供給她衣著、車馬，滿足她一切想入非非的欲望，那你怎麼辦？」

「噯，你拿走了我的理性，還要我用理性來思想！」

「皮安訓，我瘋了，你把我治一治吧。我有兩個妹妹，又美又純潔的天使，我要她們幸福。從今起五年之間，哪裡去弄二十萬法郎給她們做陪嫁？你瞧，人生有些關口非大手大腳賭一下不可，不能為了混口苦飯吃而蹉跎了幸福。」

「每個人踏進社會的時候都遇過這種問題。而你想快刀斬亂麻，馬上成功。朋友，要這樣做，除非有亞歷山大那樣的雄才大略，要不然你會坐牢。我嘛，我情願將來在外省過平凡的生活，老老實實接父親的班。在最小的小圈子裡，跟在最大的大環境裡，感情同樣可以得到滿足。拿破崙吃不了兩頓晚飯，他的情婦也不能比加波桑醫院的實習醫生

23 十八、十九世紀的法國人通常把中國的大官稱為「滿大人」，因為那時是滿清皇朝。

多幾個。我們的幸福，朋友，離不了我們的肉體。幸福的代價每年一百萬也罷，兩千法郎也罷，實際的感覺總是那麼回事。所以我不想要那個中國人的命。」

「謝謝你，皮安訓，我聽了你的話很舒服。我們永遠是好朋友。」

「喂，」醫學生說，「我剛才在植物園上完居維葉[24]的課出來，看見米旭諾和波阿萊坐在一張椅子上，跟一個男人說話。去年國會附近鬧事的時候，我見過那傢伙，很像一個密探，冒充靠利息過活的布爾喬亞。你把米旭諾和波阿萊研究一下吧，以後我再告訴你為什麼。再見，我要去上四點鐘的課了。」

歐也納回到公寓，高老頭正等著他。

「你看，」那老人說，「她有信給你。你看她那一筆字多好！」

歐也納拆開信來。

> 先生，家嚴說你喜歡義大利音樂，如果你肯賞光駕臨我的包廂，我將非常欣幸。星期六我們可以聽到福杜和班萊葛里尼[25]，相信你不會拒絕的。特·紐沁根先生和我，一致請你到舍間來用便飯。倘蒙俯允，他將大為高興，因為他可以擺脫丈夫的苦役，不必再陪我上戲院了。毋須賜覆，但候光臨，並請接受我的敬意。
>
> D·N

歐也納念完了信，老人說：「給我瞧瞧。」他嗅了嗅信紙又道，「你一定會去，是不是？嗯，好香！那是她手指碰過的啊！」

歐也納私下想：「照理女人不會這樣進攻男人的。她大概想利用我來挽回特·瑪賽，心中有了怨恨才會做出這種事來。」

「喂，你想什麼呀？」高老頭問。

歐也納不知道某些女子的虛榮簡直像發狂一樣，為了踏進聖·日爾曼區閥閱世家的大門，一個銀行家的太太作什麼犧牲都肯。那時的風氣，能出入聖·日爾曼區貴族社會的婦女，被認為高人一等。大家把那個社會的人叫做小王宮的太太，領先群倫的便是特·鮑賽昂太太、特·朗日公爵夫人、特·摩弗里紐斯公爵夫人。唐打區的婦女想擠進那個群星照耀的高等社會的狂熱，只有拉斯蒂涅一個人不曾得知。但他對但斐納所存的戒心，對他不無好處，因為他能保持冷靜，能夠向人家提出條件而不至於接受人家的條件。

「嗅！是的，我一定去。」歐也納回答高老頭。

24 居維葉（一七六九—一八三二），著名博物學者。從十八世紀末期起，巴黎的「植物園」亦稱「博物館」，設有生物、化學、植物學等等的自然科學講座及實驗室。

25 前者為女高音，後者為男低音，都是當時有名的歌唱家。

因此他是存著好奇心去看紐沁根太太，要是那女的瞧他不起，他反而要為了熱情衝動而去了。雖然如此，他還是心焦得很，巴不得明天出發的時間快點來到。年輕人初次耍弄手段也許和初戀一樣甜蜜。勝券可操的把握使人喜悅不盡，這種喜悅男人並不承認，可是的確造成某些婦女的魅力。容易成功和難於成功同樣能刺激人的欲望。兩者都是引起或者培養男子的熱情的。愛情世界也就是分成這兩大陣地。也許這個分野是氣質促成的，因為氣質支配著人與人的關係。憂鬱的人需要女子若即若離的賣弄風情來提神；而神經質或多血質的人碰到女子抵抗太久了，說不定會掉頭不顧。換句話說，哀歌主要是淋巴質的表現，正如頌歌是膽質的表現[26]。

歐也納一邊裝扮，一邊體味那些小小的樂趣，年輕人怕人取笑，一般都不敢提到這種得意，可是虛榮心特別感到滿足。他梳頭髮的時候，想到一個漂亮女子的目光會在他漆黑的頭髮捲中打轉。他做出許多怪模怪樣，活像一個換衣服去赴舞會的小姑娘。他解開上衣，沾沾自喜的瞧著自己的細腰身，心裡想：「當然，不如我的還多呢！」公寓中全班人馬正圍著桌子吃飯，他下樓了，喜洋洋的受到眾人喝彩。看見一個人穿扮齊整而大驚小怪，也是包飯公寓的一種風氣。有人穿一套新衣，每個人就得開聲口。

「得，得，得，得！」皮安訓把舌頭抵著上顎作響，好似催馬快走一般。

「嚇！好一個王孫公子的派頭！」伏蓋太太道。

「先生是去會情人吧？」米旭諾小姐表示意見。

「怪樣子！」畫家嚷道。

「等等你太太。」博物院管事說。

「先生有太太了？」波阿萊問。

「櫃子裡的太太，好走水路，包不褪色，二十五法郎以上，四十法郎以下，款式新穎，不怕水洗，上好質地，半絲線，半棉料，半羊毛，包醫牙痛，包治王家學會欽定的疑難雜症！對小朋友尤其好，頭痛、充血、腸胃病、眼病、耳病，特別靈驗，」伏脫冷用滑稽的繞口令，和江湖賣藝的腔調叫著，「這件好物要多少錢看一看呀？兩個銅子嗎？不，完全免費。那是替蒙古大皇帝造的，全歐洲的國王都要看一眼的！大家來吧！向前走，售票亭在前面，喂，奏樂，勃龍，啦，啦，脫冷！啦，啦，嘭！嘭！喂，吹小笛子的，你把音吹走了，等下我揍你！」

「天哪！這個人多好玩，」伏蓋太太對古的太太說，「有他在一起永遠不覺得無聊。」

正在大家說笑打諢的時候，歐也納發覺泰伊番小姐偷偷瞄了他一眼，咬了咬古的太太的耳朵。

26 淋巴質指纖弱萎靡的氣質，膽質指抑鬱易怒的氣質，這是西洋老派醫學的一種學說。

西爾維道：「車來了。」

皮安訓問：「他要去哪裡吃飯呀？」

「特．紐沁根男爵夫人家裡。」

「高里奧先生的女兒府上。」大學生補上一句。

大家的目光轉向老麵條商，老麵條商不勝豔羨的盯著歐也納。

拉斯蒂涅到了聖．拉查街。一座輕巧的屋子，十足道地的銀行家住宅，單薄的廊柱，毫無氣派的回廊，就是巴黎所謂的漂亮。不惜工本的講究，人造雲石的裝飾，五彩雲石鑲嵌的樓梯臺。小客廳掛滿義大利油畫，裝飾像咖啡館。男爵夫人愁容滿面而勉強掩飾的神氣不是假裝的，歐也納看了大為關心。他自以為一到就能讓一個女人快樂，不料她竟是愁眉不展。這番失望刺激了他的自尊心。他把她心事重重的神色打趣了一番，說道：

「太太，我沒有資格要你信任我。要是我打攪你，請你老實說。」

「哦！你別走。你一走就剩我一個人在家了。紐沁根在外面應酬，我不願意孤零零的待在這裡。我悶得慌，需要散散心才好。」

「有什麼事呢？」

她說：「絕對不能告訴你。」

「我就想知道，就想分享你的祕密。」

「或許……」她馬上改口道，「噢，不行。夫妻之間的爭吵應當深深的埋在心裡。前天我不是跟你提過嗎?我一點都不開心。黃金的枷鎖是最重的。」

一個女人在一個年輕人面前說她苦惱，而如果這年輕人聰明伶俐，服裝整齊，口袋裡有一千五百法郎閒錢的話，他就會有跟歐也納一樣的想法而得意洋洋了。

歐也納回答：「你又美又年輕，又有錢又有愛情，還要什麼呢？」

「我的事不用提了，」她沉著臉搖搖頭，「等下我們一起吃飯，只有我們兩個。吃過飯去聽最美的音樂。」她站起身子，抖了抖白喀什米爾的衣衫，繡著富麗的波斯圖案，問：「你覺得我怎麼樣？」

「可愛極了，我要你完全屬於我呢。」

「那你要倒楣了，」她苦笑道，「這裡你一點都看不出苦難，可是儘管有這樣的外表，我苦悶到極點，整晚睡不著覺，我要變醜了。」

大學生道：「哦！不會的。可是我很想知道，究竟是什麼痛苦，連至誠的愛情都消除不了？」

她說：「告訴你，你就要躲開了。你喜歡我，不過是男人對女人表面上的殷勤；真愛我的話，你會馬上痛苦得要死。所以我不該說出來。我們談別的事吧。來，看看我的屋子。」

「不，還是留在這裡，」歐也納說著，靠著特．紐沁根太太，坐在壁爐前面一張雙人椅裡，大膽抓起她的手來。

她讓他拿著，還用力壓他的手，表示她心中騷動得厲害。

「聽我說，」拉斯蒂涅道，「你要有什麼傷心事，就得告訴我。我要向你證明，我是為愛你而愛你的。你得把痛苦對我說，讓我替你出力，哪怕要殺幾個人都可以，要不我就一去不回的走了。」

她忽然想起一個無可奈何的念頭，拍拍額角，說道：「噯，好，讓我立刻來試你一下。」

她心裡想：「是的，除此以外也沒有辦法了。」她打鈴叫人。

「先生的車可是套好了？」她問當差。

「套好了，太太。」

「我要用。讓他用我的車吧。等七點鐘再開飯。」

「喂，來吧。」她招呼歐也納。

歐也納坐在特．紐沁根先生的車裡陪著這位太太，覺得像做夢一樣。

她吩咐車夫：「到皇家宮殿，靠近法蘭西劇院。」

一路上她心緒不寧，也不搭理歐也納無數的問話。他弄不明白那種沉默的、呆滯的、一味抗拒的態度是什麼意思。

「一眨眼就抓不住她了。」他想。

車子停下的時候，男爵夫人瞪著大學生的神色使他住了嘴，不敢再胡說八道，因為那時他已經控制不了自己。

「你是不是很愛我？」她問。

「是的。」他強作鎮靜的回答。

「不論我叫你幹什麼，你都不會看輕我嗎？」

「不會。」

「你願意聽我指揮嗎？」

「連眼睛都不睜一睜。」

「你有沒有上過賭場？」她的聲音發抖了。

「從來沒有。」

她說：「啊！我放心了。你的運氣一定好。我錢包裡有一百法郎；一個這麼幸福的女子，全部財產就是這一些。你拿著到賭場去，我不知道在哪裡，反正靠近皇家宮殿。你把這一百法郎去押輪盤賭，要不就輸光了回來，要不就替我贏六千法郎。等你回來，我再把痛苦說給你聽。」

「我現在要去做的事我一點都不懂，可是我一定照辦。」他回答的口氣很高興，他暗暗的想：「教我幹了這種事，她什麼都不會拒絕我了。」

歐也納揣著美麗的錢袋，向一個賣舊衣服的商人問了最近的賭場地址，找到九號門牌，奔上樓去。侍者接過他的帽子，他走進屋子問輪盤在哪裡。一班老賭客好不詫異的瞧著他由侍者領到一張長桌前面，又聽見他大大方方的問，賭注放在什麼地方。

一個體面的白髮老人告訴他：「三十六門隨你押，押中了，一賠三十六。」

歐也納想到自己的年紀，把一百法郎押在二十一的數字上。他還來不及定一定神，只聽見一聲驚喊，已經中了。

那老先生對他說：「把錢收起來吧，這玩意絕不能連贏兩回的。」

歐也納接過老人遞給他的耙，把三千六百法郎撥到身邊。他始終不明白這賭博的性質，又連本帶利押在紅上[27]。周圍的人看他繼續賭下去，很心癢的望著他。輪盤一轉，他又贏了，莊家賠了他三千六百法郎。

老先生咬著他的耳朵說：「你有了七千兩百法郎了。你要是相信我，你趕快走。今天紅已經出了八次。如果你肯答謝我的忠告，希望你發發善心，救濟我一下。我是拿破崙的舊部屬，當過州長，現在潦倒了。」

拉斯蒂涅糊裡糊塗讓白髮老頭拿了兩百法郎，自己揣著七千法郎下樓。他對這個東西還是一竅不通，只奇怪自己的好運氣。

他等車門關上，把七千法郎捧給特．紐沁根太太，說道：「哎喲！你現在又要帶我去哪裡了？」

但斐納發瘋似的摟著他、擁抱他，興奮得不得了，可不是愛情的表現。

「你救了我！」她說，快樂的眼淚簌落落的淌了一臉，「讓我統統告訴你吧，朋友。你會和我做朋友的是不是？你看我有錢，闊綽，什麼都不缺，至少在表面上。唉！你怎知道紐沁根連一分錢都不讓我支配！他只管家裡的開銷、我的車子和包廂。可是他給的置裝費是不夠的，他有心逼得我一個錢都沒有。我太高傲了，不願意求他。要他的錢，就得依他的條件。要是接受那些條件，我簡直算不得人了。我自己有七十萬財產，怎麼會讓他剝削到這個地步？為了高傲，為了氣憤。

「剛結婚的時候，我們那麼年輕那麼天真！向丈夫要錢的話，說出來彷彿要撕破嘴巴。我始終不敢出口，只能花著自己的積蓄和可憐的父親給我的錢，後來我只能借債。結婚對我是最可怕的騙局，我沒法跟你說，只能告訴你一句：要不是我和紐沁根各有各

27 輪盤賭的規則：押在一至三十六的數字上，押中是一賠三十六；押在紅、黑、單、雙上，押中是一賠一。

的屋子，我竟會跳樓。為了首飾，為了滿足我的欲望所欠的債（可憐的父親把我們寵慣了，一向要什麼有什麼），要對丈夫說出來的時候，我真是受難，可是我終於鼓足勇氣說了。我不是有自己的一份財產嗎？紐沁根卻大發雷霆，說我要使他傾家蕩產了，一大串的混帳話，我聽了恨不得鑽入地下。當然，他得了我的陪嫁，終究不能不替我還債，可是從此以後把我的零用限了一個數目，我為了求個太平也就答應了。

「從那時起，我滿足了那個男人的虛榮心，你知道我說的是誰。即使我被他騙了，我還得說句公道話，他的性格是高尚的。可是他終於狠心的把我丟了！男人給過一個遭難的女子大把的金錢，永遠不該拋棄她！應當永遠愛她！你只有二十一歲，高尚、純潔，你或許要問：女人怎麼能接受男人的錢呢？唉，天哪！和一個使我們幸福的人有難同當、有福同享，不是很順理成章嗎？把自己整個的給了人，還會顧慮這整個中間的一小部分嗎？只有感情消滅之後，金錢才成為問題。兩人不是海誓山盟，生死不渝的嗎？自以為有人疼愛的時候，誰想到有分手的一天？既然你們發誓說你們的愛是永久的，幹嘛再在金錢上分得那麼清？

「你不知道我今天怎樣的難受，紐沁根斬釘截鐵的拒絕給我六千法郎，可是他按月就得送這樣一筆數目給他的情婦、一個歌劇院的歌女。我想自殺，轉過最瘋狂的念頭。有時我竟羡慕一個女傭、羡慕我的老媽子。找父親去嗎？瘋了！阿娜斯大齊和我已經把他榨乾了。可憐的父親，只要他能值六千法郎，他把自己出賣都願意。現在我只能使他乾急一陣。想不到你救了我，救了我的面子，救了我的性命。那時，我痛苦得糊裡糊塗了。

「唉，先生，我不能不對你作這番解釋，我簡直瘋了，才會教你去做那樣的事。剛才你走了以後，我真想下車逃走……逃去哪裡？我不知道。巴黎的婦女有一半就是過這種生活：表面上窮奢極侈，暗裡心事擔得要死。我認得一班可憐蟲比我更苦。有的不得不叫店家做假帳，有的不得不偷盜丈夫。有些丈夫以為兩千法郎的喀什米爾只值五百，有的以為五百法郎的喀什米爾值到兩千。還有一班可憐的婦女教兒女挨餓，好搜括些零錢做件衣衫。我可從沒幹過這些下流的騙局。這次是我最後一次的苦難了。有些女人為了控制丈夫，不惜把自己賣給丈夫，我至少是自由的！我很可以教紐沁根在我身上堆滿黃金，可是我寧願伏在一個我敬重的男人懷裡痛哭。啊！今天晚上特·瑪賽再不能把我看作他出錢養的女人了。」

她雙手捧著臉，不讓歐也納看見她哭。他卻拿掉她的手，細細瞧著她，覺得她莊嚴極了。

她說：「把金錢和愛情混在一起，不是醜惡極了嗎？你不會愛我的了。」

使女人顯得非常偉大的好心、現在的社會結構逼她們犯的過失，兩者交錯之下，使歐也納心都亂了。他一邊用好話安慰她，一邊暗暗讚歎這個美麗的女子，她的痛苦的呼號竟會那麼天真、那麼冒失。

她說：「你將來不會拿這個來威脅我吧？你得答應我。」

「嗳，太太，我不是這種人。」

她又感激又溫柔的拿他的手放在心口：「你使我恢復了自由、快樂。過去我老受著威脅。從此我要生活樸素，不亂花錢了。你一定喜歡我這麼辦是不是？這一部分你留著，」她自己只拿六張鈔票，「我還欠你三千法郎，因為我覺得要跟你平分才對。」

歐也納像小姑娘一樣再三推辭。男爵夫人說：「你要不肯做我的同黨，我就把你當做敵人。」他只得收下，說道：「好，那麼我留著以防不測吧。」

「噢！我就怕聽這句話，」她臉色發白的說，「你要看得起我，千萬別再上賭場。我的天！由我來教壞你！那我要難受死了。」

他們回到家裡。苦難與奢華的對比，大學生看了腦袋昏昏沉沉，伏脫冷那些可怕的話又在耳朵裡響起來了。

男爵夫人走進臥室，指著壁爐旁邊一張長靠椅說：「你坐一下，我要寫一封極難措辭的信。你替我出點主意吧。」

「乾脆不用寫。把鈔票裝入信封，寫上地址，派你老媽子送去就行了。」

「哦！你真是一個寶貝。這便叫做有教養！這是實實在在的鮑賽昂作風，」她笑著說。

「她多可愛！」越來越著迷的歐也納想。他瞧了瞧臥房，奢侈的排場活像一個有錢的交際花的屋子。

「你喜歡這屋子嗎？」她一邊打鈴一邊問。

「丹蘭士，把這封信當面交給特・瑪賽先生。他若不在家，就原封帶回。」

丹蘭士臨走時把大學生俏皮的瞧了一眼。晚飯開出了，拉斯蒂涅讓特・紐沁根太太挽著手臂帶到一間精緻的飯廳，在表姊家瞻仰過的講究的飲食，在這兒又見識了一次。

「每逢義大利劇院演唱的日子，你就來吃飯，陪我上劇院。」

「這種甜蜜的生活要能長久下去，真是太棒了。可憐我是一個清寒的學生，還得賺一份家產呢。」

「你一定會成功的，」她笑道，「你看，一切都有辦法，我就想不到自己會這麼開心。」

女人天生喜歡用可能來證明不可能，用預感來取代事實。特・紐沁根太太和拉斯蒂涅走進義大利劇院包廂的時候，她心滿意足，容光煥發，使每個人看了都能造些小小的謠言，非但女人沒法防衛，而且會教人相信那些憑空揑造的放蕩生活確有其事。直到你認識巴黎之後，才知道大家說的並不是事實，而事實是大家不說的。

歐也納握著男爵夫人的手，兩人用握手的鬆緊代替談話，交換他們聽了音樂以後的感覺。這是他們倆銷魂蕩魄的一晚。他們一同離開劇院，特．紐沁根太太把歐也納送到新橋，一路在車中掙扎，不肯把她在皇家宮殿那麼熱烈的親吻再給他一個。歐也納埋怨她前後矛盾，她回答說：

「剛才是感激那個意想不到的恩惠，現在卻是一種許願了。」

「而你就不肯許一個願，沒良心的！」

他惱了。於是她伸出手來，不耐煩的姿勢使情人愈加動心；而他捧了手親吻時不大樂意的神氣，她看了也很得意。她說：

「星期一跳舞會上見！」

歐也納踏著月光回去，開始一本正經的思索。他又喜又惱：喜的是這樁奇遇大概會給他釣上一個巴黎最漂亮、最風流的女子，正好是他心目中的對象；惱的是他的發財計畫完全給推翻了。他前天迷迷糊糊想的主意，此刻才覺得自己真有這麼個念頭。一個人要失敗之後，方才發覺他欲望的強烈。歐也納越享受巴黎生活，越不肯自甘貧賤。他把口袋裡一千法郎的鈔票捏來捏去，找出無數自欺欺人的理由想據為己有。終於他到了聖．日內維新街，走完樓梯，看見有燈光。高老頭虛掩著房門，點著蠟燭，使大學生不致忘記跟他談談他的女兒。歐也納毫無隱瞞的全說了。

高老頭妒忌到極點，說道：「噯，她們以為我完了，我可還有一千三百法郎利息呢！

可憐的孩子，怎麼不到我這裡來！我可以賣掉存款，在本錢上拿一筆款子出來，餘下的錢改做終身年金。你為何不來告訴我她為難呢，我的鄰居？你怎麼能有那種心腸，拿她的區區一百法郎到賭桌上去冒險？這簡直撕碎了我的心！唉，所謂女婿就是這種東西！嘿，要給我抓住了，我一定把他們勒死。天啊！她竟哭了嗎？」

「就伏在我背心上哭的。」歐也納回答。

「噢！把背心給我。怎麼！你的背心上有我的女兒，有我心疼的但斐納的眼淚！她小時候從來不哭的。噢！我給你買件新的吧，這一件你別穿了，給我吧。婚約上規定，她可以自由支配她的財產。我要去找訴訟代理人但爾維，明天就去。我一定要把她的財產劃出來另外存放。我是懂法律的，我還能像老虎一樣張牙舞爪呢。」

「喂，伯父，這是她分給我的一千法郎。你放在背心袋裡，替她留著吧。」

高里奧瞪著歐也納，伸出手來，一顆眼淚掉在歐也納手上。

「你將來一定會成功，」老人說，「你知道，上帝是賞罰分明的。我明白什麼叫做誠實不欺，我敢說像你這樣的人很少很少。那麼你也願意做我親愛的孩子嘍？好吧，去睡吧。你還沒有做父親，不會睡不著覺。唉，她哭了，而我，為了不肯教她們落一滴眼淚，連聖父、聖子、聖靈都會一齊出賣的人，正當她痛苦的時候，我竟若無其事的在這裡吃飯，像傻瓜一樣！」

歐也納一邊上床一邊想：「我相信我一生都可以做個正人君子。憑良心做事，的確是椿快樂的事。」

也許只有信仰上帝的人才會暗中行善，而歐也納是信仰上帝的。

鬼上當

第二天到了舞會的時間，拉斯蒂涅到特．鮑賽昂太太家，由她帶去介紹給特．加里里阿諾太太。他受到元帥夫人極殷勤的招待，又遇見了特．紐沁根太太。她特意裝扮得要討眾人喜歡，以便格外討歐也納喜歡。她裝作很鎮靜，暗中卻是非常焦心的等歐也納瞟她一眼。你要能猜透一個女人的情緒，那個時間便是你最快樂的時間。人家等你發表意見，你偏偏沉吟不語；明明心中高興，你偏偏不動聲色；人家為你擔心，不就是承認她愛你嗎？眼看她驚惶不定，然後你微微一笑加以安慰，不是最大的樂事嗎？——這些玩意誰不喜歡來一下呢？

在這次盛會中，大學生忽然看出了自己的地位，懂得以特．鮑賽昂太太公開承認的表弟資格，在上流社會中已經取得身分。大家以為他已經追上特．紐沁根太太，對他另眼相看，所有的青年都不勝豔羨的盯著他。看到這一類的目光，他第一次體味到躊躇滿志的快感。從一間客廳走到另外一間，在人叢中穿過的時候，他聽見人家在誇說他的豔福。太太都預言他前程遠大。但斐納唯恐他被別人搶去，答應等會把前天堅決拒絕的親吻給他。拉斯蒂涅在舞會中接到好幾戶人家邀請。表姊介紹給他的幾位太太，都是自命風雅的人物，她們的府上也是挺有趣的交際場所。他眼看自己在巴黎最高級最漂亮的社會中露了頭角。這個初次登場就大有收穫的晚會，對他而言，是到老都不會忘記的，正如少女忘不了她特別走紅的一個跳舞會。

第二天用早餐的時候，他把得意事當眾講給高老頭聽。伏脫冷卻是獰笑了一下。

「你以為，」那個冷酷的邏輯學家叫道，「一個公子哥兒能夠待在聖·日內維新街，住伏蓋公寓嗎？不用說，這裡從各方面看來都是上等公寓，可絕不是時髦地方。我們這公寓殷實、富足、興隆發達，能夠做拉斯蒂涅的臨時公館非常榮幸，可是到底是聖·日內維新街，純粹是家庭氣息，不知道什麼叫做奢華。我的小朋友，」伏脫冷又裝出倚老賣老的挖苦神氣說，「你要在巴黎端架子，非得有三匹馬，白天有輛篷車，晚上有輛轎車，總共是九千法郎的置辦費。

「如果你只在成衣鋪花三千法郎、香粉鋪花六百法郎、鞋匠那邊花三百、帽子匠那邊花三百，你還大大的夠不上咧。要知道光是洗衣服就得花上一千。時髦年輕人的內衣絕不能馬虎，那不是大眾最注目的嗎？愛情和教堂一樣，祭壇上都要有雪白的桌布才行。這樣，我們的開銷已經到一萬四，還沒算進打牌、賭東道、送禮等等的花費。零用少了兩千法郎是不可以的。這種生活，我是過來人，要多少開支，我知道得清清楚楚。

「除掉這些必不可少的用途，再加六千法郎伙食，一千法郎房租。噯，孩子，這樣就得兩萬五一年，要不就落得給人家笑話，我們的前途、我們的風頭、我們的情婦，全都不用提啦！我還忘了僕人跟小弟呢！難道你能教克利斯朵夫送情書嗎？用你現在這種信紙寫信嗎？那簡直是自尋死路。相信一個飽經世故的老頭子吧！」他把他的低嗓子又加強了一點，「要就躲到你清高的閣樓上去，抱著書本用功；要就另外挑一條路。」

伏脫冷說罷，睨著泰伊番小姐眨眨眼睛。這副眼神等於把他以前引誘大學生的理論重新提了一下，總結了一下。

一連多少日子，拉斯蒂涅過著花天酒地的生活，差不多天天和特．紐沁根太太一同吃飯，陪她出去交際。他早上三、四點回家，中午起來梳洗，晴天陪著但斐納去逛森林。他浪費光陰，盡量的模仿、學習、享受奢侈，其狂熱正如雌棗樹的花蕚拚命吸收富有生殖力的花粉。他賭的輸贏很大，養成了巴黎青年揮霍的習慣。他拿第一次贏來的錢寄了一千五百法郎還給母親妹妹，加上幾件精美的禮物。雖然他早已表示要離開伏蓋公寓，但到正月底還待在那裡，不曉得怎樣搬出去。

年輕人行事的原則，初看簡直不可思議，其實正因為年輕，正因為發瘋似的追求快樂。那原則是：不論窮富，老是缺少必不可少的生活費，可是永遠能弄到錢來滿足想入非非的欲望。對一切可以賒帳的東西非常闊綽，對一切現付的東西吝嗇得不得了。而且因為心裡想的，手頭沒有，似乎故意浪費手頭所有的來出氣。我們還可以說得更明白些：一個大學生愛惜帽子遠過於愛惜衣服。成衣匠的利子厚，肯讓人賒帳；帽子匠利子薄，所以是大學生不得不敷衍的最尷尬的人。坐在戲院花樓上的年輕人，在漂亮婦女的手眼鏡中儘管顯出輝煌耀眼的背心，腳上的襪子是否齊備卻大有問題：襪子商又是他錢包裡的一條蛀蟲。

那時拉斯蒂涅便是這種情形。對伏蓋太太老是空空如也，對虛榮的開支老是囊橐充裕。他的財源的榮枯，和最基本的開銷絕不調和。為了自己的抱負，這腌臢的公寓常常使他覺得委屈，但要搬出去不是得付一個月的房飯錢給房東，再買套家具來裝飾他花花公子的寓所嗎？這筆錢就永遠沒有著落。拉斯蒂涅用贏來的錢買些金錶金鏈，預備在緊要關頭送進當鋪，送給年輕人的那個不聲不響的、知趣的朋友，這是他張羅賭本的辦法。但等到要付房飯錢，採辦漂亮生活必不可少的工具，就一籌莫展了，膽子也沒有了。日常的需要，為了衣食住行所欠的債，都不能使他觸動靈機。像多數過一天算一天的人，他總要等到最後一刻，才會付清布爾喬亞認為神聖的欠帳，好似米拉波[1]，非等到麵包帳變成可怕的借據絕不清償。

那時拉斯蒂涅正把錢輸光了，欠了債。大學生開始懂得，若沒有固定的財源，這種生活是混不下去的。但儘管經濟的壓迫使他喘不過氣來，他仍捨不得這個逸樂無度的生活，無論付什麼代價都想維持下去。他早先假定的發財機會變成了一場空夢，實際的障礙越來越大。窺到紐沁根夫婦生活的內幕之後，他發覺若要把愛情變做發財的工具，就得含垢忍辱，丟開一切高尚的念頭，可是年輕人的過失是全靠那些高尚的念頭抵銷的。表面上光華燦爛的生活，良心受著責備，片刻的歡娛都得用長時期的痛苦彌補的生活，他上了癮了，滾在裡頭了，他像拉·布呂耶爾的糊塗蟲一般，把自己的床位鋪在泥塵裡；但也像糊塗蟲一樣，那時還不過弄髒了衣服[2]。

「我們的滿大人砍掉了吧？」皮安訓有一天離開飯桌時問他。

「還沒有。可是喉嚨裡已經起了痰。」

醫學生以為他這句話是開玩笑，其實不是的。歐也納好久沒有在公寓裡吃晚飯了，這天他一路吃飯一路出神，上過點心，還不離席，挨在泰伊番小姐旁邊，還不時意味深

1 米拉波（一七四九—一七九一），法國大革命時政治家、演說家，早年以生活放浪聞名。
2 拉·布呂耶爾著作中的糊塗蟲，名叫曼那葛，曾有種種笑柄。但上述一事並不在內，恐係作者誤記。

長的瞟她一眼。有幾個房客還在桌上吃胡桃，有幾個踱來踱去，繼續談話。大家離開飯廳的早晚，素來沒有一定，看各人的心思、對談話的興趣，以及是否吃得過飽等等而定。

在冬季，客人難得在八點以前走完；等大家散盡了，四位女士還得待一會兒，她們剛才有男客在座，不得不少說幾句，此刻特意要彌補一下。伏脫冷先是好像急著出去，接著注意到歐也納滿肚子心事的神氣，便始終留在飯廳內歐也納看不見的地方，歐也納當他已經離開了。後來他也不跟最後一批房客一起走，而是很狡猾的躲在客廳裡。他看出大學生的心事，覺得他已經到了緊要關頭。

的確，拉斯蒂涅那時正像許多年輕人一樣，陷入了僵局。特．紐沁根太太不知是真愛他呢還是特別喜歡調情，她拿出巴黎女子的外交手腕，教拉斯蒂涅嘗遍了真正的愛情的痛苦。冒著大不韙當眾把特．鮑賽昂太太的表弟抓在身邊之後，她反倒遲疑不決，不敢把他似乎已經享有的權利，實實在在的給他。一個月以來，歐也納的欲火被她一再挑撥，連心都受到傷害了。初交的時候，大學生自以為居於主動的地位，後來特．紐沁根太太占了上風，故意裝腔作勢，勾起歐也納所有善善惡惡的心思，那是代表一個巴黎年輕人的兩三重人格的。

她這一套是不是有計畫的呢？不是的，女人即使在最虛假的時候也是真實的，因為她總受本能支配。但斐納落在這年輕人掌握之中，原是太快了一些，她所表示的感情也過分了些，也許她事後覺得有失尊嚴，想收回她的情分，或者暫時停止一下。而且，一個巴黎女人在愛情沖昏了頭，快要下水之前，臨時躊躇不決，試試那個她預備以身相許的人的心，也是應有之事。特．紐沁根太太既然上過一次當——一個自私的年輕人辜負她的一片忠心——她現在提防人家更是應該的。

或許歐也納因為得手太快而顯示的大模大樣的態度，使她看出有一點輕視的意味，那是他們微妙的關係促成的。她大概要在這樣一個年紀輕輕的男人面前拿出一點威嚴，拿出一點大人氣派。過去她在那個遺棄她的男人面前，做矮子做得太久了。正因為歐也納知道她曾經落過特．瑪賽之手，她不願意他把自己當作容易征服的女人。並且在一個登徒子那裡嘗過那種令人屈辱的樂趣以後，她覺得在愛情的樂園中閒逛一番，另有一種說不出的甜蜜：欣賞一下所有的景致，飽聽一番顫抖的聲音，讓清白的微風撫弄一會，她都認為是迷人的享受。純正的愛情要替不純正的愛情贖罪。這種不合理的情形永遠不會減少，如果大家不瞭解初次的欺騙把一個少婦鮮花般的心摧殘得多麼厲害。

不管但斐納究竟是什麼意思，總之她在玩弄拉斯蒂涅，而且引以為樂。因為她知道他愛她，知道只要她老人家高興，可以隨時消滅她情人的悲哀。歐也納為了自尊心，不願意初次上陣就吃敗仗，便毫不放鬆的緊追著，彷彿獵人第一次過聖．于倍節[3]，非要打到一隻火雞不可。他的焦慮、受傷的自尊心、真真假假的絕望，使他越來越丟不掉那個女人。全巴黎都認為特．紐沁根太太是他的了，其實他和她並不比第一天見面時更接近。他還沒有懂得，一個女人賣弄風情所給人的好處，有時反而遠過於她的愛情所給人的快樂，所以他憋著一肚子無名火。

雖說在女人對愛情欲迎故拒之際，拉斯蒂涅能嘗到第一批果實，可是那些果子是青的，帶酸的，咬在嘴裡特別有味，所以代價也特別高。有時，眼看自己沒有錢、沒有前途，就顧不得良心的呼聲而想到伏脫冷的計畫，想和泰伊番小姐結婚，得她的家產。那天晚上他又是窮得一籌莫展，幾乎不由自主的要接受可怕的斯芬克斯的計策了。他一向覺得那傢伙的目光有勾魂攝魄的魔力。

波阿萊和米旭諾小姐上樓的時候，拉斯蒂涅以為除了伏蓋太太和坐在壁爐旁邊迷迷糊糊編織毛線套袖的古的太太以外，再沒有旁人，便脈脈含情的盯著泰伊番小姐，把她羞得低下頭去。

「你難道也有傷心事嗎，歐也納先生？」維多莉沉默了一會說。

「哪個男人沒有傷心事！」拉斯蒂涅回答，「我們這些時時刻刻預備為人犧牲的年輕人，要是能得到愛、得到赤誠的愛作為酬報，也許我們就不會傷心了。」

泰伊番小姐的回答只是毫不含糊的看了他一眼。

「小姐，你今天以為你的心的確如此這般，可是你敢保證永遠不變嗎？」

可憐的姑娘浮起一副笑容，好似靈魂中湧出一道光，把她的臉照得光豔動人。歐也納想不到挑動了她這麼強烈的感情，大吃一驚。

「噯！要是你一旦有了錢，有了幸福，有一大筆財產從雲端裡掉在你頭上，你還會愛一個你落難時候喜歡的窮小子嗎？」

她姿勢很美的點了點頭。

「還會愛一個非常可憐的年輕人嗎？」

又是點頭。

「喂，你們胡扯些什麼？」伏蓋太太叫道。

「別打攪我們，」歐也納回答，「我們談得很投機呢。」

「難道歐也納·特·拉斯蒂涅騎士和維多莉·泰伊番小姐私訂終身了嗎？」伏脫冷低沉的嗓子突然在飯廳門口叫起來。

古的太太和伏蓋太太同時說：「喲！你嚇了我們一跳。」

「我挑的不算壞吧。」歐也納笑著回答。伏脫冷的聲音使他非常難受，他從來不曾有過那樣可怕的感覺。

3 即獵人節，十一月三日。

「噯，你們兩位別缺德啦！」古的太太說，「孩子，我們該上樓了。」

伏蓋太太跟著兩個房客上樓，到她們屋裡去消磨黃昏，節省她的燈燭柴火。飯廳內只剩下歐也納和伏脫冷兩人面面相對。

「我早知道你要到這一步的，」那傢伙聲色不動的說，「可是你聽著！我是非常體貼人的。你心情不大好，不用馬上決定。你欠了債。我不願意你為了衝動或是失望投到我這裡來，我要你用理智決定。也許你手頭缺少幾千法郎，嗯，你要嗎？」

那魔鬼掏出皮夾，撿了三張鈔票對大學生揚了一揚。歐也納正窘得要命，欠著特．阿瞿達侯爵和特．脫拉伊伯爵兩千法郎賭債。因為還不出錢，雖則大家在特．雷斯多太太府上等他，他不敢去。那是不拘形式的聚會，吃吃小點心、喝喝茶，可是在惠斯特牌桌上可以輸掉六千法郎。

「先生，」歐也納好不容易忍著身體的抽搐，說道，「自從你對我說了那番話，你該明白我不能再領你的情。」

「好啊，說得好，教人聽了怪舒服的，」那個一心想勾引他的人回答，「你是個漂亮小夥子，想得周到，像獅子一樣高傲，像少女一樣溫柔。你這樣的俘虜才配魔鬼的胃口呢。我就喜歡這種性格的年輕人。再加上幾分政治家的策略，你就能看到社會的本相了。只要玩幾套清高的小戲法，一個高明的人能夠滿足他所有的欲望，教臺下的傻瓜連聲喝彩。要不了幾天，你就是我的人了。

「哦！你要願意做我的徒弟，包管你萬事如意，想要什麼就有什麼，並且馬上到手，不論是名、是利，還是女人。凡是現代文明的精華，都可以拿來給你享受。我們要疼你、慣你，當你心肝寶貝，拚了命來讓你尋歡作樂。有什麼阻礙，我們替你一律鏟平。如果你再有顧慮，那你是把我當作壞蛋了？哼！你自以為清白，一個不比你少清白一點的人，特．丟蘭納先生，跟強盜做著小生意，並不覺得有傷體面。你不願意受我的好處，嗯？那容易，你先把這幾張爛票子收下。」

伏脫冷微微一笑，掏出一張貼好印花稅的白紙：「你寫：**茲借到三千五百法郎，準一年內歸還**。再填上日子！利息相當高，免得你多心。你可以叫我猶太人，用不著再欠我情了。今天你要瞧不起我，也由你，以後你一定會喜歡我。你可以在我身上看到那些無底的深淵，廣大無邊的感情，傻子管這些叫做罪惡，可是你永遠不會覺得我沒有種，或者無情無義。總之，我既不是小卒，也不是呆笨的士象，而是衝鋒的車，告訴你！」

「你究竟是什麼人？簡直是生來跟我搗亂嘛！」歐也納叫道。

「哪裡！我是個好人，不怕自己弄髒手，免得你一輩子陷在泥坑裡。你問我這樣熱心為什麼？嗳，有朝一日我會咬著你耳朵，輕輕告訴你的。我替你拆穿了社會上的把戲和訣竅，你就害怕。可是放心，這是你的怯場，跟新兵第一次上陣一樣，馬上會過去的。

你慢慢自會把大眾看作心甘情願替自封為王的人當炮灰的大兵。可是時代變了。從前你對一個好漢說：給你三百法郎，替我去砍掉某人。他憑一句話就把一個人送回了老家，若無其事的回家吃飯。如今我答應你偌大一筆家產，只要你點點頭，又不連累你什麼，你卻是三心兩意，委決不下。這年頭真沒出息。」

歐也納立了借據，拿了鈔票。

伏脫冷又說：「哎，來，來，咱們總得講個理。幾個月之內我要動身到美洲去種我的菸草了。我會捎雪茄給你。我有了錢，我會幫你忙。要是沒有孩子（很可能，我不想在這個世界上留種），我把遺產留給你。夠朋友嗎？我可是喜歡你呀，我。我有那股癡情，要為一個人犧牲。我已經這樣做過一次了。你看清楚沒有，孩子？我生活的圈子比別人的高一級。我認為行動只是手段，我眼裡只看見目的。一個人是什麼東西？——得！——」

他把大拇指甲在牙齒上彈了一下：「一個人不是高於一切，就是分文不值。叫做波阿萊的時候，他連分文不值還談不上，你可以像掐死一隻臭蟲一般掐死他，他乾癟、發臭。像你這樣的人卻是一個上帝，那可不是一架皮包的機器，而是有最美的情感在其中活動的舞臺。我是單憑情感過活的。一宗情感，在你思想中不就等於整個世界嗎？你瞧那高老頭，兩個女兒就是他整個的天地，就是他生活的指路標。我嘛，挖掘過人生之後，覺得世界上真正的情感只有男人之間的友誼。我醉心的是比哀和耶非哀。《威尼斯轉危為安》[4]我全本背得出。

「一個夥計對你說：來，幫我埋一具屍首！你跟著就跑，鼻子都不哼一聲，也不嘮嘮叨叨對他談什麼仁義道德：這樣有血性的人，你看過幾個？咱家我就幹過這個。我並不對每個人都這麼說。你是一個高明的人，可以對你無所不談，你都能明白。這個滿是癩蝦蟆的泥塘，你不會老待下去的。得了吧，一言為定。你一定會結婚的。咱們各自拿著槍桿衝吧！嘿，我的絕不是銀樣蠟槍頭，你放心！」

伏脫冷根本不想聽歐也納說出一個「不」字，逕自走了，讓他定定神。他似乎懂得這種忸怩作態的心理：人總喜歡小小的抗拒一下，對自己的良心有個交代，替以後的不正當行為找個開脫的理由。

「他怎麼辦都隨他，我一定不娶泰伊番小姐！」歐也納對自己說。

他想到可能和這個素來厭惡的人聯盟，心中火辣辣的非常難受。但伏脫冷那些玩世不恭的思想，把社會踩在腳底下的膽量，使他越來越覺得那傢伙了不起。

他穿好衣服，雇了車，到特．雷斯多太太家去了。幾天以來，這位太太對他格外

4 英國十七世紀奧特韋寫的悲劇，比哀與耶非哀是其中主角，以友誼深摯著稱。

殷勤，因為他每走一步，和高等社會的核心就接近一步，而且他似乎有朝一日會聲勢浩大。他付清了特．脫拉伊和特．阿瞿達兩位的帳，打了一場夜牌，輸的錢都贏了回來。需要趲奔前程的人多半相信宿命，歐也納就有這種迷信，認為他運氣好是上天對他始終不離正路的報酬。

第二天早上，他趕緊問伏脫冷借據有沒有帶在身邊。一聽到說有，他便不勝欣喜的把三千法郎還掉了。

「告訴你，事情很順當呢。」伏脫冷對他說。

「我可不是你的同黨。」

「我知道，我知道，」伏脫冷打斷了他的話，「你還在鬧孩子脾氣，看戲只看場子外面的小丑。」

兩天以後，波阿萊和米旭諾小姐，在植物園一條冷僻的走道中坐在太陽底下一張凳上，和醫學生很有理由猜疑的一位先生說著話。

「小姐，」龔杜羅先生說，「我不懂你哪裡來的顧慮。警察部長大人閣下……」

「哦！警察部長大人閣下……」波阿萊跟著說了一遍。

「是的，部長大人親自在處理這件案子。」龔杜羅又道。

這個自稱為蒲風街上的財主說出「警察」兩字，在安分良民的面具之下露出本相之後，退職的小公務員波阿萊，雖然毫無頭腦，究竟是畏首畏尾不敢惹是招非的人，還會繼續聽下去，豈不是誰都覺得難以相信？其實是很自然的。你要在愚夫愚婦之中瞭解波阿萊那個特殊的種族，只要聽聽某些觀察家的意見，不過這意見至今尚未公布。

世界上有一類專吃公家飯的民族，在衙門的預算表上列在第一至第三級之間的。第一級，年俸一千二，打個譬喻說，在衙門裡彷彿冰天雪地中的格陵蘭[5]；第三級，年俸三千至六千，氣候比較溫和，雖然種植不易，什麼津貼等等也能存在了。這仰存鼻息的一批人自有許多懦弱下賤的特點，最顯著的是對本衙門的大頭頭有種不由自主的、機械的、本能的恐懼。小公務員之於大頭頭，平時只認識一個看不清楚的簽名式。在那班俯首貼耳的人看來，**部長大人閣下**幾個字代表一種神聖的、沒有申訴餘地的威權。小公務員心目中的部長，好比基督徒心目中的教皇，做的事永遠不會錯。部長的行為、言語、一切用他名義所說的話，都有部長的一道毫光；那個繡花式的簽名把什麼都遮蓋了，把他命令人家做的事都變得合法了。「大人」這個稱呼證明他用心純正、意念聖潔，一切荒謬絕倫的主意，只要出於大人之口便百無禁忌。那些可憐蟲為了自己的利益所不肯做的事，一聽到「大人」兩字就趕緊奉命。衙門像軍隊一樣，大家只知道閉著眼睛服從。這

5 北極圈內的大島，與冰島相對，氣候嚴寒，大部分為冰雪所蔽。

種制度不許你的良心抬頭，滅絕你的人性，年深月久，把一個人變成政府機構中的一顆螺絲。

老於世故的龔杜羅到了要顯原形的時候，馬上像念咒一般說出「大人」兩字唬一下波阿萊，因為他早已看出他是個吃過公家飯的窩囊廢，並且覺得波阿萊是男版的米旭諾，正如米旭諾是女版的波阿萊。

「既然部長閣下、部長大人……那事情完全不同了，」波阿萊說。

那冒充的小財主回頭對米旭諾說：「先生這話，你聽見嗎？你不是相信他的嗎？部長大人已經完全確定，住在伏蓋公寓的伏脫冷便是多隆苦役監的逃犯，綽號叫做鬼上當。」

「哦喲！鬼上當！」波阿萊道，「他有這個綽號，一定是運氣很好嘍。」

「對，」密探說，「他這個綽號是因為犯了幾樁非常大膽的案子都能死裡逃生。你瞧，他不是個危險人物嗎？他有好些長處使他成為了不起的人物。進了苦役監之後，他在幫口裡更有面子了。」

「那麼他是一個有面子的人了。」波阿萊道。

「嘿！他掙面子是另有一功的！他很喜歡一個小白臉，義大利人，愛賭錢，犯了偽造文書罪，結果由他頂替了。那小子從此進了軍隊，變得很規矩。」

米旭諾小姐說：「既然部長大人已經確定伏脫冷便是鬼上當，還需要我幹什麼？」

「對啦，對啦！」波阿萊接著說，「要是部長，像你說的，確實知道……」

「談不到確實，不過是疑心。讓我慢慢說給你聽吧。鬼上當的真實姓名叫做約各・高冷，是三處苦役監囚犯的心腹、經理、銀行老闆。他在這些生意上賺到很多錢，幹那種事當然要一表人才嘍。」

波阿萊道：「哎，哎，小姐，你懂得這個雙關語嗎？先生叫他一**表人才**，因為他身上黥過印，有了**標記**。」

密探接下去說：「假伏脫冷收了苦役犯的錢，代他們存放、保管，預備他們逃出以後花用；或者交給他們的家屬，要是他們在遺囑上寫明的話；或者交給他們的情婦，將來託他出面領錢。」

波阿萊道：「怎麼！他們的情婦？你是說他們的老婆吧？」

「不，先生，苦役監的犯人通常只有不合法的配偶，我們叫做姘婦。」

「那他們過的是姘居生活嘍？」

「還用說嗎？」

波阿萊道：「噯，這種荒唐事，部長大人怎麼不禁止呢？既然你榮幸得很，能見到部長，你又關切公眾的福利，我覺得你應當把這些犯人的不道德行為提醒他。那種生活真是給社會一個很壞的榜樣。」

「可是先生，政府送他們進苦役監並不是要把他們當作道德的模範呀。」
「不錯。可是先生，允許我……」
「噯，好乖乖，你讓這位先生說下去啊。」米旭諾小姐說。
「小姐，你知道，搜出一個違禁的錢庫——聽說數目很大——政府可以得到很大的利益。鬼上當經管大宗的財產，所收的贓不光是他的同伴的，還有萬字幫的。」
「怎麼！那些賊黨竟有上萬嗎？」波阿萊駭然叫起來。
「不是這意思，萬字幫是一個高等竊賊的集團，專做大案子的，不上一萬法郎的買賣從來不幹。幫口裡的黨員都是刑事犯之中最了不起的人物。他們熟讀《法典》，從來不會在落網的時候被判死刑。高冷是他們的心腹，是他們的參謀。他神通廣大，有他的警衛組織，爪牙密布，神祕莫測。我們派了許多密探監視了他一年，還摸不清他的底細。他憑他的本領和財力，能夠經常為非作歹，張羅犯罪的資本，讓一批惡黨不斷的在社會上滋事。抓到鬼上當，沒收他的基金，等於把惡勢力斬草除根。因此這樁偵探工作變成了國家大事，凡是出力協助的人都有光榮。就是你先生，有了功也可以再進衙門辦事，或者當個警察局的祕書，照樣能拿你的養老金。」
「可是為什麼，」米旭諾小姐問，「鬼上當不拿著他保管的錢逃走呢？」
密探說：「噢！他無論到哪裡都有人跟著，萬一他盜竊苦役犯的公款，就要被打死。

況且捲逃一筆基金不像拐走一個良家婦女那麼容易。再說，高冷是條好漢，絕不幹這樣的勾當，他認為那是極不名譽的事。」

「你說得不錯，先生，那他一定要聲名掃地了。」波阿萊湊上兩句。

米旭諾小姐說：「聽了你這些話，我還是不懂你們為何不直接上門抓他。」

「好吧，小姐，我來回答你……可是，」他咬著她耳朵說，「別讓你的先生打斷我，要不咱們永遠講不完。居然有人肯聽這個傢伙的話，大概他很有錢吧。——鬼上當到這裡來的時候，冒充安分良民，裝作巴黎的小財主，住在一所極普通的公寓裡。他狡猾得很，從來不會沒有防備，因此伏脫冷先生是個很體面的人物，做著了不起的買賣。」

「當然囉。」波阿萊私下想。

「部長不願意弄錯事情，抓了一個真伏脫冷，得罪巴黎的商界和輿論。要知道警察總監的地位也是不大穩的，他有他的敵人，一有錯，鑽謀他位置的人就會挑撥進步黨人大叫大嚷，轟他下臺。所以對付這件事要像對付高阿涅案子的假聖．埃蘭假伯爵一樣[6]——要真有一個聖．埃蘭伯爵的話，我們不是糟了嗎？因此我們得證實他的身分。」

---

6 高阿涅冒充聖．埃蘭伯爵招搖撞騙。一八〇二年以竊盜罪被捕，判苦役十四年。一八〇五年，越獄，以假身分證投軍，參與作戰，數次受傷，升擢至團長，王政時代充任塞納州憲兵隊中校，受勳累累，同時仍暗中為賊黨領袖。某次在杜樂麗花園檢閱時，被人識破，判處終身苦役。此案當時曾轟動一時。

「對。可是你需要一個漂亮女人啊。」米旭諾小姐搶著說。

密探說：「鬼上當從來不讓女人近身。告訴你，他不喜歡女人。」

「這麼說來，我還有什麼作用，值得你給我兩千法郎去替你證實？」

陌生人說：「簡單得很。我給你一個小瓶，裝著特意配好的酒精，能夠教人像中風似的死過去，但沒有生命危險。那個藥可以摻在酒裡或是咖啡裡。等他一暈過去，你立刻把他放倒在床上，解開他的衣服，裝作看看他有沒有斷氣。趁沒有人的時候，你在他肩上打一下——啪——一聲，印的字母馬上會顯出來。」

「那可一點都不費事。」波阿萊說。

「唉，那麼你幹不幹呢？」龔杜羅問老姑娘。

「可是，親愛的先生，要是沒有字顯出來，我還能有兩千法郎到手嗎？」

「沒有。」

「那麼怎樣補償我呢？」

「五百法郎。」

「為這麼一點錢幹這麼一件事！良心上總是一塊疙瘩，而我是要良心平安的，先生。」

波阿萊說：「我敢擔保，小姐除了非常可愛非常聰明之外，還非常有良心。」

米旭諾小姐說：「還是這麼辦吧，他要真是鬼上當，你給我三千法郎；不是的話，一分錢都不要。」

「可以，」龔杜羅回答，「可是有個條件，這事明天就得辦。」

「不能這麼急，先生，我還得問問我的懺悔師。」

「你調皮，嗯！」密探站起身來說，「那麼明天見。有什麼重要事找我，可以到聖‧安納小街，聖禮拜堂院子底上、穹窿底下只有一扇門，到那裡說要找龔杜羅先生就可以了。」

皮安訓上完居維葉的課回來，無意中聽到鬼上當這個古怪字眼，也聽見那有名的密探所說的「可以」。

「幹嘛不馬上答應下來？三千法郎的終身年金，一年不是有三百法郎利息嗎？」波阿萊問米旭諾。

「幹嘛！該想一想呀。如果伏脫冷果真是鬼上當，跟他打交道也許好處更多。不過跟他要錢等於給他通風報信，他會溜之大吉。那可兩面落空，糟糕透啦！」

「你通知他也不行的，」波阿萊接口道，「那位先生不是說已經有人監視他嗎？而你可什麼都損失了。」

米旭諾小姐心裡想：「再加上我也不喜歡這傢伙，他老對我說些不客氣的話。」

波阿萊又說：「你還是那樣辦吧。我覺得那位先生滿好的，衣服穿得整齊。他說得好，替社會去掉一個罪犯，不管他怎樣義氣，在我們總是服從法律。江山易改，本性難移。誰保得住他不會一時性起，把我們一齊殺掉？那才該死呢！他殺了人，我們是要負責任的，且不說我們的命先要送在他手裡。」

米旭諾小姐一肚子心事，沒有工夫聽波阿萊那些斷斷續續的話，好似沒有關嚴的水龍頭上漏出一滴一滴的水。這老頭子一旦開了話頭，米旭諾小姐要不加阻攔，就會像上了發條的機器，嘀嘀咕咕永遠沒完。他提出了一個話題，又岔開去討論一些完全相反的話題，永遠沒有結論。

回到伏蓋公寓門口，他東拉西扯，旁徵博引，正講著在拉哥羅先生和莫冷太太的案子裡他如何出庭替被告作證的故事。進得門來，米旭諾瞥見歐也納跟泰伊番小姐談得那麼親熱那麼起勁，連他們穿過飯廳都沒有發覺。

「事情一定要到這一步的，」米旭諾對波阿萊說，「他們倆八天以來眉來眼去，恨不得把靈魂都扯下來。」

「是啊，」他回答，「所以她給定了罪。」

「誰？」

「莫冷太太嘍。」

「我說維多莉小姐，你回答我莫冷太太。誰是莫冷太太？」米旭諾一邊說一邊不知不覺走進了波阿萊的屋子。

波阿萊問：「維多莉小姐有什麼罪？」

「怎麼沒有罪？她不該愛上歐也納先生，不知後果，沒頭沒腦的瞎撞，可憐的傻孩子！」

歐也納白天被特・紐沁根太太磨得絕望了。他內心已經完全向伏脫冷屈服，既不願意推敲一下這個怪人對他的友誼是怎麼回事，也不想想這種友誼的結果。一小時以來，他和泰伊番小姐信誓旦旦，親密得不得了。他已經一腳踏進泥窪，只有奇蹟才能把他拉出來。維多莉聽了他的話以為聽到了天使的聲音，天國的門開了，伏蓋公寓染上了神奇的色彩，像舞臺上的布景。她愛他，他也愛她，至少她是這樣相信！在屋子裡沒有人窺探的時候，看到拉斯蒂涅這樣的青年，聽著他說話，哪個女人不會像她一樣的相信呢？

至於他，他和良心對抗，明知自己在做一樁壞事，而且是有心的做，心裡想只要將來使維多莉快樂，他這點輕微的罪過就能補贖。絕望之下，他流露出一種悲壯的美，把心中所有地獄的光彩一齊放射出來。算他運氣好，奇蹟出現了：伏脫冷興沖沖的從外面進來，看透了他們的心思。這對青年原是由他惡魔般的天才撮合的，可是他們這時的快樂，突然被他粗聲大氣、帶著取笑意味的歌聲破壞了。

我的芳希德多可愛，
你瞧她多麼樸實[7]……

維多莉一溜煙逃了。那時她心中的喜悅足夠抵銷她一生的痛苦。可憐的姑娘！握一握手、臉頰被歐也納的頭髮廝磨一下、貼著她耳朵（連大學生嘴唇的熱氣都感覺到）說的一句話、壓在她腰裡的一條顫巍巍的手臂、印在她脖子上的一個親吻……在她都成為心心相印的記號；再加隔壁屋裡的西爾維隨時可能闖入這間春光爛漫的飯廳，那些熱情的表現就比有名的愛情故事中的海誓山盟更熱、更強烈、更動心。這些微不足道的小事，在一個每十五天懺悔一次的姑娘，已經是天大的罪過了。即使她將來有了錢、有了快樂，整個委身於人的時候，流露的真情也不能與此時相比。

「事情定局了，」伏脫冷對歐也納道，「兩個男人已經打過架。一切都進行得很得體。是為了政見不同。咱們的鴿子侮辱了我的老鷹，明天在葛里娘谷堡壘交手。八點半，正當泰伊番小姐在這裡斷斷續續拿麵包浸在咖啡裡的時候，就好承繼她父親的慈愛和財產。你想不奇怪嗎！泰伊番那小子的劍法很高明，他狠天狠地，像抓了一手大牌似的，可是休想逃過我的撒手鐧。你知道，我有一套挑起劍來直刺腦門的招數，將來我教給你，有用得很呢。」

拉斯蒂涅聽得愣住了，一句話都說不上來。這時高老頭、皮安訓和別的幾個包飯客人進來了。

「你這樣我才稱心呢，」伏脫冷對他道，「你做的事，你心中有數。好啦，我的小老鷹！你將來一定能支配人——你又強，又痛快，又勇敢，我佩服你。」

伏脫冷想握他的手，拉斯蒂涅急忙縮回去。他臉色發白，倒在椅子裡，似乎看到眼前淌著一攤血。

「啊！咱們的良心還在那兒嘀咕，」伏脫冷低聲說，「老頭子有三百萬，我知道他的家產。這樣一筆陪嫁盡可把你洗刷乾淨，跟新娘的禮服一樣白，那時你自己也會覺得問心無愧呢。」

拉斯蒂涅不再遲疑，決定當夜去通知泰伊番父子。伏脫冷走開了，高老頭湊在他耳邊說：

「你很不高興，孩子。我來給你開開心吧，你來！」說完，老人在燈上點了火把，歐也納懷著好奇心跟他上樓。

高老頭向西爾維要了大學生的鑰匙，說道：「到你屋子裡去。今天早上你以為她不

7 維阿的喜歌劇《兩個忌妒的人》（一八一三）中的唱詞。

愛你了，嗯？她硬要你走了，你生氣了，絕望了。傻子！她等我去呢。明白沒有？我們約好要去收拾一間小巧玲瓏的屋子，讓你三天之內搬去住。你不能出賣我哪。她要瞞著你，到時教你喜出望外，我可是忍不住了。你的屋子在阿多阿街，離聖．拉查街只有兩步路。那裡包你像王爺一樣舒服。我們替你辦的家具像新娘用的。一個月工夫，我們瞞著你做了好多事。我的訴訟代理人已經在交涉，將來我女兒一年有三萬六千收入，是她陪嫁的利息，我要女婿把她的八十萬法郎投資在房地產上面。」

歐也納不聲不響，抱著手臂在他亂七八糟的小房間裡踱來踱去。高老頭趁大學生轉身的時候，把一個紅皮匣子放在壁爐架上，匣子外面有特．拉斯蒂涅家的燙金紋章。

「親愛的孩子，」可憐的老頭子說，「我全副精神對付這些事。可是，你知道，我也自私得很，你搬家對我也有好處。嗯，你不會拒絕我吧，假如我有點要求？」

「什麼事？」

「你屋子的五層樓上有一間臥房，也是歸你的，我想住在那裡，可以嗎？我老了，和女兒離太遠了。我不會打攪你的，只是住在那裡。你每天晚上跟我談談她。你說，你不會討厭吧？你回家的時候，我睡在床上聽到你的聲音，心裡想：他才見過我的小但斐納，帶她去跳舞，使她快樂。——要是我病了，聽你回來、走動、出門，等於給我心上塗了止痛膏。你身上有我女兒的氣息！我只要走幾步路就到香榭麗舍大道，她天天從那裡過，我可以天天看到她，不會再像從前那樣遲到了。也許她還會到你這裡來！我可以聽到她，看她穿著梳妝衣，踅著細步，像小貓一樣可愛的走來走去。一個月到現在，她又恢復了從前小姑娘的模樣，快活、漂亮，她的心情恢復了，你給了她幸福。哦！什麼辦不到的事，我都替你辦。

「她剛才回家的路上對我說：爸爸，我真開心！——聽她們一本正經的叫我父親，我的心就冰冷；一叫我爸爸，我就又看到了她們小時候的樣子，回想起從前的事。我覺得自己還是實實在在的父親，她們還沒有給別人占去！」

老頭子抹了抹眼淚。

「我好久沒聽見她們叫我爸爸了，好久沒有扶過她們的手臂了。唉！是呀，有十年我沒有和女兒肩並肩的一起走了。挨著她的裙子，跟著她的腳步，沾到她的熱氣，多舒服啊！今天早上我居然能帶了但斐納到處跑，跟她一起去店裡買東西，又送她回家。噢！你一定得收留我！你要人幫忙的時候，有我在那裡，就好伺候你啦。倘若那個阿爾薩斯臭胖子死了，倘若他的痛風乖乖的跑進了他的胃，我女兒不知該多麼高興呢！那時你可以做我的女婿，堂而皇之做她的丈夫了。唉！她那麼可憐，一點人生的樂趣都沒有嘗到，所以我什麼都原諒她。老天爺總該保佑慈愛的父親吧。」

他停了一會，側了側腦袋又說：「她太愛你了，上街的時候她跟我提到你：是不是，爸爸，他好極了！他多有良心！有沒有提到我呢！——呃，從阿多阿街到全景廊街，拉拉扯扯不知說了多少！總之，她把她的心都倒在我的心裡了。整整一個上午我快樂極了，不覺得老了，我的身體還不到一兩重。我告訴她，你把一千法郎交給了我。哦！我的小心肝聽得哭了。」

拉斯蒂涅站在那裡不動，高老頭忍不住了，說道：

「噯，你壁爐架上放了什麼呀？」

歐也納愣頭愣腦的望著他的鄰居。伏脫冷告訴他明天要決鬥了；高老頭告訴他，渴望已久的夢想要實現了。兩個那麼極端的消息，使他好像做了一場噩夢。他轉身瞧了瞧壁爐架，看到那小方匣子，馬上打開，發現一張紙條下面放著一支寶磯牌的錶。紙上寫著：

我要你時時刻刻想到我，因為……

但斐納

最後一句大概暗指他們倆某一次的爭執，歐也納看了大為感動。拉斯蒂涅的紋章是在匣子裡面，用釉彩堆成的。這件嚮往已久的裝飾品，鏈條、鑰匙、式樣、圖案，他樣樣滿意。

高老頭在旁樂得眉飛色舞。他一定是答應女兒把歐也納驚喜交加的情形說給她聽的。這兩個年輕人的激動也有老人的份，他的快樂也不下於他們兩人。他已經非常喜歡拉斯蒂涅了，為了女兒，也為了拉斯蒂涅本人。

「你今晚一定要去看她，她等著你呢。阿爾薩斯臭胖子在他舞女那裡吃飯。噯，噯，我的代理人向他指出事實，他愣住了。他不是說愛我女兒愛得五體投地嗎？哼，要是他碰一碰她，我就要他的命。一想到我的但斐納……（他歎了口氣）我簡直氣得要犯法。呸，殺了他不能說殺了人，不過是牛頭馬面的一個畜生罷了。你會留我一起住的，是不是？」

「是的，伯父，你知道我是喜歡你的……」

「我早看出了，你並沒覺得我丟你的臉。來，讓我抱抱你。」他摟著大學生，「答應我，你得讓她快樂！今晚你一定去了？」

「噢，是的。我先上街去一趟，有件重要的事，不能耽誤。」

「我能不能幫忙呢？」

「哦，對啦！我去紐沁根太太家，你去見泰伊番老頭，要他今天晚上給我約個時間，我有件緊急的事要跟他談。」

高老頭臉色變了，說道：「樓下那些混蛋說你追求他的女兒，可是真的，小子？該死！你可不知什麼叫做高里奧的老拳呢。你要欺騙我們，就得教你嘗嘗滋味了。哦！那是不可能的。」

大學生道：「我可以發誓，世界上我只愛一個女人，連我自己也是剛剛才知道。」

高老頭道：「啊，那才好呢！」

「可是，」大學生又說，「泰伊番的兒子明天要跟人決鬥，聽說他會送命的。」

高老頭道：「那跟你有什麼關係？」

歐也納道：「噢！非告訴他不可，別讓他的兒子去……」

伏脫冷在房門口唱起歌來，打斷了歐也納的話：

噢，理查，噢，我的陛下，
世界把你丟啊[8]……

勃龍！勃龍！勃龍！勃龍！勃龍！

我久已走遍了世界，
人家到處看見我呀……

脫啦，啦，啦，啦……

「諸位先生，」克利斯朵夫叫道，「湯冷了，飯廳上人都到齊了。」

「喂，」伏脫冷喊，「來拿我的一瓶波爾多[9]去。」

「你覺得好看嗎，那支錶？」高老頭問，「她挑的不差可不是？」

伏脫冷、高老頭和拉斯蒂涅三個人一同下樓，因為遲到，在飯桌上坐在一起。吃飯的時候，歐也納一直對伏脫冷很冷淡，可是伏蓋太太覺得那個很可愛的傢伙從來沒有這樣的談興。他詼謔百出，把桌上的人都引得非常高興。這種安詳、這種鎮靜，歐也納看得害怕了。

「你今天碰上什麼好運呀，快活得像雲雀一樣？」伏蓋太太問。

「我做了好買賣總是快活的。」

「買賣？」歐也納問。

「是啊。我交出了一部分貨，將來好拿一筆佣金。」他發覺老姑娘在打量他，便問，

8 格雷德里的喜歌劇《獅心王理查》中的唱詞。

9 波爾多為法國西部港口，以產紅葡萄酒聞名，通常即以此地名稱呼紅酒。

「米旭諾小姐，你這樣盯著我，是不是我臉上有什麼地方教你不舒服？老實告訴我，為了討你歡喜，我可以改變的。」

他又盯著老公務員說：「波阿萊，咱們不會因此生氣的，是不是？」

「真是！你倒好替雕刻家做模特兒，讓他塑一個滑稽大力士的像呢。」年輕畫家對伏脫冷道。

「不反對！只要米旭諾小姐肯給人雕做拉雪茲神父公墓[10]的愛神。」伏脫冷回答。

「那麼波阿萊呢？」皮安訓問。

「噢！波阿萊就扮作波阿萊。他是果園裡的神，是梨的化身[11]。」伏脫冷回答。

「那你是坐在梨跟酪餅之間了。」皮安訓說。

「都是廢話，」伏蓋太太插嘴道，「還是把你那瓶波爾多獻出來吧，又好健胃又好助興。那個瓶子已經在那裡探頭探腦了！」

「各位，」伏脫冷道，「主席叫我們遵守秩序。古的太太和維多莉小姐雖不會對你們的胡說八道生氣，可不能冒犯無辜的高老頭。我請大家喝一瓶波爾多，那是靠著拉法耶特先生的大名而格外出名的。我這麼說可毫無政治意味[12]。——來呀，你這傻子！」他望著一動不動的克利斯朵夫叫，「來這裡，克利斯朵夫！怎麼你沒聽見你名字？傻瓜！把酒端上來！」

「來啦，先生。」克利斯朵夫捧著酒瓶給他。

伏脫冷給歐也納和高老頭各斟了一杯，自己也倒了幾滴。兩個鄰居已經在喝了，伏脫冷拿起杯子辨了辨味道，忽然扮了個鬼臉：

「見鬼！見鬼！有瓶塞子的味道。克利斯朵夫，這瓶給你吧，另外去拿，在右邊，你知道？咱們一共十六個，拿八瓶下來。」

「既然你破費，」畫家說，「我也來買一百個栗子。」

「哦！哦！」

「啵！啵！」

「哎！哎！」

每個人大驚小怪的叫嚷，好似花筒裡放出來的火箭。

「喂，伏蓋媽媽，來兩瓶香檳。」伏脫冷叫。

「虧你想得出，幹嘛不把整個屋子吃光了？兩瓶香檳！十二法郎！我哪裡去弄十二法

10 拉雪茲神父公墓為巴黎最大的公共墳場。

11 Poire（梨）與Poiret（波阿萊——人名）諧音，故以此為戲。

12 夏多-拉法耶特為波爾多有名的釀酒區，有一種出名的紅酒就用這個名稱，大概伏脫冷請大家喝的就是這一種。當時又有法蘭西銀行總裁名叫拉法耶特，故以諧音作戲謔語。

郎！不行，不行。要是歐也納先生肯付香檳的帳，我請大家喝水果酒。」

「嚇！她的水果酒像瀉藥一樣難聞。」醫學生低聲說。

拉斯蒂涅道：「別說了，皮安訓，我聽見『瀉藥』兩個字就噁心……可以！去拿香檳，我付帳就是了。」

「西爾維，」伏蓋太太叫，「拿餅乾跟小點心來。」

伏脫冷道：「你的小點心太大了，而且長毛了。還是拿餅乾來吧。」

一霎時，波爾多酒斟遍了，飯桌上大家提足精神，越來越開心。粗野瘋狂的笑聲夾著各種野獸的叫聲。博物院管事學巴黎街上的一種叫賣聲，活像貓在叫春。八個聲音立刻同時嚷起來：

「磨刀哇！磨刀哇！」

「鳥粟子喔！」

「捲餅唉，各位太太，捲餅唉！」

「修鍋子，補鍋子！」

「船上來的鮮魚喔！鮮魚喔！」

「要不要打老婆，要不要拍衣服？」

「有舊衣服、舊金線、舊帽子賣哦？」

「甜櫻桃啊甜櫻桃！」

最妙的是皮安訓用鼻音哼的「修陽傘哇！」

幾分鐘之內，稀哩嘩啦，沸沸揚揚，把人的腦袋都脹破了。你一句我一句，無非是胡說八道，像一齣大雜耍。伏脫冷一邊當指揮一邊冷眼覷著歐也納和高里奧。兩人好像已經醉了，靠著椅子，一本正經望著這片從來未有的混亂，很少喝酒，都想著晚上要做的事，可是都覺得身子抬不起來。伏脫冷在眼梢裡留意他們的神色，等到他們眼睛迷迷糊糊快要閉上了，他貼著拉斯蒂涅的耳朵說：

「喂，小傢伙，你還耍不過伏脫冷老頭呢。他太喜歡你了，不能讓你胡鬧。一旦我決心要幹什麼事，只有上帝能攔住我。嘿！咱們想給泰伊番老頭通風報信，跟小學生一樣糊塗！爐子燒熱了，麵粉捏好了，麵包放上鏟子了，明天咱們就可以咬在嘴裡，丟著麵包屑玩了，你竟想搗亂嗎？不行不行，生米一定得煮成熟飯！心中要有什麼小小的不舒服，等你吃的東西消化了，那點不舒服也就沒有啦。咱們睡覺的時候，上校弗朗卻西尼伯爵劍頭一揮，替你把米希爾·泰伊番的遺產張羅好啦。維多莉繼承了她的哥哥，一年有小小的一萬五千收入。我已經打聽清楚，光是母親的遺產就有三十萬以上……」

歐也納聽著這些話不能回答，只覺得舌尖跟上顎粘在一塊，身子沉甸甸的，想睡得要死。他只能隔了一重明晃晃的霧，看見桌子和同桌人的臉。不久，聲音靜下來，客人一個一個的散了，最後只剩下伏蓋太太、古的太太、維多莉、伏脫冷和高老頭。拉斯蒂涅好似在夢中，瞥見伏蓋太太忙著倒瓶裡的餘酒，把別的瓶子裝滿。

寡婦說：「噯！他們瘋瘋癲癲，多年輕啊！」

這是歐也納聽到的最後一句話。

西爾維道：「只有伏脫冷先生才會教人這樣快活，喲！克利斯朵夫打鼾打得像陀螺一樣。」

「再見，伏蓋媽媽，我要到大街上看瑪蒂演《荒山》去了，那是把《孤獨者》改編的戲。如果你願意，我請你和這些太太一起去。」

古的太太回答：「我們不去，謝謝你。」

伏蓋太太說：「怎麼，我的鄰居！你不想看《孤獨者》改編的戲？那是阿達拉．特．夏多布里昂[13]寫的小說，我們看得津津有味，去年夏天在菩提樹下哭得像瑪特蘭納，而且是一部道德劇，正好教育一下你的小姐呢。」

維多莉回答：「照教會的規矩，我們不能看喜劇。」

「哦，這兩個都人事不知了。」伏脫冷把高老頭和歐也納的腦袋滑稽的搖了一下。

他扶著大學生的頭靠在椅背上，讓他睡得舒服些，一邊熱烈的親了親他的額角，唱道：

睡吧，我的心肝肉兒！
我永遠替你們守護[14]。

維多莉道：「我怕他生病呢。」

伏脫冷道：「那你在這裡照應他吧。」又湊著她的耳朵說，「那是你做賢妻的責任。他真愛你啊，這小子。我看，你將來會做他的嫩妻。」他又提高了嗓子，「最後，他們在地方上受人尊敬，白頭偕老，子孫滿堂。所有的愛情故事都這樣結束的。哎，媽媽，」他轉身摟著伏蓋太太，「去戴上帽子，穿上漂亮的小花綢袍子，披上當年伯爵夫人的披肩。讓我去替你雇輛車。」說完，他唱著歌出去了：

太陽、太陽、神明的太陽，
是你曬熟了南瓜的瓜瓤[15]……

13 伏蓋太太毫無知識，把作者的姓名弄得七顛八倒，和作品混而為一。
14 阿梅臺・特・菩柏朗的有名的情歌中的詞句，一八一九年被採入一齣歌舞劇。
15 當時工廠裡流行的小調。

伏蓋太太說：「天哪！你瞧，古的太太，這樣的男人才教我日子過得舒服呢。」她又轉身對著麵條商說，「呦，高老頭掛了。這吝嗇鬼從來沒想到帶我去哪裡過。我的天，他要倒下來了。上了年紀的人再失掉理性，太不像話！也許你們要說，沒有理性的人根本丟不了什麼。西爾維，扶他上樓吧。」

西爾維抓著老人的手臂扶他上樓，把他像鋪蓋捲似的橫在床上。

「可憐的小子，」古的太太說著，把歐也納擋著眼睛的頭髮撩上去，「真像個女孩子，還不知道喝醉是怎麼回事呢。」

伏蓋太太道：「啊！我開了三十一年公寓，像俗話說的，手裡經過的年輕人也不少了，像歐也納先生這麼可愛、這麼出眾的人才，可從來沒見過。瞧他睡得多美！把他的頭放在你肩上吧，古的太太。呃，他倒在維多莉小姐肩上了。孩子是有上天保佑的。再側過一點，他就碰在椅背的葫蘆上啦。他們倆配起來倒是滿好的一對。」

古的太太道：「好太太，別胡說，你的話……」

伏蓋太太回答：「呃！他聽不見的。來，西爾維，幫我去穿衣服，我要戴上我的大胸褡。」

西爾維道：「哎喲！太太，吃飽了飯戴大胸褡！不，你找別人吧，我下不了這毒手。

你這麼不小心是有性命危險的。」

「管他，總得替伏脫冷先生做做面子。」

「那你對繼承人真是太好了。」

寡婦一邊走一邊吆喝：「噯，西爾維，別頂嘴啦。」

廚娘對維多莉指著女主人，說：「在她那個年紀！」

飯廳裡只剩下古的太太和維多莉，歐也納靠在維多莉肩膀上睡著。靜悄悄的屋裡只聽見克利斯朵夫的打鼾聲，相形之下，歐也納的睡眠越加顯得恬靜，像兒童一般嫵媚。維多莉臉上有種母性一般的表情，好像很得意。因為她有機會照顧歐也納，藉此發洩女人的情感，同時又能聽到男人的心在自己的心旁跳動，而沒有一點犯罪的感覺。千思百念在胸中湧起，跟一股年輕純潔的熱流接觸之下，她情緒激動，說不出有多麼開心。

古的太太緊緊握著她的手說：「可憐的好孩子！」

天真而苦惱的臉上罩著幸福的光輪，老太太看了暗暗讚賞。維多莉很像中世紀古拙的畫像，沒有瑣碎的枝節，沉著有力的筆觸只著重臉部，黃黃的膚色彷彿反映著天國的金光。

維多莉摸著歐也納的頭髮說：「他只不過喝了兩杯呀，媽媽。」

「孩子，他要是胡鬧慣的，酒量就會跟別人一樣了。他喝醉倒是證明他老實。」

街上傳來一輛車子的聲音。

年輕的姑娘說：「媽媽，伏脫冷先生來了。你來扶一扶歐也納先生。我不願意給那個人看見。他說話叫人精神上感到汙辱，瞧起人來真受不了，彷彿剝掉人的衣衫一樣。」

古的太太說：「不，你看錯了！他是好人，有點像過去的古的先生，雖然粗魯，本性可是不壞，他是好人壞脾氣。」

在柔和的燈光撫弄之下，兩個孩子正好配成一幅圖畫。伏脫冷悄悄的走進來，抱了手臂，望著他們說道：

「哎喲！多有意思的一幕，喔！給《保爾和維吉妮》的作者貝那丹・特・聖-比埃爾看到了，一定會寫出好文章來。青春真美，不是嗎，古的太太？」他又端詳了一會歐也納，說道，「好孩子，睡吧。有時福氣就在睡覺的時候來的。」他又回頭對寡婦道，「太太，我疼這個孩子，不但因為他生得清秀，還因為他心好。你瞧他不是一個薛侶班靠在天使肩上嗎？真可愛！我要是女人，我願意為了他而死（哦，不！不這麼傻！），願意為了他而活！這樣欣賞他們的時候，太太，」他貼在寡婦耳邊悄悄的說，「不由不想到他們是天生一對，地造一雙。」然後他又提高了嗓子，「上帝給我們安排的路是神祕莫測的，他鑒察人心，試驗人的肺腑[16]。孩子，看到你們倆都一樣的純潔，一樣的有情有義，我相信一旦結合了，你們絕不會分離。上帝是正直的。」

他又對維多莉說：「我覺得你很有福相，給我看看你的手，小姐。我會看手相，人家的好運氣常常被我說中的。哎唷！你的手怎麼啦？真的，你馬上要發財了，愛你的人也要託你的福了。父親會叫你回家，你將來要嫁給一個年輕人，又好看，又有頭銜，又愛你！……」

妖嬈的伏蓋寡婦下樓了，沉重的腳步聲打斷了伏脫冷的預言。

「看啊，伏蓋媽媽美麗得像一顆明明明……明星，包紮得像根紅蘿蔔。不會有點喘不過氣嗎？」他把手按著她的胸口說，「啊，胸脯綁得很緊了，媽媽。不哭則已，一哭準會爆炸。可是放心，我會像骨董商一樣把你仔仔細細撿起來的。」

寡婦咬著古的太太的耳朵說：「他真會講法國式的奉承話，這傢伙！」

「再見，孩子，」伏脫冷轉身招呼歐也納和維多莉，把手放在他們頭上，「我祝福你們！相信我，小姐，一個規矩老實的人的祝福是有道理的，包你吉利，上帝會聽他的話的。」

「再見，好朋友，」伏蓋太太對她的女房客說，又輕輕補上一句，「你想伏脫冷先生對我有意思嗎？」

「喔！喔！」

---

16 此二語借用《聖經・耶利米書》第十七章原文。

他們走後，維多莉瞧著自己的手歎道：

「唉！親愛的媽媽，倘若真應了伏脫冷先生的話！」

老太太回答：「那也不難，只要你那魔鬼哥哥從馬上倒栽下來就好了。」

「噢！媽媽！」

寡婦道：「我的天！詛咒敵人也許是種罪過，好，那麼我來彌補吧。真的，我很願意給他送點花到墳上去。他那個壞良心，沒有勇氣替母親說話，只曉得拿她的遺產，奪你的家產。當時你媽媽陪嫁很多，算你倒楣，婚約上沒有提。」

維多莉說：「要拿人家的性命來換我的幸福，我心上永遠不會安樂的。如果要我幸福就得除掉我哥哥，那我寧可永遠住在這裡。」

「伏脫冷先生說得好，誰知道全能的上帝高興教我們走哪條路呢？——你看他是信教的，不像別人提到上帝比魔鬼還要不敬。」

她們靠著西爾維幫忙，把歐也納抬進臥房，放倒在床上。廚娘替他脫了衣服，讓他舒舒服服的睡覺。臨走，維多莉趁老太太一轉身，在歐也納額上親了一親，覺得這種偷偷摸摸的罪過真有說不出的快樂。她看看他的臥室，彷彿把這一天上多多少少的幸福歸納起來，在腦海中構成一幅圖畫，讓自己老半天的看著出神。她睡熟的時候變成了巴黎最快樂的姑娘。

伏脫冷在酒裡下了藥，藉款待眾人的機會灌醉了歐也納和高老頭，這一下他可斷送了自己。半醉的皮安訓忘了向米旭諾追問鬼上當那個名字。要是他說了，伏脫冷，或者約各．高冷——在此我們不妨對苦役監中的大人物還他的真名實姓——定會馬上提防。

後來，米旭諾小姐認為高冷性情豪爽，正在盤算給他通風報信，讓他在半夜裡逃走是不是更好的時候，聽到**拉雪茲神父公墓上的愛神**那個綽號，便突然改變主意。她吃過飯由波阿萊陪著出門，到聖．安納街找那有名的特務頭子去了，心裡還以為他不過是個名叫龔杜羅的高等職員。特務長見了她很客氣。把一切細節說妥之後，米旭諾小姐要求那個檢驗黥印的藥品。看到聖．安納街的大人物在書桌抽屜內找尋藥品時那種得意的態度，米旭諾才懂得這件事情的重要性還不止在於追捕一個普通的逃犯。她仔細一想，覺得警察當局還希望根據苦役監內線的告密，來得及沒收那筆巨額的基金。她把這點疑心向那老狐狸說了，他卻笑了笑，有心破除老姑娘的疑心。

「你想錯了，」他說，「在賊黨裡，高冷是一個從來未有的最危險的**博士**，我們要抓他是為這一點。那些壞蛋也都知道，他是他們的軍旗、他們的後臺、他們的拿破崙，他們都愛戴他。這傢伙永遠不會把他的**老根**丟在格列夫廣場[17]上的。」

17 格列夫廣場為巴黎執行死刑的地方，也是公共慶祝的集會場所。

米旭諾聽了莫名其妙，龔杜羅給她解釋，他用的兩句黑話是賊黨裡極有分量的切口，他們早就懂得一個人的腦袋可有兩種看法：**博士**是一個活人的頭腦，是他的參謀，是他的思想；**老根**是個輕蔑的字眼，表示頭顱落地之後毫無用處，他接著說：「高冷拿我們打哈哈。對付那些英國鋼條般的傢伙，我們也有一個辦法，只要他們在逮捕的時候稍微抵抗一下，立刻把他幹掉。我們希望高冷明天動武，好把他當場格殺。這麼一來，訴訟啊、看守的費用啊、監獄裡的伙食啊，一概可以省掉，同時又替社會除了害。起訴手續、傳喚證人、旅費津貼、執行判決，凡是對付這些無賴的合法步驟所花的錢，遠不止你到手的三千法郎。並且還有節省時間的問題。一刀戳進鬼上當的肚子，可以消弭上百件的罪案，教多少無賴不敢越過輕罪法庭的範圍。這就叫做警政辦得好。照真正慈善家的理論，這種辦法便是預防犯罪。」

「這就是替國家出力呀。」波阿萊道。

「對啦，你今晚的話才說得有理了。是呀，我們當然是替國家出力囉。外面的人對我們很不公平，其實我們暗中幫了社會多少的忙。再說，一個人不受偏見約束才算高明，違反成見所做的好事自然免不了害處，能忍受這種害處才是基督徒。你看，巴黎終究是巴黎。這句話就說明了我的生活。小姐，再見吧。明天我帶著人在植物園等。你叫克利斯朵夫去蒲風街我前次住的地方找龔杜羅先生就可以了。先生，以後你要是丟了東西，儘管來找我，包你物歸原主。我隨時可以幫忙。」

「噯，」波阿萊走到外面對米旭諾小姐說，「世界上竟有些傻子，一聽見『警察』兩字就嚇得魂不附體。可是這位先生多和氣，他要你做的事情又像打招呼一樣簡單。」

第二天是伏蓋公寓歷史上最重大的日子。至此為止，平靜的公寓生活中最顯著的事件，是那個假伯爵夫人像彗星一般的出現。可是和這一日天翻地覆的事（從此成為伏蓋太太永久的話題）一比，一切都黯淡無光了。

先是高里奧和歐也納一覺睡到十一點。伏蓋太太半夜才從快樂戲院回家，早上十點半還在床上。喝了伏脫冷給的剩酒，克利斯朵夫酣睡耽誤了屋裡的雜務。波阿萊和米旭諾小姐並不抱怨早飯開得晚。維多莉和古的太太也睡了晚覺。伏脫冷八點以前就出門，直到開飯才回來。十一點一刻，西爾維和克利斯朵夫去敲各人的房門請吃早飯，居然沒有一個人說什麼不滿意的話。兩個僕人一走開，米旭諾小姐首先下樓，把藥水倒入伏脫冷自備的銀盃，那是裝滿了他沖咖啡用的牛奶，跟別人的一起燉在鍋子上的。老姑娘算好利用公寓裡這個習慣下手。七個房客過了好一會才到齊。歐也納伸著懶腰最後一個下樓，正碰上特．紐沁根太太的信差送來一封信，寫的是：

朋友，我對你並不生氣，也不覺得我有損尊嚴。我等到半夜兩點，等一個心愛的人！受過這種罪的人絕不會教人家愛。我看出你是第一次戀愛。你碰到了什麼事呢？我真急死了。要不怕洩露心中的祕密，我就親自來了，看看你遇到的究竟是凶是吉。可是在那個時候出門，不論步行或是坐車，豈不是斷送自己？我這才覺得做女人的苦。我放心不下，請你告訴我為什麼父親對你說了那些話之後，你竟沒有來。我要生你的氣，可是會原諒你的。你病了嗎？為什麼住得這麼遠？求你開個口吧。希望你馬上就來。如果有事，只要回我一句話：或者說就來，或者說生病。不過你要不舒服的話，父親會來通知我的。那麼究竟是怎麼回事呢？……

「是啊，怎麼回事呢？」歐也納叫了起來。他搓著沒有念完的信，衝進飯廳，問：

「幾點了？」

「十一點半。」伏脫冷一邊說一邊把糖放進咖啡。

那逃犯冷靜而迷人的眼睛瞪著歐也納。凡是天生能勾魂攝魄的人都有這種目光，據說能鎮壓瘋人院中的武癡。歐也納不禁渾身哆嗦。街上傳來一輛馬車的聲音，泰伊番先生家一個穿號衣的當差神色慌張的衝進來，古的太太一眼便認出了。

「小姐，」他叫道，「老爺請您回去，家裡出事了。弗萊特烈先生跟人決鬥，腦袋上中了一劍，醫生認為沒有希望了，恐怕您來不及跟他見面，已經昏迷了。」

伏脫冷叫道：「可憐的小夥子！有了三萬一年的收入，怎麼還能打架？年輕人真不懂事。」

「嚇，老兄！」歐也納對他嚷道。

「怎麼，你這個大孩子？巴黎哪一天沒有人決鬥？」伏脫冷一邊回答一邊若無其事的喝完咖啡。米旭諾小姐全副精神看他這個動作，聽到那件驚動大眾的新聞也不覺得震動。

古的太太說：「我跟你一起去，維多莉。」

她們倆帽子也沒戴，披肩也沒拿，逕自跑了。維多莉臨走時噙著淚對歐也納望了一眼，彷彿說：「想不到我們的幸福要教我流淚！」

伏蓋太太道：「呃，你竟是未卜先知了，伏脫冷先生？」

約各·高冷回答：「我是先知，我是一切。」

伏蓋太太對這件事又說了一大堆廢話：「不是奇怪嗎！死神來尋到我們，連商量都不跟我們商量一下。年輕人往往走在老年人之前。我們女人總算幸運，用不著決鬥，可是也有男人沒有的病痛。我們要生孩子，而做母親的苦難是很長的！維多莉真有福氣！這下她父親沒有辦法啦，只能讓她繼承囉。」

「可不是！」伏脫冷望著歐也納說，「昨天兩手空空，今天就有幾百萬了！」

伏蓋太太叫道：「喂，歐也納先生，這一下你倒是中了頭彩啦。」

聽到這一句，高老頭看了看歐也納，發現他手中還拿著一封揉皺的信。

「你還沒有把信念完呢！……這是什麼意思？難道你也跟別人一樣嗎？」他問歐也納。

「太太，我永遠不會娶維多莉小姐。」歐也納回答伏蓋太太的時候，不勝厭惡的口氣令在場的人都覺得奇怪。

高老頭抓起大學生的手握著，恨不得親它一下。

伏脫冷道：「哦，哦！義大利人有句妙語，叫做**聽時間安排**！」

「我等回音呢。」紐沁根太太的信差催問拉斯蒂涅。

「告訴太太說我會去的。」

信差走了。歐也納心煩意亂，緊張到極點，再也顧不得謹慎不謹慎了。他高聲自言自語：「怎麼辦？一點都沒有證據！」

伏脫冷微微笑著。他吞下的藥品已經發作，只是逃犯的身體非常結實，還能站起來看著拉斯蒂涅，沉著嗓子說：

「孩子，福氣就在睡覺的時候來的。」

說完，他直挺挺的倒在地下。

歐也納道：「果真是天神來懲罰了！」

「哎喲！他怎麼啦？這個可憐的、親愛的伏脫冷先生？」

米旭諾小姐叫道：「那是中風啊。」

「喂，西爾維，去請醫生，」寡婦吩咐，「拉斯蒂涅先生，你快去找皮安訓先生。說不定西爾維碰不到我們的葛蘭潑萊醫生。」

拉斯蒂涅很高興藉此機會逃出這個可怕的魔窟，便連奔帶跑的溜了。

「克利斯朵夫，你去藥鋪去要些治中風的藥。」

克利斯朵夫出去了。

「哎，喂，高老頭，幫我們抬他上樓，抬到他屋裡去。」

大家抓著伏脫冷，七手八腳抬上樓梯，放在床上。

高里奧說：「我幫不了什麼忙，我要看女兒去了。」

「自私的老頭子！」伏蓋太太叫道，「去吧，但願你不得好死，孤零零的像野狗一樣！」

「看看你屋子裡有沒有乙醚。」米旭諾小姐一邊對伏蓋太太說，一邊跟波阿萊一起解開伏脫冷的衣服。

伏蓋太太下樓到自己臥房去，米旭諾小姐就可以為所欲為了。

她吩咐波阿萊：「趕快，脫掉他的襯衫，把他翻過來！你至少也該有點用處，難不成要我看到他赤身露體。你老待在那裡幹嘛？」

伏脫冷給翻過身來，米旭諾照準他肩頭一巴掌打過去，鮮紅的皮膚上立刻白白的泛出兩個該死的字母。

「嚇！一眨眼你就得了三千法郎賞金，」波阿萊說著，扶住伏脫冷，讓米旭諾替他穿上襯衫。他把伏脫冷放倒在床上，又道：「呃，好重啊！」

「別多嘴！看看有什麼保險箱沒有？」老姑娘性急慌忙的說，一雙眼睛拚命打量屋裡的家具，恨不得穿透牆壁才好。

她又道：「最好想個理由打開這口書櫃！」

波阿萊回答：「恐怕不大好吧？」

「為什麼不大好？賊贓是大家的，不能說是誰的了。可惜來不及，已經聽到伏蓋太太的聲音了。」

伏蓋太太說：「乙醚來了。哎，今天的怪事真多。我的天！這個人是不會生病的，他白得要命。」

「白得要命？」波阿萊接了一句。

寡婦把手按在伏脫冷的胸口，說：「心跳得很正常。」

「正常？」波阿萊覺得很詫異。

「是呀，跳得滿好呢。」

「真的嗎？」波阿萊問。

「媽媽呀！他就像睡著一樣。西爾維已經去請醫生了。喂，米旭諾小姐，他把乙醚吸進去了。大概是抽筋了。脈搏很好。身體像土耳其人一樣棒。小姐，你瞧他胸口的毛多濃，好活到一百歲呢，這傢伙！頭髮也沒有掉。呦！是黏在上面的，他戴了假髮，原來的頭髮是土紅色的。聽說紅頭髮的人不是好到極點，就是壞到極點！他大概是好的了，他？」

「好！好吊起來。」波阿萊道。

「你是說他好吊在漂亮女人的脖子上吧？」米旭諾小姐搶著說，「你去吧，先生。你們生了病要人伺候，那就是我們女人的事了。你還是到外面去轉轉吧。這裡有我跟伏蓋太太照應就行了。」

波阿萊一聲沒出，輕輕的走了，好像一條狗給主人踢了一腳。

拉斯蒂涅原想出去走走，換換空氣。他悶得發慌。這椿準時發生的罪案，前一晚他明明想阻止的，後來怎麼了呢？他應該怎麼辦呢？他唯恐在這件案子中成了共犯。想到伏脫冷那種若無其事的態度，他還心有餘悸。他私下想：

「要是伏脫冷一聲不出就死了呢？」

他穿過盧森堡公園的走道，好似有一群獵犬在背後追他，連牠們的咆哮都聽得見。

「喂，朋友，」皮安訓招呼他，「你有沒有看到《舵工報》？」

《舵工報》是天梭先生主辦的激進派報紙，在早報出版後幾小時另出一張地方版，登載當天的新聞，在外省比別家報紙的消息要早二十四小時。

高鄉醫院的實習醫生接著說：「有段重要新聞：泰伊番的兒子和前帝國禁衛軍的弗朗卻西尼伯爵決鬥，額上中了一劍，深兩吋。這麼一來，維多莉小姐成了巴黎最有陪嫁的姑娘了。哼！要是早知道的話！死了個人倒好比開了個頭獎！聽說維多莉對你很不錯，可是真的？」

「別胡說，皮安訓，我永遠不會娶她。我愛著一個妙人兒，她也愛著我，我……」

「你這麼說好像拚命壓抑自己，唯恐對你的妙人兒不忠實。難道真有什麼女人，值得你犧牲泰伊番老頭的家產嗎？倒要請你指給我看看。」

拉斯蒂涅嚷道：「難道所有的魔鬼都盯著我嗎？」

皮安訓道：「那麼你又在盯誰呢？你瘋了嗎？伸出手來，讓我替你按按脈。呦，你在發燒呢。」

「趕快到伏蓋媽媽家去吧，」歐也納說，「剛才伏脫冷那混蛋暈過去了。」

「啊！我早就疑心，你給我證實了。」皮安訓說著，丟下拉斯蒂涅跑了。

拉斯蒂涅溜了大半天，非常嚴肅。他似乎把良心翻來覆去查看了一遍。儘管他遲疑不決，細細考慮，到底真金不怕火，他的清白總算禁得起嚴格的考驗。他記起昨晚高老頭告訴他的內心話，想起但斐納在阿多阿街替他預備的屋子，拿出信來重新念了一遍，吻了一下，心裡想：

「這樣的愛情正是我的救星。可憐的老頭子有過多少傷心事，他從來不提，可是誰都明白！好吧，我要像照顧父親一般的照顧他，讓他享享福。倘若她愛我，她白天會常常到我家裡來陪他的。那高個子的雷斯多太太真該死，竟會把老子當作門房看待。親愛的但斐納！她對老人家孝順多了，她是值得我愛的。啊！今天晚上我就可以快樂了！」

他掏出錶來，欣賞了一番。

「一切都成功了。兩個人真正相愛、永久相愛的時候，盡可以互相幫助，我盡可以收這個禮。再說，將來我一定會飛黃騰達，無論什麼我都能百倍的報答她。這樣的結合既沒有罪過，也沒有什麼能教最嚴格的道學家皺一皺眉頭的地方。多少正人君子全有這一類的男女關係！我們又不欺騙誰，欺騙才降低我們的人格。說謊不就表示投降嗎？她和丈夫已經分居好久。我可以對那個阿爾薩斯人說，他既然不能使妻子幸福，就應當讓給我。」

拉斯蒂涅心裡七上八下，爭執了很久。雖然年輕人的善念終於得勝了，他仍不免在四點半左右、天快黑的時候，存著按捺不住的好奇心，回到發誓要搬走的伏蓋公寓。他想看看伏脫冷有沒有死。

皮安訓給伏脫冷灌了催吐劑，叫人把吐出來的東西送往醫院化驗。米旭諾竭力主張倒掉，越發引起皮安訓的疑心。並且伏脫冷也恢復得太快，皮安訓更疑心這個嘻嘻哈哈的傢伙是遭了暗算。拉斯蒂涅回來，伏脫冷已經站在飯廳內火爐旁邊。

包飯客人到得比平時早，因為知道了泰伊番兒子的事，想來打聽一下詳細情形以及對維多莉的影響。除了高老頭，全班人馬都在那裡談論這件新聞。歐也納進去，正好跟不動聲色的伏脫冷打了個照面，被他眼睛一瞪，直瞧到自己心裡，挑起一些邪念，使他心驚肉跳，打了個寒噤。那逃犯對他說：

「喂，親愛的孩子，死神向我認輸的日子還久哩。那幾個太太說我剛才那場腦充血，連牛都撐不住，我可一點事都沒有。」

伏蓋寡婦叫道：「別說牛，連公牛都受不了[18]。」

「你看我沒有死覺得很不高興嗎？」伏脫冷以為看透了拉斯蒂涅的心思，湊著他耳朵說，「那你倒是個狠將了！」

「噯，真的，」皮安訓說，「前天米旭諾小姐提起一個人綽號叫做鬼上當，這個名字對你倒是再合適不過。」

這句話對伏脫冷好似青天霹靂，他頓時臉色發白，身子晃了幾晃，那雙勾魂攝魄的眼睛射在米旭諾臉上，好似一道陽光。這股精神的威勢嚇得她腿都軟了，歪歪斜斜的倒在一張椅子裡。逃犯扯下平時那張和善的臉，露出猙獰可怖的面目。波阿萊覺得米旭諾遭了危險，趕緊向前，站在她和伏脫冷之間。所有的房客還不知道這齣戲是怎麼回事，莫名其妙的愣住了。

這時外面響起好幾個人的腳步聲和士兵的槍柄跟街面上的石板碰擊的聲音。正當高冷不由自主的望著牆壁和窗子，想找出路的時候，客廳門口出現了四個人。為首的便是那特務長，其餘三個是警務人員。

「茲以法律與國王陛下之名……」一個警務人員這麼念著，以下的話被眾人一片驚訝的聲音蓋住了。

不久，飯廳內寂靜無聲，房客閃開身子，讓三個人走進屋內。他們的手都插在衣袋裡，抓著上好子彈的手槍。跟在後面的兩個憲兵把守客廳的門，另外兩個在通往樓梯道的門口出現。好幾個士兵的腳步聲和槍柄聲在前面石子道上響起來。鬼上當完全沒有逃走的希望了，所有的目光都不由自主的盯著他一個人。

18 伏脫冷所說的牛（boeuf）是去勢的牛，伏蓋太太說的是公牛（taureau），即鬥牛用的牛。

特務長筆直的走過去，對準他的腦袋用力打了一巴掌，把假髮打落了。高冷醜惡的面貌馬上顯了出來。土紅色的短髮表示他的強悍和狡猾，配著跟上半身氣息一貫的腦袋和臉龐，意義非常清楚，彷彿被地獄的火焰照亮了。整個的伏脫冷，他的過去、現在、將來、倔強的主張、享樂的人生觀，以及玩世不恭的思想、行動，和一切都能擔當的體格給他的氣魄，大家全明白了。全身的血湧上他的臉，眼睛像野貓一般發亮。他使出一股狂野的力量抖擻一下，大吼一聲，把所有的房客嚇得大叫。

一看這個獅子般的動作，密探藉著眾人叫喊的威勢，一齊掏出手槍。高冷一見槍上亮晶晶的火門，知道處境危險，便突然一變，表現出人的最高的精神力量。那種場面真是又醜惡又莊嚴！他臉上的表情只有一個譬喻可以形容，彷彿一口鍋爐貯滿了足以翻江倒海的水汽，一眨眼之間被一滴冷水化得無影無蹤。消滅他一腔怒火的那滴冷水，不過是一個快得像閃電般的念頭。他微微一笑，看著自己的假髮，對特務長說：

「哼，你今天不客氣啊。」

他向那些憲兵點點頭，把兩隻手伸了出來。

「來吧，憲兵，拿手銬來吧。請在場的人作證，我沒有抵抗。」

這一幕的經過，好比火山的熔液和火舌突然之間竄了出來，又突然之間退了回去。滿屋的人看了，不由得唧唧噥噥表示驚歎。

逃犯望著那有名的特務長說：「這可破了你的計，你這小題大做的傢伙！」

「少廢話，衣服剝下來。」那個聖・安納街的人物滿臉瞧不起的吆喝。

高冷說：「幹嘛？這裡還有女士。我又不賴，我投降了。」

他停了一會，瞧著全場的人，好像一個演說家預備發表驚人的言論。

「你寫吧，拉夏班老頭。」他招呼一個白髮的矮老頭。老人從公事包裡掏出逮捕筆錄，在桌旁坐下。

「我承認是約各・高冷，諢名鬼上當，判過二十年苦役。我剛才證明我並沒浪得虛名，辜負我的外號。」他又對房客說，「只要我舉一舉手，這三個奸細就要教我當場出彩，弄髒伏蓋媽媽的屋子。這班壞蛋專門暗箭傷人！」

伏蓋太太聽到這幾句大為難受，對西爾維道：「我的天！真要教人嚇出病來了，我昨天還跟他上快樂戲院呢。」

「放明白些，媽媽，」高冷回答，「難道昨天坐了我的包廂就倒楣了嗎？難道你比我們強嗎？我們肩膀上背的醜名聲，還比不上你們心裡的壞主意，你們這些爛社會裡的蛆！你們之中最優秀的對我也抵抗不了。」

他的眼睛停在拉斯蒂涅身上，溫柔的笑了笑。那笑容和他粗野的表情成為奇怪的對照。

「你知道，我的寶貝，咱們的小交易還是照常，要是接受的話！」說著他唱起來：

我的芳希德多可愛，
你瞧她多麼樸實。

「你放心，我自有辦法收帳。人家怕我，絕不敢揩我的油。」

他這個人、這番話，把苦役監中的風氣、親狎、下流、令人怵目驚心的氣概、忽而滑稽忽而可怕的談吐，突然表現了出來。他這個人不僅僅是一個人了，而是一個典型，代表整個墮落的民族，野蠻而又合理，粗暴而又能屈能伸的民族。剎那間，高冷變成一首惡魔的詩，寫盡人類所有的情感，只除掉懺悔。他的目光有如撒旦的目光，他像撒旦一樣永遠要拚個你死我活。拉斯蒂涅低下頭去，默認這個罪惡的聯繫，補贖他過去的邪念。

「誰出賣我的？」高冷的可怕目光朝著眾人掃過去，最後盯住了米旭諾小姐，說道，「哼，是你！假仁假義的老妖精，你暗算我，騙我中風，你這個奸細！我一句話，包你八天之內腦袋搬家。可是我饒你，我是基督徒。而且也不是你出賣我的。那麼是誰呢？」

他聽見警務人員在樓上打開他的櫃子，拿他的東西，便道：「嘿！嘿！你們在上面搜查。烏兒昨天飛走了，窠也搬空了！你們找不出什麼來的。帳冊在這裡，」他拍拍腦袋，「呃，出賣我的人，我知道了。一定是絲線那個小壞蛋，對不對，捕快先生？」他問特務長，「想起我們把鈔票放在這裡的日子，一定是他。哼，什麼都沒有了，告訴你們這班小奸細！至於絲線哪，不出半個月就要他的命，你們派全部憲兵去做保鏢也是白搭。——這個米旭諾，你們給了她多少？兩三千法郎吧？我可不止值這一些，告訴你這個母夜叉、醜八怪、公墓上的愛神！你要是通知了我，可以到手六千法郎。嗯，你想不到吧，你這個賣人肉的老貨！我倒願意那麼辦，花上六千法郎，免得旅行一趟，又麻煩，又損失錢。」

他一邊說一邊讓人家戴上手銬：

「這些傢伙要拿我開心，盡量拖延日子，折磨我。要是馬上送我進苦役監，我不久就好重新辦公，才不怕這些傻瓜的警察老爺呢。在牢裡，弟兄把靈魂翻身都願意，只要能讓他們的大哥走路，讓慈悲的鬼上當遠走高飛！你們之中可有人像我一樣，有一萬多弟兄肯替你拚命的？」他驕傲的問，又拍拍心口，「這裡面著實有些好東西，我從來沒出賣過人！喂，假仁假義的老妖精，」他叫老姑娘，「你看他們都怕我，可是你哪，只能教他們噁心。好吧，領你的賞金去吧。」

他停了一會，打量著那些房客，說道：

「你們蠢不蠢，你們！難道從來沒見過苦役犯？一個像我高冷氣派的苦役犯，可不像別人那樣沒心沒肺。我是盧梭的門徒，我反抗社會契約[19]那樣的大騙局。我一個人對付政府，跟上上下下的法院、憲兵、預算作對，弄得他們七葷八素。」

「該死！」畫家說，「把他畫下來倒是挺美的呢。」

「告訴我，你這劊子手大人的跟班、你這個寡婦總監，」（寡婦是苦役犯替斷頭臺起的又可怕又有詩意的名字），他轉身對特務長說，「大家客客氣氣！告訴我，是不是**絲線**出賣我的？我不願意冤枉他，教他替別人抵命。」

這時警務人員在樓上抄遍了他的臥室，一切登記完畢，進來對他們的主管低聲說話。逮捕筆錄也已經寫好。

「諸位，」高冷招呼同住的人，「他們要把我帶走了。我在這裡的時候，大家都對我很好，我永遠不會忘記。現在告辭了。將來我會寄普羅旺斯[20]的無花果給你們。」

他走了幾步，又回頭看了看拉斯蒂涅。

「再會，歐也納，」他的聲音又溫柔又淒涼，跟他長篇大論的粗野口吻完全不同，「要有什麼為難，我給你留下一個忠心的朋友。」

他雖然戴了手銬，還能擺出劍術教師的架式，喊著「一，二[21]！」然後往前跨了一步，又說：

「有什麼倒楣事，儘管找他。人手和錢都好調度。」

這怪人的最後幾句說得十分滑稽，除了他和拉斯蒂涅之外，誰都不明白。警察、士兵、警務人員一齊退出屋子，西爾維一邊用酸醋替女主人擦太陽穴，一邊看著那班詫異不止的房客，說道：

「不管怎麼樣，他到底是個好人！」

大家被這一幕引起許多複雜的情緒，迷迷糊糊愣在那裡，聽了西爾維的話方始驚醒過來，你望著我，我望著你，然後不約而同的把眼睛盯在米旭諾小姐身上。她像木乃伊一樣的乾癟，又瘦又冷，縮在火爐旁邊，低著眼睛，只恨眼罩的陰影不夠遮掩她兩眼的表情。眾人久已討厭這張臉，這一下突然明白了討厭的原因。屋內隱隱然起了一陣嘀咕聲，音調一致，表示反感也全場一致。米旭諾聽見了，仍舊留在那裡。皮安訓第一個探過身去對旁邊的人輕輕的說：

「要是這女人再和我們一桌子吃飯，我可要跑了。」

剎那間，除了波阿萊，個個都贊成醫學生的主張。醫學生看見大家同意，走過去對

19 社會契約即盧梭著的《民約論》。
20 普羅旺斯為法國南部各州的總名，多隆監獄即在此地區內。
21「一，二！」為劍術教師教人開步時的口令。

波阿萊說：

「你和米旭諾小姐特別有交情，你去告訴她馬上離開這裡。」

「馬上？」波阿萊不勝驚訝的重複了一遍。

接著他走到老姑娘身旁，咬了咬她的耳朵。

「我房飯錢完全付清，我出我的錢住在這裡，跟大家一樣！」她說完，把全體房客毒蛇似的掃了一眼。

拉斯蒂涅說：「那容易得很，我們來攤還她好了。」

她說：「先生你幫著高冷，哼，我知道為什麼。」她盯著大學生的目光又惡毒又帶著質問的意味。

歐也納跳起來，彷彿要撲上去掐死老姑娘。米旭諾眼神中那一點陰險，他完全體會到，而他內心深處那些不可告人的邪念，也給米旭諾的目光照得雪亮。

房客都叫道：「別理她。」

拉斯蒂涅抱著手臂，一聲不出。

「喂，把猶大小姐的事給了一了吧，」畫家對伏蓋太太說，「太太，你不請米旭諾走，我們走了，還要到處宣揚，說這裡住的全是苦役犯和奸細。不然的話，我們可以替你瞞著。老實說，這是在最上等的社會裡也免不了的，除非在苦役犯額上刻了字，讓他們沒法冒充巴黎的布爾喬亞去招搖撞騙。」

聽到這番議論，伏蓋太太好像吃了仙丹，立刻精神抖擻，站起身子，把手臂一抱，睜著雪亮的眼睛，沒有一點哭過的痕跡。

「嗳，親愛的先生，你是不是要我的公寓關門？你瞧伏脫冷先生……哎呦！我的天！」她打住了話頭，叫道，「我一開口就叫出他那個冒充規矩人的姓名！……一間屋空了，你們又要叫我多空兩間。這時候大家都住定了，要我招租不是抓瞎嗎！」

皮安訓叫道：「各位，戴上帽子走吧，到索邦廣場弗利谷多餐館去！」

伏蓋太太眼睛一轉，馬上打好算盤，骨碌碌的一直滾到米旭諾前面。

「喂，我的好小姐、好姑娘，你不見得要我關門吧，嗯？你看這些先生把我逼到這個地步，你今晚暫且上樓……」

「不行不行，」房客一齊叫著，「我們要她馬上出去。」

「她飯都沒吃呢，可憐的小姐。」波阿萊用了哀求的口吻。

「她愛去哪裡吃飯就去哪裡吃飯。」好幾個聲音回答。

「滾出去，奸細！」

「奸細都滾出去！」

波阿萊這窩囊廢突然被愛情鼓足了勇氣，說道：「各位，對女性總得客氣一些！」

畫家道：「奸細還有什麼性別！」

「好一個女性喇嘛！」

「滾出去喇嘛！」

「各位，這不像話。叫人走路也得有個體統。我們已經付清房飯錢，我們不走。」波阿萊說完，戴上便帽，走去坐在米旭諾旁邊一張椅子上。伏蓋太太正在說教似的勸她。

畫家裝著滑稽的模樣對波阿萊說：「你要賴，小壞蛋，去你的吧！」

皮安訓道：「喂，你們不走，我們走啦。」

房客一窩蜂向客廳擁去。

伏蓋太太嚷道：「小姐，你要怎麼辦？我完了。你不能耽下去，他們會動武呢。」

米旭諾小姐站起身子。

——「她走了！」——「她不走！」——「她走了！」——「她不走！」

此呼彼應的叫喊，對米旭諾越來越仇視的話語，使米旭諾低聲和伏蓋太太交涉過以後，不得不走了。

她用恐嚇的神氣說：「我要到皮諾太太家去。」

「隨你，小姐。」伏蓋太太回答，她覺得這房客挑的住所對她是惡毒的侮辱，因為皮諾太太的公寓是和她競爭的，所以她最討厭。「到皮諾家去吧，去試試她的酸酒跟那些飯攤上買來的菜吧。」

全體房客分做兩行站著，一點聲音都沒有。波阿萊好不溫柔的望著米旭諾小姐，遲疑不決的神氣非常天真，表示他不知怎麼辦，不知應該跟她走呢還是留在這裡。看米旭諾一走，房客興高采烈，又看到波阿萊這個模樣，便互相望著哈哈大笑。

畫家叫道：「唧，唧，唧，波阿萊，喂，唷，啦，喂唷！」

博物院管事很滑稽的唱起一支流行歌曲的頭幾句：

動身上敘利亞，那年輕俊俏的杜奴阿……

皮安訓道：「走吧，你心裡想死了，真叫做：嗜好所在，鍥而不捨。」

助教說：「這句維吉爾的名言翻成大白話，就是各人跟著各人的相好走。」

米旭諾望著波阿萊，做了一個挽他手臂的姿勢。波阿萊忍不住了，過去攙著老姑娘，引得眾人哄堂大笑。

「好啊，波阿萊！」

「這個好波阿萊哪！」

「阿波羅—波阿萊！」

「戰神波阿萊！」

「英勇的波阿萊！」

這時進來一個當差，送一封信給伏蓋太太。她念完，立刻軟癱似的倒在椅子裡。

「我的公寓給天雷打了，燒掉算啦。泰伊番的兒子三點鐘斷了氣。我老是巴望那兩位女士好，咒那個可憐的小子，現在我遭到報應了。古的太太和維多莉叫人來拿行李，搬到她父親家去。泰伊番先生答應女兒招留古的寡婦做伴。哎呦！多了四間空屋，少了五個房客！」她坐下來要哭了，叫著，「晦氣星進了我的門了！」

忽然街上又有車子的聲音。

「又是什麼倒楣事來啦。」西爾維道。

高里奧突然出現，紅光滿面，差不多返老還童了。

「高里奧坐車！」房客一齊說，「真是世界末日到了！」

歐也納坐在一角出神，高老頭奔過去抓著他的手臂，高高興興的說：「來啊。」

「你不知道出了事嗎？」歐也納回答，「伏脫冷是逃犯，剛才給抓走了；泰伊番的兒子死了。」

「哎！那跟我們有什麼關係？我要跟女兒一起吃飯，在你屋子裡！聽見沒有？她等著你呢，來吧！」

他用力抓起拉斯蒂涅的手臂，死拖活拉，好像把拉斯蒂涅當作情婦一般的綁走了。

「大家吃飯吧。」畫家叫著。

每個人拉開椅子，在桌邊坐下。

胖子西爾維道：「真是，今天樣樣倒楣。我的黃豆煮羊肉也燒焦了。也罷，就請你們吃焦的吧。」

伏蓋太太看見平時十八個人的桌子只坐了十個，沒有勇氣說話了。每個人都想法安慰她，逗她高興。先是包飯客人還在談伏脫冷和當天的事，不久順著談話忽東忽西的方向，扯到決鬥、苦役監、司法、牢獄、需要修正的法律等等上去了。說到後來，跟什麼高冷、維多莉、泰伊番，早已離開十萬八千里。他們十個人叫得二十個人價響，似乎比平時人更多。今天這頓晚飯和隔天那頓晚飯就是這麼一點差別。這批自私的人已經恢復了不關痛癢的態度，等明天再在巴黎的日常事故中另找一個倒楣鬼做他們的犧牲品。便是伏蓋太太也聽了胖子西爾維的話，存著希望安靜下來。

這一天從早到晚對歐也納是一連串五花八門的幻境，他雖則個性很強、頭腦清楚，也不知道怎樣整理他的思想。他經過了許多緊張的情緒，上了馬車坐在高老頭身旁，老人那些快活得異乎尋常的話傳到他耳朵裡，簡直像夢裡聽到的。

「今天早上什麼都預備好了。咱們三個人就要一起吃飯了，一起！懂不懂？四年來我都沒有跟我的但斐納，跟我的小但斐納吃飯了。這一次她可以整個晚上陪我了。我們從早上起就在你屋子裡，我脫下衣服，像工人一樣做事，幫著搬家具。啊！啊！你不知道她在飯桌上才殷勤呢，她招呼我：嗳，爸爸，嘗嘗這個，多好吃！可是我吃不下。噢！已經有那麼久，我沒有像今晚這樣可以舒舒服服和她在一起了！」

歐也納說：「怎麼，今天世界真是翻了身嗎？」

高里奧說：「什麼翻了身？世界從來沒這樣好過。我在街上只看見開心的臉，只看見人家在握手、擁抱。大家都高興得不得了，彷彿全要去女兒家吃飯，吃一頓好飯似的。你知道，她是當我的面向英國咖啡館的總管點的菜。嗳！在她身邊，黃連也會變成甘草啊。」

「我現在才覺得活過來了。」歐也納道。

「喂，馬夫，快一點呀，」高老頭推開前面的玻璃叫，「快點，十分鐘趕到，我給五法郎酒錢。」

馬夫聽著，加了幾鞭，他的馬便在巴黎街上閃電似的飛奔起來。

高老頭說：「他簡直不行，這馬夫。」

拉斯蒂涅問道：「你要帶我去哪裡啊？」

高老頭回答：「你府上囉。」

車子在阿多阿街停下。老人先下車，丟了十法郎給馬夫，那種闊綽活現出一個單身漢得意至極，什麼都不在乎。

「來，咱們上去吧，」他帶著拉斯蒂涅穿過院子，走上三樓的一個公寓，在一幢外觀很體面的新屋子的後半邊。高老頭不用打鈴，特·紐沁根太太的老媽子丹蘭士已經來開門了。歐也納看到一所單身漢住的雅致的屋子，包括穿堂、小客廳、臥室，和一間面臨花園的書房。小客廳的家具和裝修，精雅無比。在燭光下面，歐也納看見但斐納從壁爐旁邊一張椅子上站起來，把遮火的團扇[22]放在壁爐架上，聲音非常溫柔的招呼他：

「非得請你才來嗎，你這位莫名其妙的先生！」

丹蘭士出去了。大學生摟著但斐納緊緊抱著，開心得哭了。這一天，多少刺激使他的心和頭腦都疲倦不堪，加上眼前的場面和公寓裡的事件對比之下，拉斯蒂涅更加容易激動。

「我知道他是愛你的。」高老頭悄悄的對女兒說。歐也納軟癱似的倒在沙發上，一句話都說不出來，也弄不清這最後一幕幻境，怎麼變出來的。

「你來看看。」特·紐沁根太太抓了他的手，帶他走進一間屋子，其中的地毯、器具，

22 當時婦女握在手中用以遮蔽火爐熱氣的團扇。

一切細節都教他想到但斐納家裡的臥房，不過小了一點。

「還少一張床。」拉斯蒂涅說。

「是的，先生。」她紅著臉，緊緊握了握他的手。

歐也納望著但斐納，他還年輕，懂得女人動了愛情自有真正的羞惡之心表現出來。他附在她耳邊說：

「你這種妙人兒值得人家一輩子的疼愛。我敢說這個話，因為我們倆心心相印。愛情越熱烈越真誠，越應當含蓄隱蔽、不露痕跡。我們絕不能對外人洩漏祕密。」

「哦！我不是什麼外人啊，我！」高老頭咕嚕著說。

「你知道你便是我們……」

「對啦，我就希望這樣。你們不會提防我的，是不是？我走來走去，像一個無處不在的好天使，你們只知道有他，可是看不見他。噯，但斐納、尼納德，但但！我當初告訴你：阿多阿街有所漂亮屋子，替他布置起來吧！——不是說得很對嗎？你還不願意。啊！你的生命是我給的，你的快樂還是我給的。做父親的要幸福，就得永遠的給。永遠的給，這才是父親之所以成其為父親。」

「怎麼了？」歐也納問。

「是呀，她早先不願意，怕人家說閒話，彷彿『人家』抵得上自己的幸福！所有的女人都恨不得要學但斐納的樣呢……」

高老頭一個人在那裡說話，特．紐沁根太太帶拉斯蒂涅走進書房，給人聽到一個親吻的聲音，雖是那麼輕輕的一吻。書房和別間屋子一樣精雅。每間屋裡的日用器具也已經應有盡有。

「你說，我們是不是猜中了你的心意？」她回到客廳吃晚飯時問。

「當然。這種全套的奢華、這些美夢的實現、年少風流的生活的詩意，我都徹底領會到，不至於沒有資格享受。可是我不能愛你，我還太窮，不能……」

「嗯嗯！你已經在反抗我了。」她裝著半正經半玩笑的神氣說，有樣的噘著嘴。逢到男人有所顧慮的時候，女人多半用這個方法對付。

歐也納這一天非常嚴肅的拷問過自己，伏脫冷被捕又使他發覺差點一失足成千古恨，因此加強了他的高尚的心胸與骨氣，不願輕易接受禮物。但斐納儘管撒嬌，和他爭執，他也不肯讓步。他只覺得非常悲哀。

「怎麼！」特．紐沁根太太說，「你不肯受？你不肯受是什麼意思，你知道嗎？那表示你懷疑我們的前途，不敢和我結合。你怕有朝一日會欺騙我！倘若你愛我，倘若我……愛你，你為何對這麼一些薄意就不敢受？要是你知道我怎樣高興替你布置這個單身漢的家，你就不會推三阻四，馬上要向我道歉了。你有錢存在我這裡，我把這筆錢花得很正當，不就好了嗎？你自以為胸襟寬大，其實並不。你所要求的還遠不止這些……（她瞥見歐也納有道熱情奮發的目光）而為了區區小事就忸怩起來。倘若你不愛我，那麼好，就別接受。我的命運只憑你一句話。你說呀！」

她停了一會，轉過來向她父親說：「喂，父親，你開導開導他。難道他以為我對於我們的名譽不像他那麼顧慮嗎？」

高老頭看著、聽著這場怪有意思的拌嘴，傻乎乎的笑著。

但斐納抓著歐也納的手臂又說：「孩子，你正走到人生的大門，碰到多數男人沒法打破的關口，現在一個女人替你打開，你卻退縮了！你知道，你是會成功的，你能賺一筆大大的家業。瞧你美麗的額角，明明是飛黃騰達的相貌。今天欠我的，那時不是可以還我嗎？古時宮堡裡的美人不是把盔甲、刀劍、駿馬，供給騎士，讓他們用她的名義到處去比武嗎？噯！歐也納，我此刻送給你的是現代的武器，胸懷大志的人必不可少的工具。「哼，你住的閣樓也夠體面的了，倘若跟爸爸的屋子相像的話。哎，哎！咱們不吃飯了嗎？你要我心裡難受是不是？你回答我呀！」她搖搖他的手，「天哪！爸爸，你來叫他打定主意，要不然我就走了，從此不見他了。」

高老頭從迷惘中醒過來，說道：「好，讓我來叫你決定。親愛的歐也納先生，你不是會向猶太人借錢嗎？」

「那是不得已呀。」

「好，就要你說這句話，」老人說著，掏出一個破皮夾，「那麼我來做猶太人。這些帳單是我付的，你看。屋子裡全部的東西，帳都清了。也不是什麼大數目，至多五千法郎，算是我借給你的。我不是女人，你總不會拒絕了吧。隨便寫個字做憑據，將來還我就好啦。」

幾顆眼淚同時在歐也納和但斐納眼中打轉，他們倆面面相覷，愣住了。拉斯蒂涅握著老人的手。

高里奧道：「哎喲，怎麼！你們不是我的孩子嗎？」

特．紐沁根太太道：「可憐的父親，你哪裡來的錢呢？」

「嗳！問題就在這裡。你聽了我的話決意把他放在身邊，像辦嫁妝似的買東買西，我就想：她要為難了！代理人說，向你丈夫討回財產的官司要拖到六個月以上。好！我就賣掉長期年金一千三百五十法郎的本金，拿出一萬五存了一千二的終身年金[23]，有可靠的擔保，餘下的本金付了你們的帳。我嘛，這裡樓上有間每年一百五十法郎的屋子，每天花上兩法郎，日子就過得像王爺一樣，還能有多餘。我什麼都不用添置，也不用做衣

23 終身年金為特種長期存款，按年支息，待存款人故世後本金即沒收，故利率較高。

服。半個月以來我心裡笑著想：他們該多麼開心啊！嗯，你們不開心嗎？」

「哦！爸爸，爸爸！」特·紐沁根太太撲在父親膝上，讓他抱著。

她拚命吻著老人，金黃的頭髮在他腮幫上廝磨，把那張光彩奕奕、眉飛色舞的老臉灑滿了眼淚。

她說：「親愛的父親，你才是一個父親！天下哪找得出第二個像你這樣的父親！歐也納已經非常愛你，現在更要愛你了！」

高老頭有十年時間，不曾覺得女兒的心貼在他的心上跳過，他說：「噢！孩子們，噢，小但斐納，你叫我開心死了！我的心脹破了。喂！歐也納先生，咱們兩訖了！」

老人抱著女兒，發瘋似的蠻勁使她叫起來：

「哎，你把我捏痛了。」

「把你捏痛了？」他說著，臉色發了白，盯著她，痛苦極了。這個父性基督的面目，只有大畫家筆下的耶穌受難的圖像可以相比。高老頭輕輕的親吻女兒的臉，親著他剛才捏的太重的腰部。他又笑盈盈的，帶著探問的口吻：

「不，不，我沒有捏痛你，倒是你那麼叫嚷使我難受。」他一邊小心翼翼的親著女兒，一邊咬著她耳朵，「花的錢不止這些呢，咱們得瞞著他，不然他會生氣的。」

老人的犧牲精神簡直無窮無盡，使歐也納愣住了，只能不勝欽佩的望著他。那種天真的欽佩在年輕人心中就是有信仰的表現。

他叫道：「我絕不辜負你們。」

「噢，歐也納，你說得好！」特．紐沁根太太親了親他的額角。

高老頭道：「他為了你，拒絕了泰伊番小姐和她的幾百萬家產。是的，那姑娘是愛你的。現在她哥哥一死，她就和克萊宙斯一樣有錢了[24]。」

拉斯蒂涅道：「呃！提這個做什麼！」

「歐也納，」但斐納湊著他的耳朵說，「今天晚上我還覺得美中不足。可是我多愛你，永遠愛你！」

高老頭叫道：「你們出嫁到現在，今天是我最快樂的日子了。老天爺要我受多少苦都可以，只要不是你們教我受的。將來我會想到：今年二月裡我有過一次幸福，那是別人一輩子都沒有的。你看我啊，但斐納！」他又對歐也納說，「你看她多美！你有沒有碰到過有她那樣好看的膚色、小小的酒窩的女人？沒有，是不是？噯，這個美人兒是我生出來的呀。從今以後，你給了她幸福，她還要漂亮呢。歐也納，你如果要我的那一份天堂，我給你就是，我可以進地獄。吃飯吧，吃飯吧，」他嚷著，不知道自己說些什麼，

24 克萊宙斯為西元前六世紀時小亞細亞利提阿最後一個國王，以財富著名。

「啊，一切都是咱們的了。」

「可憐的父親！」

「我的女兒啊，」他起來向她走去，捧著她的頭親她的頭髮，「你不知道要我快樂多麼容易！只要不時來看我一下，我老是在上面，你走一步路就到啦。你得答應我！」

「是的，親愛的父親。」

「再說一遍。」

「是的，好爸爸。」

「好啦好啦，要按我的性子，會教你說上一百遍。咱們吃飯吧。」

整個黃昏，大家像小孩子一樣鬧著玩，高老頭的瘋癲也不下於他們倆。他躺在女兒腳下，親她的腳，老半天盯著她的眼睛，把腦袋在她衣衫上廝磨。總之他像一個極年輕極溫柔的情人一樣風魔。

「你看，」但斐納對歐也納道，「我們和父親在一起，就得全部都給他。有時的確麻煩得很。」

這句話是一切忘恩負義的根源，可是歐也納已經幾次三番妒忌老人，也就不能責備她了。他向四下裡望了望，問：

「屋子什麼時候收拾完呢？今晚我們還得分手嗎？」

「是的。明天你來陪我吃飯，」她對他使了個眼色，「那是義大利劇院上演的日子。」

高老頭道：「那麼我去買樓下的位子。」

時間已經到半夜。特．紐沁根太太的車早已等著。高老頭和大學生回到伏蓋家，一路談著但斐納，越談越起勁，兩股強烈的熱情在那裡互相比賽。歐也納看得很清楚，父愛絕對不受個人利害的玷汙，父愛的持久不變和廣大無邊，遠過於情人的愛。在父親心目中，偶像永遠純潔、美麗，過去的一切、將來的一切，都能加強他的崇拜。

他們回家發現伏蓋太太待在壁爐旁邊，在西爾維和克利斯朵夫之間。老房東坐在那裡，好比馬略坐在迦太基的廢墟之上[25]。她一邊對西爾維訴苦，一邊等待兩個碩果僅存的房客。雖然拜倫把塔索[26]的怨歎描寫得很美，以深刻和真實而論，遠遠不及伏蓋太太的怨歎呢。

「明天早上只要準備三杯咖啡了，西爾維！屋子裡荒荒涼涼的，怎麼不傷心？沒有了房客還像什麼生活！公寓裡的人一下子全跑光了。生活就靠那些衣食飯碗呀。我犯了什麼天條要遭這樣的飛來橫禍呢？咱們的豆子和番薯都是預備二十個人吃的。想不到還要

25 古羅馬執政官馬略被蘇拉戰敗，逃往非洲時曾逗留於迦太基廢墟上，回想戰敗的經過，欷歔憑弔。西方俗諺常以此典故為不堪回首之喻。

26 十六世紀義大利大詩人塔索，在十九世紀浪漫派心目中代表被迫害的天才。

惹警察上門！咱們只能光吃番薯了！只能把克利斯朵夫辭掉了！」

克利斯朵夫從睡夢中驚醒過來，問了聲：

「太太？」

「可憐的傢伙！簡直像條看家狗。」西爾維道。

「碰到這個淡月，大家都安頓好了，哪還有房客上門？真叫我急瘋了。米旭諾那老妖精把波阿萊也給拐走了！她對他怎麼的，居然叫他服服帖帖，像小狗般跟著就走？」

「呦！」西爾維側了側腦袋，「那些老姑娘自有一套鬼本領。」

「那個可憐的伏脫冷先生，他們說是苦役犯，嗳，西爾維，怎麼說我還不信呢。像他那樣開心的人，一個月喝十五法郎的葛洛麗亞，付帳又從來不延期！」

克利斯朵夫道：「又那麼慷慨！」

西爾維道：「大概弄錯了吧？」

「不，他自己招認了，」伏蓋太太回答，「想不到這樣的事會出在我家裡，連隻貓都看不見的區域裡！真是，我在做夢了。咱們眼看路易十六出了事，眼看皇帝[27]下了臺，眼看他回來了又倒下去了，這些都不稀奇，可是有什麼理由教包飯公寓遭殃呢？咱們可以不要王上，卻不能不吃飯；龔弗冷家的好姑太太把好茶好飯款待客人……除非世界到了末日……唉，對啦，真是世界末日到啦。」

西爾維叫道：「再說那米旭諾小姐，替你惹下了大禍，反而拿到三千法郎賞金！」

伏蓋太太道：「別提了，簡直是個女流氓！還要火上加油，住到皮諾家去！哼，她什麼都做得出，一定幹過混帳事、殺過人、偷過東西，倒是她該送進苦役監，代替那個可憐的好人……」

說到這裡，歐也納和高老頭打鈴了。

「啊！兩個有義氣的房客回來了，」伏蓋太太說著，歎了口氣。

兩個有義氣的房客已經記不大清公寓裡出的亂子，直截了當的向房東宣布要搬往唐打區。

「唉，西爾維，」寡婦說，「我最後的王牌也完啦。你們兩位要了我的命了！簡直是當胸一棍。我這裡好似有根鐵棒壓著。真的，我要發瘋了。那些豆子又怎麼辦？啊！好，要是只剩下我一個人，你明天也該走了，克利斯朵夫。再會吧，兩位先生，再會吧。」

「她怎麼啦？」歐也納問西爾維。

「噢！出了那些事，大家都跑了，她急壞了。哎，聽呀，她哭起來了。哭一下對她倒是好的。我服侍她到現在，還是第一次看見她掉眼淚呢。」

---

27 十九世紀的法國人對拿破崙通常均簡稱為皇帝，即使在其下野以後仍然保持此習慣。

第二天，伏蓋太太像她自己所說的，想明白了。固然她損失了所有的房客，生活弄得亂七八糟，非常傷心，可是她神志很清楚，表示真正的痛苦、深刻的痛苦、利益受到損害、習慣受到破壞的痛苦是怎麼回事。一個情人對情婦住過的地方，在離開的時候那副留戀不捨的目光，也不見得比伏蓋太太望著空蕩蕩的飯桌的眼神更淒慘。歐也納安慰她，說皮安訓住院實習的時候幾天之內就滿了，一定會填補他的位置，還有博物院管事常常羨慕古的太太的屋子。總而言之，她的人馬不久仍舊會齊的。

「但願上帝聽你的話，親愛的先生！不過晦氣進了我的屋子，十天以內必有死神光臨，你等著瞧吧，」她把陰慘慘的目光在飯廳內掃了一輪，「不知輪到哪一個！」

「還是搬家的好。」歐也納悄悄的對高老頭說。

「太太，」西爾維慌慌張張跑來，「三天沒看到咪斯蒂格里了。」

「啊！好，要是我的貓死了，要是牠離開了我們，我……」

可憐的寡婦沒有把話說完，合著手仰在椅背上，被這個可怕的預兆嚇壞了。

兩個女兒

晌午，正當郵差走到先賢祠這區的時候，歐也納收到一封封套很精緻的信，火漆上印著鮑賽昂家的紋章。信內附一份給特·紐沁根夫婦的請帖，一個月以前預告的盛大舞會快舉行了。另外有個字條給歐也納：

我想，先生，你一定很高興代我向特·紐沁根太太致意。我特意寄上你要求的請柬，我很樂意認識特·雷斯多太太的妹妹。替我陪這個美人兒來吧。希望你別讓她把你的全部感情占了去，你該回敬我的著實不少哩。

特·鮑賽昂子爵夫人

歐也納把這封短箋念了兩遍，想道：

「特·鮑賽昂太太明明表示不歡迎特·紐沁根男

爵。」

他趕緊上但斐納家，很高興能給她這種快樂，說不定還會得到酬報呢。特・紐沁根太太正在洗澡。拉斯蒂涅在內客室等。一個想情人想了兩年的急色鬼，等在那裡當然極不耐煩。這等情緒，年輕人也不會碰到第二次。男人對於他所愛的第一個十足地道的女子，就是說符合巴黎社會條件的、光彩耀目的女子，永遠覺得天下無雙。

巴黎的愛情和別的愛情沒有一點相同。每個人為了體統關係，在所謂毫無利害關係的感情上所標榜的門面話，男男女女是沒有一個人相信的。在這兒，女人不但應當滿足男人的心靈和肉體，還有更大的義務，要滿足人生無數的虛榮。巴黎的愛情尤其需要吹捧、無恥、浪費、哄騙、擺闊。在路易十四的宮廷中，所有的婦女都羨慕拉・華梨哀小姐，因為她的熱情使那位名君忘了他的袖飾值到六千法郎一對，把它撕破了來吸引特・凡爾蒙陶阿公爵[1]。以此為例，我們對別人還有什麼話可說呢！你得年輕、有錢、有頭銜，要是可能，金錢名位越顯赫越好；你在偶像面前上的香越多，假定你能有一個偶像的話，她越寵你。愛情是一種宗教，信奉這個宗教比信奉別的宗教代價高得多，並且很快就會消失，信仰過去的時候像一個頑皮的孩子，還得到處闖些禍。感情這種奢侈唯有閣樓上的窮小子才有。除了這種奢侈，真正的愛還剩下什麼呢？

倘若巴黎社會那些嚴格的法規有什麼例外，那只能在孤獨生活中、在不受人情世故支配的心靈中找到。這些心靈彷彿是靠明淨的、瞬息即逝而不絕如縷的泉水過活的。他們守著綠蔭，樂於傾聽另一世界的語言，他們覺得這是身內身外到處都能聽到的；他們一邊怨歎濁世的枷鎖，一邊耐心等待自己的超升。拉斯蒂涅卻像多數年輕人一樣，預先體驗到權勢的滋味，打算有了全副武裝再躍登人生的戰場。他已經染上社會的狂熱，也許覺得有操縱社會的力量，但既不明白這種野心的目的，也不知道實現野心的方法。要是沒有純潔和神聖的愛情充實一個人的生命，那麼，對權勢的渴望也能促成美妙的事業——只要能擺脫一切個人的利害，以國家的光榮為目標。可是大學生還沒有達到瞻望人生而加以批判的程度。

在外省長大的孩子往往有些清新雋永的念頭，像綠蔭一般蔭庇他們的青春，至此為止，拉斯蒂涅還對那些念頭有所留戀。他老是躊躇不決，不敢放膽在巴黎下海。儘管好奇心很強，他骨子裡仍忘不了一個真正的鄉紳在古堡中的幸福生活。雖然如此，他前一夜逗留在新屋子裡的時候，最後一些顧慮已經消滅。前一個時期他已經靠著出身到處沾光，如今又添上一個物質優裕的條件，使他把外省人的殼完全脫掉了，悄悄的爬到一個地位，看到一個美妙的前程。因此，在這間可以說一半是他的內客室中懶洋洋的等著但

1 拉．華梨哀為路易十四的情婦，特．凡爾蒙陶阿公爵是他們的私生子。

斐納，歐也納覺得自己和去年初到巴黎時大不相同，回顧之下，他自問是否換了一個人。

「太太在寢室裡。」丹蘭士進來報告，嚇了他一跳。

但斐納橫在壁爐旁邊一張雙人沙發上，氣色鮮豔，精神飽滿，羅綺被體的模樣令人想到印度那些美麗的植物，花還沒有謝，果子已經結了。

「哎，你瞧，咱們又見面了。」她很感動的說。

「猜猜我給你帶了什麼來。」歐也納說著，坐在她身旁，拿起她的手親吻。

特·紐沁根太太念著請帖，做了一個快樂的手勢。虛榮心滿足了，她水汪汪的眼睛望著歐也納，把手臂勾著他的脖子，發狂似的把他拉過來。

「倒是你（好寶貝！她湊上耳朵叫了一聲。丹蘭士在更衣室裡，咱們得小心些！），倒是你給了我這個幸福！是的，我把這個叫做幸福。從你那裡得來的，當然不光是自尊心的滿足。沒有人肯介紹我進那個社會。也許你覺得我渺小、虛榮、輕薄，像一個巴黎女子。可是你知道，朋友，我準備為你犧牲一切，我之所以格外想踏進聖·日爾曼區，還是因為你在那個社會裡。」

「你不覺得嗎，」歐也納問，「特·鮑賽昂太太暗示她不準備在舞會裡見到特·紐沁根男爵？」

「是啊，」男爵夫人把信還給歐也納，「那些太太就有這種放肆的天才。可是管他，我要去的。我姊姊也要去，她正在打點一套漂亮的服裝。」她又放低了聲音說，「告訴你，歐也納，因為外面有閒話，她特意要去露露臉。你不知道關於她的謠言嗎？今天早上紐沁根告訴我，昨天俱樂部裡公開談著她的事，天哪！女人的名譽、家庭的名譽，真是太脆弱了！姊姊受到侮辱，我也跟著丟了臉。聽說特・脫拉伊先生簽在外面的借票有十萬法郎，都到了期，要被人控告了。姊姊迫不得已把她的鑽石賣給一個猶太人，那些美麗的鑽石你一定看見她戴過，還是她婆婆傳下來的呢。

「總而言之，這兩天大家只談論這件事。難怪阿娜斯大齊要訂做一件金銀線織錦緞的衣服，到鮑府去出風頭，戴著她的鑽石給人看。我不願意被她比下去。她老是想壓倒我，從來沒有對我好過。我幫過她多少忙，她沒有錢的時候總給她通融。好啦，別管閒事了，今天我要痛痛快快的開心一下。」

凌晨一點，拉斯蒂涅還在特・紐沁根太太家，她戀戀不捨的和他告別，暗示未來的歡樂的告別。她很傷感的說：

「我真害怕，真迷信。不怕你笑話，我只覺得心驚膽戰，唯恐我消受不了這個福氣，要碰到什麼飛來橫禍。」

歐也納道：「孩子！」

她笑道：「啊！今晚是我變做孩子了。」

歐也納回到伏蓋家，想到明天一定能搬走，又回味著剛才的幸福，便像許多年輕人一樣，一路上做了許多美夢。

高老頭等拉斯蒂涅走過房門的時候問道：「喂，發生什麼了？」

「明天跟你細談。」

「從頭至尾都得告訴我啊。好，去睡吧，明天咱們開始過快樂生活了。」

第二天，高里奧和拉斯蒂涅只等貨運行派人來，就好離開公寓。不料中午時分，聖·日內維新街上忽然來了一輛車，停在伏蓋家門口。特·紐沁根太太下來，打聽父親是否還在公寓。西爾維回答說是，她便急急上樓。歐也納正在自己屋裡，他的鄰居卻不知道。吃中飯的時候，他託高老頭代搬行李，約定四點鐘在阿多阿街相會。老人出去找搬夫，歐也納匆匆到學校去應了卯，又回來和伏蓋太太算帳，不願意因這件事去煩高老頭，恐怕他固執，要代付歐也納的帳。

房東太太不在家。歐也納上樓看看有沒有忘了東西，發覺這個念頭轉得不差，因為在抽屜內找出那張當初給伏脫冷的不寫抬頭人的借據，還是清償那天隨手扔下的。因為沒有火，正想把借據撕掉，他忽然聽出但斐納的口音，便不願意再有聲響，馬上停下來聽，以為但斐納不會再有什麼祕密要隱瞞他的了。剛聽了幾個字，他覺得父女之間的談話出入重大，不能不留神聽下去。

「啊！父親，」她道，「怎麼老天爺沒有叫你早想到替我理清我的財產，弄得我現在破產！我可以說話嗎？」

「說吧，屋子裡沒有人。」高老頭聲音異樣的回答。

「你怎麼啦，父親？」

老人說：「你這是給我當頭一棒。上帝饒恕你，孩子！你不知道我多愛你，你知道了就不會脫口而出，說這樣的話了，況且事情還沒有到絕望的地步。有什麼大不了的事，教你這時候趕到這裡來？咱們不是等會就在阿多阿街相會嗎？」

「唉！父親，大禍臨頭，頃刻之間還做得了什麼主！我急死了！你的代理人把早晚要發覺的倒楣事，提早發覺了。你生意上的老經驗馬上用得著。我跑來找你，好比一個人淹在水裡，哪怕一根樹枝也抓著不放的了。但爾維先生看到紐沁根種種刁難，便拿起訴恐嚇他，說法院立刻會批准分產的要求。紐沁根今天早上到我屋裡來，問我是不是要和他兩個一齊破產。我回答說，這些事我完全不懂，我只曉得有我的一份財產，應當由我掌管，一切交涉都該問我的訴訟代理人，我自己什麼都不明白、什麼都不能談。你不是吩咐我這樣說的嗎？」

高老頭回答說：「對！」

「唉！可是他告訴我生意的情形。據說他拿我們兩人的資本一齊放進了才剛開始的公司，為了那個公司，必須放出一大筆錢在外面。倘若我強迫他還我陪嫁，他就要宣告清算；要是我肯等一年，他以名譽擔保能還我兩倍或者三倍的財產，因為他拿我的錢經營了地產，等那筆買賣結束了，我就可以支配我的全部財產。

「親愛的父親，他說得很真誠，我聽得害怕了。他求我原諒他過去的行為，願意讓我自由，答應我愛怎麼辦就怎麼辦，只要讓他用我的名義全權管理那些事業。為證明他的誠意，他說確定我產權的文件，我隨時可以託但爾維先生檢查。總之他把自己綁手綁腳的交給我了。他要求再當兩年家，求我除了他規定的數目以外，絕對不花錢。他對我證明，他所能辦到的，只是保全面子，他已經打發了他的舞女，不得不盡量暗中撙節，才能支持到投機事業結束，而不至於動搖信用。

「我跟他鬧，裝作完全不信，一步一步的逼他，好多知道些事情。他給我看帳冊，最後他哭了，我從來沒看見一個男人落到那副模樣。他急死了，說要自殺，瘋瘋癲癲的教我看了可憐。」

「你相信他的胡扯嗎？」高老頭叫道，「他這是做戲！我生意上碰到過德國人，幾乎每個都規矩、老實、天真，可是一旦裝著老實樣跟你耍手段、耍無賴的時候，他們比別人更凶。你丈夫哄你。他覺得給你逼得無路可走了，便裝死。他要假借你的名義，因為比他自己出面更自由。他想利用這一點避開生意上的風波。他又壞又刁，真不是東西。

不行，不行！看到你兩手空空我是不願意進墳墓的。我還懂得些生意經。他說把資金放在某些公司上，好吧，那麼他的錢一定有證券、借票、合約等等做憑據！叫他拿出來跟你算帳！咱們會挑最好的投機事業去做，要冒險也讓咱們自己來。咱們要拿到追加文件，寫明：**但斐納・高里奧、特・紐沁根男爵的妻子，財務自主**。他把我們當傻瓜嗎，這傢伙？他以為我知道你沒有了財產、沒有了飯吃，能夠忍受到兩天嗎？唉！我一天、一夜、兩小時都受不了！你要真落到那個地步，我還能活嗎？嗳，怎麼，我忙了四十年，背著麵粉袋，冒著大風大雨，捨不得吃、捨不得穿，樣樣為了你們，為我的兩個天使——我只要看到你們，所有的辛苦、所有的重擔都輕鬆了；而今日之下，我的財產，我的一輩子都變成一陣煙！真是氣死我了！

「憑著天上地下所有的神靈起誓，咱們非弄個明白不可，非把帳目、保險箱、公司，統統清查不可！要不是有憑有據，知道你的財產分文不缺，我還能睡覺嗎？還能躺下去嗎？還能吃東西嗎？謝謝上帝，幸虧婚約上寫明你是財產獨立的，幸虧有但爾維先生做你的代理人，他是一個規矩人。請上帝作證！你非到老都有你那一百萬財產不可，非有你每年五萬法郎的收入不可，要不然我就在巴黎鬧他一個滿城風雨，嘿！嘿！法院要不公正，我向國會請願。知道你在金錢方面太平無事，才會減輕我的一切病痛，才能排遣我的悲傷。錢是生命。有了錢就有了一切。他對我們胡說些什麼，這阿爾薩斯死胖子？

「但斐納，對這隻肥豬，一分錢都不能讓，他從前拿鎖鏈綁著你，磨得你這麼苦。現在他要你幫忙了吧，好！咱們來抽他一頓，叫他老實一點。天哪，我滿肚子火，腦袋裡有些東西燒起來了。怎麼，我的但斐納躺在草墊上！噢！我的但斐納！——該死！我的手套呢？哎，走吧，我要去把什麼都看個清楚，帳簿、業務、保險箱、信件，而且立刻馬上！直到知道你財產沒有了危險，經我親眼看過了，我才放心。」

「親愛的父親！得小心哪。倘若你想藉這件事出氣，顯出過分跟他作對的意思，我就完啦。他是知道你的，認為我擔心財產，完全是出於你的授意。我敢打賭，他不但現在死抓我的財產，而且還要抓下去。這流氓會拿著所有的資金，丟下我們溜之大吉的，他也知道我不肯因為要追究他而丟我自己的臉。他又狠又沒有骨頭。我把一切都想透了。逼他太甚，我是要破產的。」

「難道他是個騙子嗎？」

「唉！是的，父親，」她倒在椅子裡哭了，「我一向不願意對你說，免得你因為把我嫁了這種人而傷心！他的良心、他的私生活、他的精神、他的肉體，都是搭配好的！簡直可怕，我又恨他又瞧不起他。你想，下流的紐沁根對我說了那番話，我還能敬重他嗎？在生意上幹得出那種勾當的人是什麼顧慮都沒有的，因為我看透了他的心思，我才害怕。他明明白白答應我，他——我的丈夫，答應我自由，你懂得是什麼意思？就是說我要在他倒楣的時候肯讓他利用、肯出頭頂替，他就可以讓我自由。」

高老頭叫道：「可是還有法律哪！還有格列夫廣場給這等女婿預備著呢，要是沒有劊子手，我就親自動手，割下他的腦袋。」

「不，父親，沒有什麼法律能對付這個人的。丟開他的花言巧語，聽聽他骨子裡的話吧！——要嘛你就一走了之，一分錢都沒有，因為我不能丟了你而另外找個合夥人；要嘛你就讓我幹下去，把事情弄成功。——這還不明白嗎？他還需要我呢。我的為人他是放心的，知道我不會要他的財產，只想保住我自己的一份。我為了避免破產，不得不跟他作這種不清白的、盜竊式的勾結。他收買我的良心，代價是聽憑我和歐也納自由來往。——我允許你胡來，你得讓我犯罪，教那些可憐蟲傾家蕩產！——這話還說得不明白嗎？

「你知道他所謂的公司是怎麼回事？他買進空地，教一些傀儡去蓋房子。他們一方面跟許多營造商訂分期付款的合約，一方面把房子低價賣給我丈夫。然後他們向營造商宣告破產，賴掉未付的款項。紐沁根商號這塊牌子把可憐的營造商騙倒了。這一點我是懂得的。我也懂得，為預防有朝一日要證明他已經付過大筆款項，紐沁根把巨額的證券送到了阿姆斯特丹、拿波里、維也納。咱們怎麼搶得回來呢？」

歐也納聽見高老頭沉重的膝蓋聲，大概是跪在地下了。

老頭子叫道：「我的上帝，我什麼地方觸犯了你，女兒才會落在這個混蛋手裡，由他擺布？孩子，原諒我吧！」

但斐納道：「是的，我陷入泥坑，或許也是你的過失。我們出嫁的時候都沒有腦袋！社會、買賣、男人、品格，我們懂了哪一樣？做父親的應該替我們考慮。親愛的父親，我不埋怨你，原諒我說出那樣的話。一切都是我的錯。好了，爸爸，別哭啦。」她親著老人的額角。

「你也別哭啦，我的小但斐納。把你的眼睛給我，讓我親一親，抹掉你的眼淚。好吧！我去找那大頭鬼，把他一團糟的事理出個頭緒來。」

「不，還是讓我來吧，我會對付他。他還愛我呢！唉！好吧，我要利用這一點影響，教他馬上放一部分資金在不動產上面。說不定我能教他用紐沁根太太的名義，在阿爾薩斯買些田，他是看重家鄉的。不過明天你得查一查他的帳目跟業務。但爾維先生完全不懂生意這門學問。哦，不，不要明天，我不願意惹動肝火。特·鮑賽昂太太的跳舞會就在後天，我要調養得精神飽滿，格外好看，替親愛的歐也納掙點面子！來，咱們去看看他的屋子。」

一輛車在聖·日內維新街停下，樓梯上傳來特·雷斯多太太的聲音。「我父親在家嗎？」她問西爾維。

這下倒是替歐也納解了圍，他本想倒在床上裝睡了。

但斐納聽出姊姊的聲音，說道：「啊！父親，沒人跟你提到阿娜斯大齊嗎？似乎她家裡也出了事呢。」

「怎麼！」高老頭道，「那是我末日到了。真叫做禍不單行，可憐我怎麼受得了呢！」

「你好，父親，」伯爵夫人進來叫道，「呦！你在這裡，但斐納。」

特．雷斯多太太看到了妹妹，局促不安。

「你好，娜齊。你覺得我在這裡奇怪嗎？我跟父親是天天見面的，我。」

「從哪時起的？」

「要是你來這裡，你就會知道了。」

「別挑我毛病了，但斐納，」伯爵夫人的聲音差不多要哭出來，「我苦極了，我完了，可憐的父親！哦！這一次真完了！」

「怎麼啦，娜齊？」高老頭叫起來，「說給我們聽吧，孩子。哎喲，她臉色不對了。但斐納，快，快去扶住她，小乖乖，你對她好一點，我更喜歡你。」

「可憐的娜齊，」但斐納扶著姊姊坐下，說，「你講吧！你看，世界上只有我們倆始終愛著你，一切原諒你。看見沒有，骨肉親情才是最可靠的。」她給伯爵夫人嗅了鹽，伯爵夫人醒過來了。

「我要死啦，」高老頭道，「來，你們倆都走過來。我冷啊。」他撥著炭火，「什麼事，娜齊？快快說出來。你要我的命了……」

「唉！我丈夫都知道了。父親，你記得上次瑪克辛那張借票嗎？那不是他的第一批債。我已經替他還過不少。正月初，我看他愁眉苦臉，對我什麼都不說，可是情人的心事最容易看透，一點小事就夠了，何況還有預感。他那時格外多情、格外溫柔，我總是一次比一次快樂。可憐的瑪克辛！他後來告訴我，原來他暗中和我訣別，想自殺。我拚命逼他，苦苦央求，在他面前跪了兩小時，他才說出欠了十萬法郎！哦！爸爸，十萬法郎！我瘋了。你拿不出這筆錢，我又什麼都花光了……」

「是的，」高老頭說，「我沒有辦法，除非去偷。可是我會去偷的呀，娜齊！會去偷的呀！」

姊妹倆聽著不出聲了。這句淒慘的話表示父親的感情無能為力，到了痛苦絕望的地步，像一個人臨終的痰厥，也像一顆石子丟進深淵，顯出它的深度。天下還有什麼自私自利的人，能夠聽了無動於衷呢？

「因此，父親，我挪用了別人的東西，籌到了錢，」伯爵夫人哭著說。

但斐納感動了，把頭靠在姊姊的脖子上，她也哭了。

「那麼外面的話都是真的了？」但斐納問。

娜齊低下頭去，但斐納抱著她，溫柔的親吻，把她摟在胸口，說道：

「我心中對你只有愛，沒有責備。」

高老頭有氣無力的說：「你們兩個小天使，為何要患難臨頭才肯和好呢？」

伯爵夫人受著熱情的鼓勵，又道：「為了救瑪克辛的命，也為了救我的幸福，我跑去找你們認識的那個人，跟魔鬼一樣狠心的高布賽克，拿雷斯多十分看重的、家傳的鑽石，他的、我的，一齊賣了。賣了！懂不懂？瑪克辛得救了！我完啦。雷斯多全知道了。」

高老頭道：「怎麼知道的？誰告訴他的？我要這個人的命！」

「昨天他叫我到他屋子去。——他說，阿娜斯大齊……（我一聽聲音就猜到了）你的鑽石在哪裡？——在我屋裡啊。——不，他盯著我說，在這裡，在我的櫃子上。——他把手帕蓋著的匣子給我看，說道：你知道從哪裡來的吧？——我雙膝跪下……哭著問他要我怎麼死。」

「哎喲，你說這個話！」高老頭叫起來，「皇天在上，哼！只要我活著，我一定把那個害你們的人，用文火來慢慢的烤，把他割做一片一片，像……」

高老頭忽然不做聲，話到了喉嚨說不出了。娜齊又道：

「最後他要我做的事比死還難受。天啊！但願做女人的永遠不會聽到那樣的話！」

「我要殺他，」高老頭冷冷的說，「可恨他欠我兩條命，而他只有一條。後來他又怎麼說呢？」高老頭望著阿娜斯大齊問。

伯爵夫人停了一會兒說道：「他看著我說：阿娜斯大齊，我可以一筆勾銷，和你照舊同住一個屋簷下，我們有孩子。我不打死脫拉伊，因為不一定能打中，用別的方法消滅他又要犯法。在你懷抱裡打他吧，教孩子怎麼見人？為了使孩子、孩子的父親，跟我，一個都不傷，我有兩個條件。你先回答我：孩子之中有沒有我的？——我回答說有。他問：哪一個？——歐納斯德，最大的。——好，他說，現在你得發誓，從今以後服從我一件事。（我便起了誓。）不論何時我要求你，你就得在你產業的賣契上簽字。」

「不能簽呀，」高老頭叫著，「永遠不能簽這個字。嚇！雷斯多先生，你不能讓女人開心，她自己去找；你自己不慚愧，倒反要責罰她？……哼，小心點！還有我呢，我要到處去等他。娜齊，你放心。啊，他還捨不得他的後代！好吧，好吧。讓我掐死他的兒子，哎喲！天打的！那是我的外孫呀。那麼這樣吧，如果我能夠看到孩子，我就把他藏在鄉下，你放心，我會照顧他的。我可以逼這個魔鬼投降，對他說：咱們來拚一拚吧！你要兒子，就得還我女兒財產，讓她自由。」

「我的父親！」

「是的，你的父親！唉，我是一個真正的父親。這流氓貴族不來傷害我女兒也還罷了。天打的！我不知道我有多氣。我像老虎一樣，恨不得把這兩個男人吃掉。哦呀！孩子，你們過的這種生活！我急瘋了。我雙眼一閉，你們還得了！做父親的應該和女兒活得一樣長久。

「上帝啊，你把世界弄得多糟！人家還說你聖父有個聖子呢。你正應當保護我們，不要在兒女身上受苦。親愛的小天使，怎麼！要到你們遇到困難我才能見到你們嗎？你們只拿眼淚給我看。噯，是的，你們是愛我的，我知道。來吧，到這裡來哭吧，我的心大得很，什麼都容得下。是的，你們儘管戳破我的心，撕做幾片，還是一片片父親的心。我恨不得代你們受苦。啊！你們小時候多麼幸福！……」

「只有那個時候是我們的好日子，」但斐納說，「在閣樓麵粉袋上打滾的日子到哪裡去了？」

「父親！事情還沒完呢，」阿娜斯大齊咬著老人的耳朵，嚇得他直跳起來，「鑽石沒有賣到十萬法郎。瑪克辛給告上了。我們還缺一萬二。他答應我以後安分守己，不再賭錢。你知道，除了他的愛情，我在世界上一無所有。我又付了那麼高的代價，失掉這愛情，我只能死了。我為他犧牲了財產、榮譽、良心、孩子。唉！你至少想想辦法，別讓瑪克辛坐牢、丟臉。我們得支持他，讓他在社會上混出一個局面來。現在他不但要負我幸福的責任，還要負一文不名的孩子們的責任。他進了聖·貝拉伊[2]，一切都完了。」

「我沒有這筆錢呀，娜齊。我什麼都沒有了，沒有了！真是世界末日到了。哦呀，世界要毀滅了，一定的。你們去吧，逃命去吧！呃！我還有銀搭扣、六套銀的刀叉，我當年第一批買的，最後，我只有一千兩百的終身年金……」

「你的長期存款哪裡去了？」

「賣掉了，只留下那筆小數目當生活費。我替但斐納布置一個屋子，需要一萬二。」

「在你家裡嗎，但斐納？」特．雷斯多太太問她的妹妹。

高老頭說：「問這個幹嘛！反正一萬二已經花掉了。」

伯爵夫人說：「我猜到了。那是為了特．拉斯蒂涅先生。唉！可憐的但斐納，可以了吧。看看我到了什麼地步。」

「親愛的，特．拉斯蒂涅先生不會讓情婦破產。」

「謝謝你，但斐納，想不到在我危急的關頭你會這樣，沒錯，你從來沒有愛過我。」

「她愛你的，娜齊，」高老頭說，「我們剛才談到你，她說你真美，她自己不過是漂亮罷了。」

伯爵夫人接著說：「她！那麼冷冰冰的，好看？」

「隨你說吧，」但斐納紅著臉回答，「可是你怎麼對我呢？你不認我這個妹妹，我希望要走動的人家，你都給我斷絕門路，一有機會就教我過不去。我，有沒有像你這樣把可憐的父親一千又一千的騙去，把他榨乾了，逼他落到這個地步？看吧，這是你的成績，姊姊。我卻是盡可能的來看父親，並沒把他轟出門外，等到要用到他的時候再來舐他的手。他為我花掉一萬二，事先我完全不知道。我沒有亂花錢，你是知道的。而且就算爸爸送東西給我，我也從來沒有向他要過。」

「你比我幸福，特・瑪賽先生有錢，你心知肚明。你老是像黃金一樣吝嗇。再會吧，我沒有姊妹，也沒有……」

高老頭喝道：「別說了，娜齊！」

但斐納回答娜齊：「只有像你這樣的姊妹才會跟著別人造我謠言，你這種話已經沒有人信了。你是野獸。」

「你們兩個、你們兩個，別說了，不然我就死在你們面前了。」

特・紐沁根太太接著說：「好啦，娜齊，我原諒你，你倒了楣。可是我不像你這麼做人。你對我說這種話，正當我想拿出勇氣幫助你的時候，甚至想走進丈夫的屋子求他，那是我從來不肯做的，哪怕為了我自己或者為了……這個總該對得起你九年以來對我的陰損吧？」

2 當時拘留債務人的監獄，一八二七年起改為政治犯的監獄。

父親說：「孩子、我的孩子，你們擁抱呀！你們是一對好天使呀！」

「不，不，你鬆手，」伯爵夫人掙脫父親的手臂，不讓他擁抱，「她對我比我丈夫還狠心。大家還要說她大賢大德呢！」

特．紐沁根太太回答：「哼，我寧可人家說我欠特．瑪賽先生的錢，也不願意承認特．脫拉伊先生花了我二十多萬。」

伯爵夫人向她走近一步，叫道：「但斐納！」

男爵夫人冷冷的回答：「你誣衊我，我只對你說老實話。」

「但斐納！你是一個……」

高老頭撲上去拉住娜齊，拿手掩住她的嘴。

娜齊道：「哎唷！父親，你今天碰過了什麼東西？」

「喲，是的，我忘了，」可憐的父親把手在褲子上抹了一陣，「我不知道你們會來，我正要搬家。」

他很高興受這一下抱怨，把女兒的怒氣轉移到自己身上。他坐下說：

「唉！你們撕破了我的心。我要死了，孩子們！腦子裡好像有團火在燒。你們該和和氣氣，相親相愛。你們要我命了。但斐納、娜齊，好了吧，你們倆都有對，也都有不對。喂，但但爾，」他含著一泡眼淚望著男爵夫人，「她要一萬兩千法郎，咱們來張羅吧。你們別這樣互瞪呀。」

他跪在但斐納面前，湊著她的耳朵說：

「讓我高興一下，你向她陪個不是吧，她比你更倒楣是不是？」

父親的表情痛苦得像瘋子和野人，但斐納嚇壞了，說道：

「可憐的娜齊，是我錯了，來，擁抱我吧……」

高老頭道：「啊！這樣我心裡才好過一些。可是去哪裡找一萬兩千法郎呢？也許我可以代替人家服兵役。」

「啊！父親！不能，不能。」兩個女兒圍著他喊。

但斐納說：「你這種念頭只有上帝能報答你，我們粉身碎骨也補報不了！不是嗎，娜齊？」

「再說，可憐的父親，即使代替人家服兵役也不過杯水車薪，無濟於事。」娜齊回答。

老人絕望至極，叫道：「那麼咱們賣命也不成嗎？只要有人救你，娜齊，我肯為他拚命，為他殺人放火。我願意像伏脫冷一樣進苦役監！我……」他忽然停住，彷彿被雷劈了一樣。

他扯著頭髮又道：「什麼都沒了！我要知道到哪裡去偷就好了。不過要找到一個能偷的地方也不容易。搶銀行吧，又要人手又要時間。唉，我應該死了，只有死了。不中用了，再不能說是父親了！不能了。她來向我要，她有急用！而我，該死的東西，竟然分文沒有。啊！你把錢存了終身年金，你這老混蛋，你忘了女兒嗎？難道你不愛她們了嗎？死吧，死吧，像野狗一樣的死吧！對啦，我比狗還不如，連狗都不會做出這種事來！哎喲！我的腦袋燒起來了。」

「噢！爸爸，不可以，不可以。」姊妹倆攔著他，不讓他把腦袋往牆上撞。

他嚎啕大哭。歐也納嚇壞了，抓起當初給伏脫冷的借據，上面的印花本來超過原來借款的數目，他改了數字，繕成一張一萬二的借據，寫上高里奧的抬頭，拿著走過去。

「你的錢來了，太太，」他把票據遞給她，「我正在睡覺，被你們的談話驚醒了，我才知道我欠著高里奧先生這筆錢。這裡是張票據，你可以拿去周轉，我到期一定還清。」

伯爵夫人拿了票據，一動不動，她臉色發白，渾身哆嗦，氣憤到極點，叫道：

「但斐納，我什麼都能原諒你，上帝可以作證！可是這一手哪！嚇，你明知道這位先生在屋裡！你竟這樣卑鄙，藉他來報仇，讓我把自己的祕密、生活、孩子的底細、我的恥辱、名譽，統統交在他手裡！去吧，我不認得你這個人，我恨你，我要好好的收拾你……」她氣得說不上話，喉嚨都乾了。

「嗳，他是我的兒子啊，是咱們大家的孩子，是你的兄弟、你的救星啊，」高老頭叫著，「來抱抱他，娜齊！看，我在抱他呢，」他說著拚命抱著歐也納，「噢！我的孩子！我不但要做你的父親，還要代替你所有的家人。我恨不得變做上帝，把世界丟在你腳下。來，娜齊，來親他！他不是凡人，是天使、真正的天使。」

但斐納說：「別理她，父親，她瘋了。」

特．雷斯多太太說：「瘋了！瘋了！你呢？」

「孩子，你們這樣下去，我要死了。」老人說著，像中了子彈似的往床上倒下。「她們逼死我了！」他對自己說。

歐也納被這場劇烈的爭吵弄得失魂落魄，一動不動愣在那裡。但斐納急急忙忙替父親解開背心。娜齊毫不在意，她的聲音、目光、姿勢，都帶著探問的意味，叫了聲歐也納：

「先生——」

他不等她問下去就回答：「太太，我一定付清，絕不聲張。」

老人暈過去了，但斐納叫道：

「娜齊！你把父親逼死了！」

娜齊卻是往外跑了。

「我原諒她，」老人睜開眼來說，「她的處境太可怕了，頭腦再冷靜的人也受不住。你安慰一下娜齊吧，要對她好，你得答應我，答應你快死的父親。」他緊緊握著但斐納的手說。

但斐納大吃一驚，說道：「你怎麼啦？」

父親說：「沒什麼，沒什麼。就會好的。覺得有些東西壓在我腦袋上，大概是頭痛。可憐的娜齊，將來怎麼辦呢？」

這時伯爵夫人回進屋子，跪倒在父親腳下，叫道：

「原諒我吧！」

「唉，」高老頭回答，「你現在叫我更難受了。」

伯爵夫人含著淚招呼拉斯蒂涅：「先生，我一時急昏了頭，冤枉了人，你對我真像兄弟一樣嗎？」她向他伸出手來。

「娜齊，我的小娜齊，把一切都忘了吧。」但斐納抱著她叫。

「我不會忘掉的，我！」

高老頭嚷道：「你們都是天使，你們使我重見光明，你們的聲音使我活過來了。你們再擁抱一下吧。噯，娜齊，這張借據能救了你嗎？」

「但願如此。喂，爸爸，你能不能給個背書？」

「對啦，我真該死，忘了簽字！我剛才不舒服，娜齊，別恨我啊。你事情解決了，馬上派人來說一聲。不，還是我自己來吧。哦，不！我不能來，我不能看見你丈夫，我會當場打死他的。他休想搶你的財產，還有我呢。快去吧，孩子，想法教瑪克辛安分些。」

歐也納看得呆住了。

特·紐沁根太太說：「可憐的娜齊一向暴躁，她心是好的。」

「她是為了借據的背書回來的。」歐也納湊在但斐納的耳邊說。

「真的嗎？」

「但願不是，你可不能不防著她。」他抬起眼睛，彷彿把不敢明說的話告訴了上帝。

「是的，她專門裝模作樣，可憐父親就相信她那一套。」

「你覺得怎麼啦？」拉斯蒂涅問老人。

「我想睡覺。」他回答。

歐也納幫著高里奧睡下。老人抓著但斐納的手睡熟的時候，她準備走了，對歐也納說：

「今晚在義大利劇院等你。到時你告訴我父親的情形。明天你得搬家了，先生。讓我瞧瞧你的屋子吧。」她一進去便叫起來，「喲！要命！你比父親住得還要糟。歐也納，你心地太好了。我更要愛你。可是孩子，如果你想掙一份家業，就不能把一萬兩千法郎隨便往窗外扔。特·脫拉伊先生是個賭棍，姊姊不願意看清這一點。一萬二！他會到輸一座金山或者贏一座金山的地方去張羅的。」

他們聽見哼了一聲，便回到高里奧屋裡。他似乎睡熟了。兩個情人走近去，聽見他說了聲：

「她們在受罪啊！」

不管他是睡著還是醒著，說那句話的口氣大大的感動了女兒，她走到破床前面親了親他的額角。他睜開眼來說：

「哦！是但斐納！」

「嗳，你覺得怎麼樣？」她問。

「還好，你別擔心，我就要上街了。好了，好了，孩子們，你們儘管去開心吧。」

歐也納送但斐納回家，因為不放心高里奧，不肯陪她吃飯。他回到伏蓋公寓，看見高老頭起來了，正準備吃飯。皮安訓挑了個好仔細打量麵條商的座位，看他嗅著麵包辨別麵粉的模樣，發覺他的行動已經身不由己，便做了個淒慘的手勢。

「坐到我這邊來，實習醫生。」歐也納招呼他。

皮安訓很樂意搬個位置，可以和老頭子離得更近。

「他什麼病呀？」歐也納問。

「除非我看錯，他完啦！他身上有些奇怪的變化，恐怕馬上要腦溢血了。下半個臉還好，上半部的線條統統往腦門那邊吊上去了。那古怪的眼神也顯得血漿已經進了腦子。

你看他眼睛不是像布滿無數的微塵嗎？明天我可以看得更清楚些。」

「還有救嗎？」

「沒有救了。也許可以拖幾天，如果能把反應限制在身體的末梢，譬如說，限制在大腿部分。明天晚上要是病徵不停止，可憐蟲就完啦。他怎麼發病的，你知不知道？一定是精神上受了劇烈的打擊。」

「是的。」歐也納說著，想起兩個女兒接二連三的打擊父親的心。

「至少但斐納是孝順的！」他私下想。

晚上在義大利劇院，他說話很小心，唯恐特．紐沁根太太驚慌。

「你不用急，」她聽了開頭幾句就回答，「父親身體很強壯。不過今天早上我們給他受了些刺激。我們的財產成了問題，你可知道這件倒楣事多麼嚴重？要不是你的愛情使我感覺麻木，我都活不下去了。愛情給了我生活的樂趣，現在我只怕失掉愛情。除此以外，我覺得一切都無所謂，世界上我什麼都不愛了。你是我的一切。若是我覺得有了錢快樂，那也是為了更能討你喜歡。說句不怕害羞的話，我的愛情勝過我的孝心。我不知道為什麼。我整個生命都在你身上。父親給了我一顆心，可是有了你，它才會跳。全世界責備我，我也不管！

「你是沒有權利恨我的，我為了不可抵抗的感情犯的罪，只要你能替我補贖就行了。

你把我當作沒有良心的女兒嗎？噢，不是的。怎麼能不愛一個像我們那樣的好爸爸呢？可是我們可歎的婚姻的必然後果，我能瞞著他嗎？為何他當初不攔阻我們？不是應該由他來替我們著想嗎？今天我才知道他跟我們一樣痛苦，可是有什麼辦法？安慰他嗎？安慰不了什麼。咬緊牙齒忍耐嗎？那比我們的責備和訴苦使他更難受。人生有些局面，簡直樣樣都是辛酸。」

真正的感情表現得這麼坦白，歐也納聽得很感動，一聲不出。固然巴黎婦女往往虛偽，非常虛榮，只顧自己，又輕浮又冷酷，可是一旦真正動了心，能比別的女子為愛情犧牲更多的感情，能擺脫一切的狹窄卑鄙，變得偉大，達到高超的境界。並且，等到有一股特別強烈的感情把女人跟天性（例如父母與子女的感情）隔離了，有了距離之後，她批判天性的時候所表現的那種深刻和正確，也教歐也納暗暗吃驚。

特．紐沁根太太看見歐也納不聲不響，覺得心中不快，問道：

「你想什麼呢？」

「我在體味你的話，我一向以為你愛我不及我愛你呢。」

她微微一笑，竭力遮掩心中的快樂，免得談話越出體統。年輕而真誠的愛自有一些動人心魄的辭令，她從來沒有聽見過。再說幾句，她就要忍不住了。

她改變話題，說道：「歐也納，難道你不知道那個新聞嗎？明天，全巴黎都要到特．

鮑賽昂太太家，洛希斐特和特·阿瞿達侯爵約好，一點消息都不能走漏；王上明天要批准他們的婚事，你可憐的表姊還蒙在鼓裡。她不能取消舞會，可是侯爵不會到場了。到處都在談這件事。」

「大家取笑一個人受辱，暗地裡卻在促成這種事！你不知道特·鮑賽昂太太要為之氣死嗎？」

但斐納笑道：「不會的，你不知道這一類婦女。可是全巴黎都要到她家裡去，我也要去——託你的福！」

「巴黎有的是謠言，說不定又是什麼捕風捉影的事。」

「咱們明天便知分曉。」

歐也納沒有回伏蓋公寓。他沒有那個決心不享受一下他的新居。昨天他半夜一點鐘離開但斐納，今天是但斐納在清早兩點左右離開他回家。

第二天他起得很晚，中午等特·紐沁根太太來一起用餐。年輕人都是只顧自己開心的，歐也納差不多忘了高老頭。在新屋裡把精雅絕倫的東西一件一件用一用，真是其樂無窮。再加特·紐沁根太太在場，更抬高了每樣東西的價值。四點光景，兩個情人記起了高老頭，想到他有心搬到這裡來享福。歐也納認為如果老人病了，應當趕緊接過來。他離開但斐納，奔回伏蓋家。高里奧和皮安訓兩人都不在飯桌上。

「啊，喂，」畫家招呼他，「高老頭病倒了，皮安訓在樓上看護。老頭子今天接見了他一個女兒，特．雷斯多喇嘛伯爵夫人，之後他出去了一趟，加重了病。看來咱們要損失一件美麗的骨董了。」

拉斯蒂涅衝上樓梯。

「喂，歐也納先生！」

「歐也納先生！太太請你。」西爾維叫。

「先生，」寡婦說，「高里奧先生和你應該是二月十五搬出的，現在已經過期三天，今天是十八了，你們得再付一個月。要是你肯擔保高老頭，請你說一聲就行。」

「幹嘛？你不相信他嗎？」

「相信！如果老頭子昏迷了、死了，他兩個女兒連一分錢都不會給我的。他的破爛東西總共不值十法郎。今天早上他把最後的餐具也賣掉了，不知為什麼。他的臉色像年輕人一樣。上帝原諒我，我還以為他化了妝，返老還童了呢。」

「一切由我負責。」歐也納說著，心慌得厲害，唯恐出了狀況。

他奔進高老頭的屋子。老人躺在床上，皮安訓坐在旁邊。

「你好，伯父。」

老人對他溫柔的笑了笑，兩隻玻璃珠子般的眼睛望著他，問：

「她怎麼樣？」

「很好，你呢？」

「不壞。」

「別讓他勞神。」皮安訓把歐也納拉到屋子的一角囑咐他。

「怎麼啦？」歐也納問。

「除非奇蹟才有辦法。腦溢血已經發作。現在貼著芥子膏藥，幸而他還有感覺，藥性已經發揮作用。」

「能不能把他搬個地方？」

「不行。得留在這裡，不能有一點動作和精神上的刺激……」

歐也納說：「皮安訓，咱們倆來照顧他吧。」

「我已經請醫院的主任醫師來過。」

「結果呢？」

「要明天晚上才知道。他答應辦完了公就來。不幸這倒楣鬼早上胡鬧了一次，他不肯說為什麼。他脾氣倔得像匹驢。我跟他說話，他裝聽不見、裝睡，給我一個不理不答；如果睜著眼睛，就一味的哼哼。他早上出去了，在城裡亂跑，不知到哪裡去了。他把值錢的東西統統拿走了，做了些該死的交易，弄得筋疲力盡！他女兒之中有一個來過這裡。」

「伯爵夫人嗎？是不是大個子、深色頭髮、眼睛很有神很好看、腰肢軟軟的、一雙腳很有樣的那個？」

「是的。」

拉斯蒂涅道：「讓我來陪他一會。我盤問他，他會告訴我的。」

「我趁這時候去吃飯。千萬別讓他太興奮，咱們還有一線希望呢。」

「你放心。」

高老頭等皮安訓走了，對歐也納說：「明天她們好痛痛快快的開心一下了。她們要參加一個盛大的跳舞會。」

「伯父，你今天早上做了什麼，累成這個樣子躺在床上？」

「沒有幹什麼。」

「阿娜斯大齊來過了嗎？」拉斯蒂涅問。

「是的。」高老頭回答。

「哎！別瞞我啦。她又跟你要什麼？」

「唉！」他卯足了力氣說，「她很苦呀，我的孩子！自從出了鑽石的事，她一分錢都沒有了。她為那個跳舞會定做了一件金線鋪繡衣衫，好看到極點。不料那下流的女裁縫不肯賒帳，結果老媽子墊了一千法郎訂金。可憐的娜齊落到這種地步！我的心都碎了。

老媽子看見雷斯多不相信娜齊，怕墊的錢沒有著落，串通了裁縫，要等一千法郎還清才肯送衣服來。舞會便是明天，衣服已經做好，娜齊急得沒有辦法了。她想借我的餐具去抵押。雷斯多非要她到那個舞會去，教全巴黎瞧瞧那些鑽石，外面說是她賣掉了。你想她能對那個惡鬼說『我欠了一千法郎，替我付一付吧』？當然不能。我明白這個道理。但斐納明天要打扮得天仙似的，娜齊當然不能比不上妹妹。而且她哭得淚人兒似的，可憐的孩子！昨天我拿不出一萬兩千法郎，已經慚愧死了，我要拚這條苦命來補救。

「過去我什麼都咬著牙忍受，但這一回沒有錢，真是撕碎了我的心。嚇！我馬上打定主意，把我的錢重新調度一下，拼湊一下：銀搭扣和餐具賣了六百法郎，我的終身年金向高布賽克押了四百法郎，一年為期。也行！我光吃麵包就可以了！年輕的時候我就是這樣的，現在也還可以。至少我的娜齊能開開心心的消磨一晚啦，能花枝招展的去出風頭啦。一千法郎鈔票已經放在我床頭。想著頭底下藏著娜齊喜歡的東西，我心裡就暖和。現在她可以趕走可惡的維多阿了，哼！傭人不相信主人，這還像話！

「明天我就好了，娜齊十點鐘要來的。我不願意她們以為我生了病。那她們會不去跳舞，要來服侍我了。娜齊會擁抱我像擁抱她的孩子，她跟我親熱一下，我的病就沒有啦。再說，在藥店裡我不也能花掉上千法郎嗎？我寧可給包醫百病的娜齊的。至少我還能使她在苦難中得到點安慰，我存了終身年金的過失也能補救一下。她掉在深淵裡，我沒有能力救她出來。哦！我要再去做買賣，到奧特賽去買穀子。那邊的麥子比這裡便宜三倍。麥子是禁止進口的，可是訂法律的諸位先生並沒禁止用麥子做的東西進口哪，嚇，嚇！今天早上我想出來了！做澱粉買賣還有很大的賺頭。」

「他瘋了。」歐也納望著老人想。

「好了，你休息一下，別說話……」

皮安訓上樓，歐也納下去吃飯。接著兩人輪流守夜，一個念醫書，一個寫信給母親和妹妹。

第二天，病人的症狀，據皮安訓說，略有轉機，可是需要不斷治療，那也唯有兩個大學生才能勝任。老人骨瘦如豺的身上除了安放許多水蛭以外，又要用水罨，又要用熱水洗腳，種種的治療，不是兩個熱心而強壯的年輕人休想對付得了。特．雷斯多太太沒有來，派了當差來拿錢。

「我以為她會親自來的呢。也好，免得她看見我病了操心。」高老頭說。女兒不來，他倒好像很高興似的。

晚上七點，丹蘭士送來一封但斐納的信。

你在幹什麼呀，朋友？才相愛，難道就對我冷淡了嗎？在肝膽相照的那些內心話中，你表現的心靈太美了，我相信你是永遠忠實的。感情的微妙，你瞭解得太深刻了，正如你聽摩才的禱告[3]時說的：對某些人，這不過是音符，對另外一些人是無窮盡的音樂！別忘了我今晚等你一同赴特．鮑賽昂夫人的舞會。

特．阿瞿達先生的婚約，今天早上在宮中簽了，可憐子爵夫人到兩點才知道。全巴黎的婦女都要擁到她家裡去，好似群眾擠到格列夫廣場去看執行死刑。你想，去看這位太太能否掩藏她的痛苦，能否視死如歸，不是太慘了嗎？

朋友，設若我從前去過她家，今天我一定不會去了，但她今後一定不再招待賓客，我過去所有的努力不是白費了嗎？我的情形和別人不同，況且我也是為你去的。我等你。要是兩小時內你還不在我身邊，我不知道是否能原諒你。

拉斯蒂涅拿起筆來回答：

我等醫生來，要知道你父親還能不能活。他快死了。我會把醫生的判決通知你，恐怕竟是死刑。你能不能赴舞會，到時你斟酌吧。請接受我無限的柔情。

3 羅西尼歌劇《摩才》中最精彩的一幕。

八點半，醫生來了，認為雖然沒有什麼希望，也不至於馬上就死。他說還有好幾次反覆，才決定老人的生命和神志。

「他還是快一點死的好。」這是醫生的最後一句話。

歐也納把高老頭交託給皮安訓，向特・紐沁根太太報告凶訊去了。他的家庭觀念還很重，覺得一切娛樂這時都應該停止。

高老頭好似迷迷糊糊的睡著了，在拉斯蒂涅出去的時候忽然坐起來叫著：「告訴她，叫她儘管去玩。」

拉斯蒂涅愁眉苦臉的跑到但斐納面前。她頭也梳好了，鞋也穿好了，只等套上舞衣。可是最後的修整，像畫家收拾作品的最後幾筆，比用顏色打底子更費功夫。

「嗯，怎麼，你還沒有換衣服？」她問。

「可是太太，你的父親……」

「又是我的父親，」她截住了他的話，「應該怎麼對待父親，不用你來告訴我。我認識他這麼多年了。歐也納，別說了。你先穿著打扮好，我才聽你的話。丹蘭士在你家裡一切都準備好了。我的車套好在那裡，你坐著去，坐著回來。到跳舞會去的路上，再談父親的事。我們非要早點動身不可，如果困在車馬陣裡，包準十一點才能進門。」

「太太！」

「去吧！別說了。」她說著，奔進內客室去拿項鍊。

「噯，去啊，歐也納先生，你要惹太太生氣了。」丹蘭士一邊說一邊推他走。他可是被這個風雅的忤逆女兒嚇呆了。

他一路穿衣一路想著最可怕、最灰心的念頭。他覺得社會好比一個大泥淖，一腳踩了進去，就陷到脖子。他想：

「他們連犯罪也是沒有骨氣沒有血性的！伏脫冷偉大多了。」

他看到人生的三個面目：服從、戰鬥、反抗；家庭、社會、伏脫冷。他決定不了挑哪條路。服從嗎？受不了。反抗嗎？做不到。戰鬥嗎？沒把握。他又想到自己的家，恬靜的生活，純潔的感情，過去在疼愛他的人之中度過的日子。那些親愛的人按部就班照著日常生活的規律，在家庭中找到一種圓滿、持續，而沒有苦悶的幸福。

他雖有這些高尚的念頭，但沒有勇氣向但斐納說出他純潔的信仰，不敢利用愛情強迫她走上道德的路。他才開始受到的教育已經見效，為了愛情，他已經自私了。他憑著他的聰明，識透了但斐納的心，覺得她為了參加跳舞會，不怕踩著父親的身體走過去；而他既沒有力量開導她，也沒有勇氣得罪她，更沒有骨氣離開她。

「在這個情形之下使她理屈，她永遠不會原諒我的。」他想。

然後他又推敲醫生的話，覺得高老頭也許並不如他想像的危險。總之他找出許多為兇手著想的理由，替但斐納開脫。先是她不知道父親的病情。即使她去看他，老人自己也要逼她回去參加跳舞會的。呆板的禮教只知道墨守成規，責備那些顯而易見的過失。其實家庭中各人的性格、利害觀念、當時的情勢，都千變萬化，可能造成許多特殊情形，寬恕那些表面上的罪過。歐也納要騙自己，準備為了情婦而抹煞良心。

兩天以來，他的生活大起變化。女人攪亂了他的心，壓倒了家庭，一切都為了女人犧牲了。拉斯蒂涅和但斐納是在乾柴烈火，使他們極盡綢繆的情形之下相遇的。歡情不但沒有消滅情欲，反而把充分培養的情欲挑撥得更旺。歐也納占有了這個女人，才發覺過去對她不過是肉體的追求，直到幸福到手的第二天方始對她有愛情。也許愛情只是對歡娛所表示的感激。她下流也罷，高尚也罷，他反正愛極了這個女人，為了他給她的快樂，也為了他得到的快樂，而但斐納之所以愛拉斯蒂涅，也像坦塔羅斯愛一個給他充飢療渴的天使一樣[4]。

歐也納穿了跳舞服裝回去，特．紐沁根太太問道：

「現在你說吧，父親怎麼啦？」

「不行哪。你要真愛我，咱們馬上去看他。」

她說：「好吧，等跳舞回來。我的好歐也納，乖乖的，別教訓我啦，來吧。」

他們動身了。車子走了一程，歐也納一聲不出。

「你怎麼啦？」她問。

「我聽見你父親的痰都湧上來了。」他帶著氣惱的口吻回答。

接著他用年輕人的慷慨激昂的辭令，說出特．雷斯多太太如何為了虛榮心下毒手，父親如何為了愛她而鬧出這場危險的病，娜齊的金線舞衫付出了如何可怕的代價。但斐納聽到哭了。

「我要難看了。」

這麼一想，她眼淚乾了，接著說：

「我要去服侍父親，守在他床頭。」

拉斯蒂涅道：「啊！這樣我才稱心哩。」

鮑賽昂府四周被五百多輛車上的燈照得通明雪亮。閃亮的大門兩旁各站著一個警察。這個名門貴婦栽了筋斗，無數上流社會的人都要來看一看她。特．紐沁根太太和拉斯蒂涅到的時候，樓下一排大廳早已黑壓壓的擠滿了人。當年大公主和特．洛尚公爵的婚約被路易十四否決以後，宮廷裡全班人馬曾經擁到公主府

4 坦塔羅斯為神話中利提阿國王，因殺子饗神，被罰永久飢渴：俯飲河水，水即不見；仰取果實，高不可攀。

裡，從此還沒有一件情場失意的悲劇像特．鮑賽昂夫人的那樣轟動過。那位天潢貴冑，勃艮第王室的最後一個女兒[5]，可並沒有被痛苦壓倒。當初她為了點綴她愛情的勝利，曾經敷衍這一個虛榮淺薄的社會；現在到了最後一刻，她依舊高高在上，控制這個社會。每間客廳裡都是巴黎最美的婦女，個個盛裝豔服，堆著笑臉。宮廷中最顯要的人物、各國的大使公使、部長、名流，掛滿了十字勳章，繫著五光十色的綬帶，爭先恐後擁在子爵夫人周圍。樂隊送出一句又一句的音樂，在金碧輝煌的天頂下繚繞。可是在女后心目中，這個地方已經變成一片荒涼。

鮑賽昂太太站在第一間客廳的門口，迎接那些自稱為她的朋友的人。全身穿著白衣服，頭上簡簡單單的盤著髮辮，沒有一點裝飾。她安閒靜穆，既沒有痛苦，也沒有高傲，也沒有假裝的快樂。沒有一個人能看透她的心思。幾乎像一座尼俄柏[6]的石像。她對幾個熟朋友的笑容有時帶點嘲弄的意味，但是在眾人眼裡，她始終和平常一樣，與她被幸福的光輝照耀的時候一樣。這個態度叫一班最麻木的人看了也佩服，猶如古時的羅馬青年對一個含笑而死的鬥獸士喝彩。上流社會似乎特意裝點得花團錦簇，來跟它的一個母后告別。

她對拉斯蒂涅說：「我只怕你不來呢。」

拉斯蒂涅覺得這句話有點埋怨的意思，聲音很激動的回答：「太太，我是準備最後一個走的。」

「好，」她握著他的手說，「這裡我能夠信賴的大概只有你一個人。朋友，對一個女人能永遠愛下去，就該愛下去。別隨便丟了她。」

她挽著拉斯蒂涅的手臂走進一間打牌的客室，帶他坐在一張長沙發上，說道：

「請你替我到侯爵那裡送封信去。我叫當差帶路。我向他要還我的書信，希望他全部交給你。拿到之後你上樓到臥室去等我。他們會通知我的。」

她的好朋友特．朗日公爵夫人也來了，她站起身來迎接。拉斯蒂涅出發前往洛希斐特公館，據說侯爵今晚就在那邊。他果然找到了阿瞿達，跟他一同回去，侯爵拿出一個匣子，說道：

「全都在這裡了。」

他好像要對歐也納說話，也許想打聽跳舞會和子爵夫人的情形，也許想透露他已經對婚姻失望——以後他也的確失望；不料他眼中忽然亮起一道驕傲的光，拿出可歎的勇

5 作者假定特．鮑賽昂夫人的母家是勃艮第王族。中世紀時與十五世紀時，勃艮第王族曾兩次君臨法國。

6 尼俄柏相傳為弗里奚女王，生有七子七女，以子女繁衍驕人，被戴安娜與阿波羅將七子七女殺盡。尼俄柏痛苦至極，化為石像。希臘雕塑中有十四座一組的雕像，統稱為尼俄柏及其子女。今人以尼俄柏象徵母性的痛苦。

氣來，把他最高尚的感情壓了下去。

「親愛的歐也納，別跟她提到我。」

他緊緊握了握拉斯蒂涅的手，又懇切又傷感，意思是催他快走。歐也納回到鮑賽昂府，給帶進子爵夫人的臥房，房內是準備旅行的樣子。他坐在壁爐旁邊，望著那杉木匣子非常傷心。在他心中，特．鮑賽昂太太的身分不下於《伊里亞德》史詩中的女神。

「啊！朋友。」子爵夫人進來，把手放在拉斯蒂涅肩上。

她流著淚，仰著眼睛，一隻手發抖，一隻手舉著。她突然把匣子放在火上，看它燒起來。

「他們都在跳舞！他們都準時來到，偏偏死神不肯就來。——噓！朋友。」拉斯蒂涅想開口，被她攔住了。她說：「我永遠不再見巴黎，不再見人了。清早五點，我就動身，到諾曼第鄉下去躲起來。從下午三點起，我就忙著種種準備、簽署文件、料理金錢雜務；我沒有一個人能派到……」

她停住了。

「我知道他一定在……」

她難過得不行了，又停住了。這時一切都是痛苦，有些字眼簡直說不出口。

「我早打算請你今晚幫我最後一次忙。我想送你一件紀念品。我時常想到你，覺得你心地好、高尚、年輕、誠實，那些特質在這個社會裡是少有的。希望你有時也想到我。」她向四下裡瞧了一下，「哦，有了，這是我放手套的匣子。每次我上舞會或戲院之前拿手套的時候，總覺得自己很美，因為那時我是幸福的。我每次碰到這匣子，總對它有點感情，它多少有我的一點氣息、有當年的整個鮑賽昂夫人在內。你收下吧。我等會叫人送到阿多阿街去。

「特．紐沁根太太今晚漂亮得很，你得好好的愛她。朋友，我們儘管從此分別了，你可以相信我遠遠的祝福你。你對我多好。我們下樓吧，我不願意人家以為我在哭。以後的日子長著呢，一個人的時候，誰也不會來追究我的眼淚了。讓我再看一眼這間屋子。」說到這裡，她停住了。她把手遮著眼睛，抹了一下，用冷水浸過，然後挽著大學生的手臂，說道：「走吧！」

特．鮑賽昂太太，以這樣英勇的精神忍受痛苦，拉斯蒂涅看了，情緒激動到極點。回到舞會，他和特．鮑賽昂太太在場子裡繞了一圈。這位懇切的太太藉此表示她最後一番心意。

不久他看見了兩姊妹，特．雷斯多太太和特．紐沁根太太。伯爵夫人戴著全部鑽石，氣概非凡，可是那些鑽石絕不會使她好受，而且也是最後一次穿戴了。儘管愛情強烈、態度驕傲，她終究受不住丈夫的目光。這種場面更增加拉斯蒂涅的傷感。在姊妹倆的鑽石底下，他看到高老頭躺的破床。子爵夫人誤解了他的快快不樂的表情，抽回手臂，說道：「去吧！我不願意你為我犧牲快樂。」

歐也納不久被但斐納邀了去。她露了頭角，好不得意。她一心要討這個社會喜歡，既然如願以償，也就急於拿她的成功獻在大學生腳下。

「你覺得娜齊怎麼樣？」她問。

「她嗎？」歐也納回答，「她預支了她父親的生命。」

凌晨四點，客廳的人漸漸稀少，不久音樂也停止了。大客廳中只剩特．朗日公爵夫人和拉斯蒂涅。特．鮑賽昂先生要去睡覺了，子爵夫人和他作別，他再三說：

「親愛的，何必隱居呢？在你這個年紀！還是和我們一起住下吧。」

告別完了，她走到大客廳，以為只有大學生在那裡，一看見公爵夫人，不由得叫了一聲。

「我猜到你的意思，格拉拉，」特．朗日太太說，「你要一去不回的走了。你沒走之前，我有些話要跟你說，我們之間不能有一點誤會。」

特．朗日太太挽著特．鮑賽昂太太的手臂走到隔壁的客廳裡，含著淚望著她，把她抱著，親她的臉頰，說道：

「親愛的，我不願意跟你冷冰冰的分手，我良心上受不了。你可以相信我，像相信你自己一樣。你今晚很偉大，我自問還配得上你，還要向你證明這一點。過去我有些對不起你的地方，我沒有始終如一，親愛的，請你原諒。一切使你傷心的行為，我都向你道歉，我願意收回我說過的話。患難成知己，我不知道我們倆哪一個更痛苦。特・蒙脫里伏先生今晚沒有來這裡，你明白沒有？格拉拉，到過這次舞會的人永遠忘不了你。至於我嘛，我在作最後的努力，萬一失敗，就進修道院！你又要去哪裡呢，你？」

「到諾曼第去，躲到古撒爾鄉下去，去愛、去祈禱，直到上帝把我召回為止。」

子爵夫人想起歐也納等著，便招呼他：

「拉斯蒂涅先生，你來吧。」

大學生彎著身子握了表姊的手親吻。

特・鮑賽昂太太說：「安多納德，再見了！但願你幸福。」她轉身對著大學生說，「至於你，你已經幸福了，你年輕，還能有信仰。沒想到我離開這個社會的時候，像那班幸運的死者，周圍還有些虔誠的真誠的心！」

拉斯蒂涅目送特・鮑賽昂夫人坐上旅行的轎車，看她淚眼晶瑩和他最後一次告別。由此可見社會上地位最高的人，並不像那班趨奉群眾的人說的，能逃出感情的準則而沒有傷心痛苦的事。五點光景，歐也納也冒著又冷又潮溼的天氣走回伏蓋公寓。他的教育受完了。

拉斯蒂涅走進鄰居的屋子，皮安訓對他說：「可憐的高老頭沒有救了。」

歐也納望了一眼睡熟的老人，回答說：「朋友，既然你能克制欲望，就走你平凡的路吧。我入了地獄，而且得留在地獄。不管人家把上流社會說得怎麼壞，你相信就是！沒有一個諷刺作家能寫盡隱藏在金銀財寶底下的醜惡。」

父親的死

第二天下午兩點左右，皮安訓要出去，叫醒拉斯蒂涅，接他的班。高老頭的病勢上半天又加重許多。

「老頭子活不到兩天了，也許還活不到六小時，」醫學生道，「可是他的病，我們不能置之不理。還得給他一些花錢的治療。我們替他當看護是不成問題，我可沒有錢。他的口袋、櫃子，我都翻遍了，全是空的。他神志清楚的時候我問過他，他說連一分錢都沒有了。你身上有多少，你？」

「還剩二十法郎，我可以去賭，會贏的。」

「輸了怎麼辦？」

「跟他的女婿、女兒要去。」

皮安訓道：「他們不給又怎麼辦？眼前最急的還不是錢，而是要在他身上貼滾熱的芥子膏藥，從腳底直到大腿的一半。他若是叫起來，那還有希望。你知道怎麼做的。再說，克利斯朵夫可以幫你忙。我到藥劑師那裡去作個保，賒欠藥帳。可惜不能送他進我們的醫院，會照顧得好一些。來，讓我告訴你怎麼辦。我沒回來，你就不能離開他。」

他們走進老人的屋子，歐也納看到他的臉變得沒有血色，沒有生氣，扭作一團，不由得大吃一驚。

「喂，伯父，怎麼樣？」他靠著破床彎下身去問。

高里奧眨著黯淡的眼睛，仔細瞧了瞧歐也納，認不得他。大學生忍不住了，眼淚直湧出來。

「皮安訓，窗上可要掛個簾子？」

「不用。氣候的變化對他已經沒有影響。他如果有冷熱的知覺倒好了。可是我們還得生個火，好煮藥茶，還能作好些別的用處。等會我叫人送些柴草來擋一下，慢慢再張羅木柴。昨天一整天，我把你的柴跟老頭子的泥炭都燒完了。屋子潮得厲害，牆壁都在滲水，還沒完全烘乾呢。克利斯朵夫把屋子打掃過了，簡直像馬房，臭得要命，我燒了些松子。」

拉斯蒂涅叫道：「我的天！想想他的女兒哪！」

「他要喝水的話，給他這個，」醫學生指著一把大白壺，「如果他哼哼唧唧的叫苦、肚子又熱又硬，你就叫克利斯朵夫幫著給他來一下……你知道的。萬一他興奮起來說許多話，有點精神錯亂，隨他去好了。那倒不是壞現象，可是你得叫克利斯朵夫到醫院來。我們的醫生、我的同事，或是我，我們會來給他做一次灸。今天早上你睡覺的時候，我們會診過一次，到的有迦爾博士的一個學生、聖父醫院的主任醫師跟我們的主任醫師。他們認為頗有些奇特的症狀，必須注意病程的進展，可以弄清科學上的幾個要點。

「有一位說，血漿的壓力要是特別加在某個器官上，可能發生一些特殊的現象。所以老頭子一說話，你就得留心聽，看是哪一類的思想，是記憶方面的、智力方面的，還是判斷方面的；看他注意物質的事還是情感的事；是否計算、是否回想過去：總之，你想辦法給我們一個準確的報告。病情可能急轉直下，他會像現在這樣人事不知的死去。這一類的病怪得很。如果在這個地方爆發，」皮安訓指了指病人的後腦，「說不定有些奇奇怪怪的病狀：頭腦某幾個部分會恢復機能，一下子死不了。血漿能從腦裡回出來，至於再走什麼路，只有解剖屍體才能知道。殘廢院內有個癡呆的老人，充血跟著脊椎骨走，人痛苦得不得了，可是仍然活著。」

高老頭忽然認出了歐也納，說道：

「她們玩得痛快嗎？」

「哦！他只想著他的女兒，」皮安訓道，「昨晚他跟我說了上百次：她們在跳舞呢！

她的舞會衣服有了。——他叫她們的名字。那聲音我都聽得哭了，真是要命！他叫：但斐納！我的小但斐納！娜齊！真的！簡直叫你止不住眼淚。」

「但斐納，」老人接口說，「她在這裡，是不是？我知道的。」

他眼睛忽然骨碌碌的亂轉，瞪著牆壁和房門。

「我下去叫西爾維準備芥子膏藥，」皮安訓說，「這是替他上藥的好機會。」

拉斯蒂涅獨自陪著老人，坐在床腳下，定睛瞧著這副嘴臉，覺得又害怕又難過。

「特．鮑賽昂太太逃到鄉下去了，這一個又要死了，」他心裡想，「美好的靈魂不能在這個世界上待久的。真是，偉大的感情怎麼能跟一個猥瑣、狹小、淺薄的社會沆瀣一氣呢？」

他參加的那個盛會的景象在腦海中浮現，和眼前這個病人垂死的景象成為對比。皮安訓突然衝進來叫道：

「喂，歐也納，我才見到我們的主任醫師，就衝回來了。要是他忽然清醒，說起話來，你把他放倒在一長條芥子膏藥上，讓芥末把頸窩到腰部下面一齊裹住，再教人通知我們。」

「親愛的皮安訓！」歐也納說。

「哦！這是為了科學。」醫學生說，他的熱心像一個剛改信宗教的人。

歐也納說：「那麼只有我一個人是為了感情而照顧他了。」

皮安訓聽了並不生氣，只說：「你如果看到我早上的模樣，就不會說這種話了。告訴你，朋友，開業的醫生眼裡只有疾病，我還看見病人呢。」

他走了。歐也納獨自陪著病人，唯恐高潮就要發作。不久高潮果然來了。

「啊！是你，親愛的孩子。」高老頭認出了歐也納。

「你好些嗎？」大學生拿著他的手問。

「好一些。剛才我的腦袋好似夾在鉗子裡，現在鬆一點了。你可曾看見我的女兒？她們馬上要來了，一知道我生病，就會立刻趕來的。從前在于西安街，她們服侍過我多少次！天哪！我真想把屋子收拾乾淨，好招待她們。有個年輕人把我的泥炭燒完了。」

歐也納說：「我聽見克利斯朵夫的聲音，他替你搬木柴來，就是那個年輕人給你送來的。」

「好吧！可是拿什麼付帳呢？我一毛錢都沒有了，孩子。我把一切都給了，一切，我變成乞丐了。至少那件金線衫好看嗎？（啊唷！我痛！）謝謝你，克利斯朵夫。上帝答你的，孩子。我啊，我什麼都沒有了！」

歐也納湊著男傭人的耳朵說：「我不會讓你和西爾維白忙的。」

「克利斯朵夫，是不是我兩個女兒告訴你就要來了？你再去一次，我給你她們說我覺得不舒服，我臨死之前還想抱抱她們、再看她們一次。你這樣去說吧，可是別太嚇到她們。」

克利斯朵夫看見歐也納對他使了個眼色，便動身了。

「她們要來了，」老人又說，「我知道她們的脾氣。好但斐納，我死了，她要怎樣的傷心呀！還有娜齊也是的。我不願意死，因為不願意讓她們哭。我的好歐也納，死，死就是再也看不見她們。在那個世界裡，我要悶得發慌哩。看不見孩子，做父親的等於入了地獄。自從她們結了婚，我就嘗著這個味道。我的天堂是于西安街。噯！喂，如果我進了天堂，我的靈魂還能回到她們身邊嗎？聽說有這種事情，可是真的？

「我現在清清楚楚看見她們在于西安街的模樣。她們一早下樓，說：爸爸，你早。我把她們抱在膝上，用種種花樣逗她們玩，跟她們鬧。她們也跟我親熱一陣。我們天天一起吃中飯，一起吃晚飯，總之那時我是父親，看著孩子真開心。在于西安街，她們不跟我頂嘴，一點都不懂世事，她們很愛我。天哪！為何她們要長大呢？（哎唷！我痛啊，腦袋裡在抽。）啊！啊！對不起。孩子們！我痛死了！要不是真的痛，我不會叫的，你們早已把我訓練得不怕痛苦了。上帝呀！只要我能握著她們的手，我就不覺得痛了。

「你想她們會來嗎？克利斯朵夫笨死了！我應該自己去的。他倒有福氣看到她們。你昨天去了跳舞會，你告訴我呀，她們怎麼樣？她們一點都不知道我病了，是不是？要不她們不肯去跳舞了，可憐的孩子！噢！我再也不願意生病了。她們還少不了我呢。她們的財產遭了危險，又是落在怎樣的丈夫手裡！把我治好呀，治好呀！（噢！我多難過，喲！喲！喲！）你看，非把我醫好不可，她們需要錢，我知道到哪裡去弄。我要到奧特賽去做澱粉。我才精明呢，會賺他幾百萬。（哦呀！我痛死了！）」

高里奧不出聲了，彷彿集中全身的精力熬著痛苦。

「她們在這裡，我不會叫苦了，幹嘛還要叫苦呢？」

他迷迷糊糊昏沉了好久。克利斯朵夫回來，拉斯蒂涅以為高老頭睡熟了，讓傭人高聲回報他出門的情形。

「先生，我先到伯爵夫人家，但沒法跟她說話，她和丈夫有重要的事。我再三央求，特．雷斯多先生親自出來對我說：高里奧先生快死了是不是？哎，再好沒有。我有事，要太太待在家裡。事情結束了，她就會去。——他似乎很生氣，這位先生。我正要出來，太太從一扇我看不見的門裡走到穿堂，告訴我：克利斯朵夫，你對我父親說，我正在和丈夫商量事情，不能來。那是和我孩子性命攸關的問題。但等事情一結束，我就去看他。

「——說到男爵夫人吧，又是另外一種情形！我沒見到她，不能跟她說話。老媽子說：啊！太太今天早上五點初頭才從跳舞會回來，中午以前叫醒她，一定要挨罵的。待會她打鈴叫我，我會告訴她，說她父親的病更重了。報告一個壞消息，不會嫌太晚的。——我再三央求也沒用。哎，是呀，我也要求見男爵，他不在家。」

「一個也不來，」拉斯蒂涅嚷道，「讓我寫信給她們。」

「一個也不來，」老人坐起來接著說，「她們有事，她們在睡覺，她們不會來的。我早知道了。要到臨死才知道女兒是什麼東西！唉！朋友，你別結婚，別生孩子！你給他們生命，他們給你死。你帶他們到世界上來，他們把你從世界上趕出去。她們不會來的！我已經知道了十年。有時我心裡這麼想，只是不敢相信。」

他兩隻眼各冒出一顆眼淚，滾在鮮紅的眼皮邊上，不掉下來。

「唉！如果我有錢，如果我留著家產，沒有把財產給她們，她們就會來，會用她們的親吻來舐我的臉！我可以住在一所公館裡，有漂亮的屋子，有我的僕人，生著火。她們都要哭做一團，還有她們的丈夫、她們的孩子。這一切我都可以到手。現在可什麼都沒有。「錢能買到一切，買到女兒。啊！我的錢到哪裡去了？如果我還有財產留下，她們就會來伺候我、招呼我，我可以聽到她們、看到她們。啊！歐也納，親愛的孩子，我唯一的孩子，我寧可給人家遺棄，寧可做個倒楣鬼！倒楣鬼有人愛，至少那是真正的愛！啊，不，我要有錢，那我就可以看到她們了。唉，誰知道？她們兩個的心都像石頭一樣。我把所有的愛在她們身上用盡了，她們對我不能再有愛了。做父親的應該永遠有錢，應該拉緊兒女的韁繩，像對付狡猾的馬一樣。我卻向她們下跪。該死的東西！

「她們十年來對我的行為，現在到了極點。你不知道她們剛結婚的時候對我怎樣的奉承體貼！（噢！我痛得像受酷刑一樣！）我才給了她們每人八十萬，她們和她們的丈夫都不敢怠慢我。我受到好款待：好爸爸，到這裡來；好爸爸，往那裡去。她們家永遠有我的一份刀叉。我和她們的丈夫一起吃飯，他們對我很恭敬，看我手頭還有一些呢。為什麼？因為我生意的底細，我一句都沒提。一個給了女兒八十萬的人是應該奉承的。他們對我那麼周到、體貼，那是為我的錢啊。

「世界並不美。我看到了，我！她們陪我坐著車子上戲院，我在她們的宴會裡愛待多久就待多久。她們承認是我的女兒，承認我是她們的父親。我還有我的聰明呢，嗨，什麼都逃不過我的眼睛。我什麼都感覺到，我的心碎了。我明明看到那是假情假意，可是沒辦法。在她們家，我就不像在這裡的飯桌上那麼自在。我什麼話都不會說。有些漂亮人物咬著我女婿的耳朵問：

「──那位先生是誰啊？

「──他是財神，他有錢。

「──啊，原來如此！

「人家這麼說著，恭恭敬敬看著我，就像恭恭敬敬看著錢一樣。就算我有時讓他們尷尬，我也彌補了我的過失。再說，誰又是十全十美的呢？（哎唷！我的腦袋簡直是塊爛瘡！）我這時的痛苦是臨死以前的痛苦，親愛的歐也納先生，可是比起當年娜齊第一次瞪著我給我的難受，眼前的痛苦算不了什麼。那時她瞪我一眼，因為我說錯了話，丟了她的臉，唉，她那一眼把我全身的血管都割破了。我很想懂得社交場上的規矩，可是我只懂得一樣：我在世界上是多餘的。第二天我到但斐納家去尋求安慰，不料又鬧了笑話，惹她冒火。我為此急瘋了。整整八天的時間我不知道怎麼辦。我不敢去看她們，怕被抱怨。這樣，我便進不了女兒的大門。

「哦！我的上帝！既然我吃的苦、受的難，你全知道，既然我受的千刀萬剮，使我頭髮變白，身子磨壞的傷，你都記在帳上，為何今日還要我受這個罪？就算太愛她們是我的罪過，我受的刑罰也足夠補償了。我對她們的慈愛，她們都狠狠的報復了，像劊子手一般給我用過酷刑了。唉！做爸爸的多蠢！我太愛她們了，每次都回頭去遷就她們，好像賭徒離不開賭場。我的嗜好、我的情婦、我的一切，便是兩個女兒，她們倆想要一點裝飾品什麼的，老媽子告訴了我，我就去買來送給她們，巴望得到些好款待！可是她們看了我在人前的態度，照樣來一番教訓。而且等不到第二天！嚇，她們為了我臉紅了。這是給兒女受好教育的報應。我活了這把年紀，可不能再上學校啦。（我痛死了，天哪！醫生呀！醫生呀！把我的腦袋劈開來，也許會好些。）

「我的女兒呀、我的女兒呀，娜齊、但斐納！我要看她們。叫警察去找她們來，抓她們來！法律應該幫我的，天性、民法都應該幫我。我要抗議。把父親踩在腳下，國家不要亡了嗎？這是很明白的。社會、世界，都是靠父道為中心的，兒女不孝父親，不要天翻地覆嗎？哦！看到她們、聽到她們，不管她們說些什麼，只要聽見她們的聲音，尤其但斐納，我就不覺得痛苦。等她們來了，你叫她們別那麼冷冷的看著我。啊！我的好朋友，歐也納先生，看到她們眼中的金光變得像鉛一樣不灰不白，你真不知道是什麼滋味。

「自從她們的眼睛對我不放光輝之後，我老在這裡過冬天，只有苦水給我吞，我也就吞下了！我活著就是為受委屈，受侮辱。她們給我一點可憐的、小小的、可恥的快樂，代價是教我受種種的羞辱，我都受了，因為我太愛她們了。老爸偷偷摸摸的看女兒！聽過沒有？我把一輩子的生命給了她們，她們今天連一小時都不給我！我又飢又渴，心在發燒，她們還不來紓解一下我的臨終苦難。我覺得我要死了。什麼叫做踐踏父親的屍首，難道她們不知道嗎？天上還有一個上帝，他可不管我們做老爸的願不願意，要替我們報仇的。

「噢！她們會來的！來啊，我的小心肝，你們來親我呀。最後一個親吻就是你們父親的臨終聖餐了，他會代你們求上帝，說你們一向孝順，替你們辯護！歸根結柢，你們沒有罪。朋友，她們沒有罪！請你對大家都這麼說，別為了我為難她們。一切都是我的錯，是我縱容她們把我踩在腳下的。我就喜歡那樣。這跟誰都沒關係，人間的裁判、神明的裁判，都沒關係。上帝要是為了我責罰她們，就不公平了。我不會做人，是我糊塗，自己放棄了權利。為她們，我甚至墮落也心甘情願！有什麼辦法！最美的天性、最優秀的靈魂，都免不了溺愛兒女。我是個糊塗蟲，遭了報應，女兒亂七八糟的生活是我一手造成的，是我慣壞她們。現在她們要尋歡作樂，正像她們從前要吃糖果。我一向對她們百依百順。小女孩想入非非的欲望，都給她們滿足。十五歲就有了車！要什麼有什麼。罪過都在我一個人身上，為了愛她們而犯的罪。

「唉，她們的聲音能夠打開我的心房。我聽見她們，她們在來啦。哦！一定的，她們要來的。法律也要人給父親送終的，法律是支持我的。只要叫人跑一趟就行。我給車錢。你寫信去告訴她們，說我還有幾百萬財產留給她們！我敢發誓。我可以到奧特賽去做高級麵食。我有辦法。計畫中還有幾百萬好賺。哼，誰也沒有想到。那不會像麥子和麵粉一樣在路上變壞的。嗳，嗳，澱粉哪，有幾百萬好賺啊！你告訴她們有幾百萬絕不是說謊。她們為了貪心還是肯來的。我寧願被騙，我要看到她們。我要我的女兒！是我把她們生下來的！她們是我的！」他一邊說一邊在床上挺起身子，給歐也納看到一張白髮凌亂的臉，竭力裝作威嚇的神氣。

歐也納說：「嗳，嗳，你睡下吧。我來寫信給她們。等皮安訓來了，她們要再不來，我就自己去。」

「她們再不來，」老人一邊大哭一邊接了一句，「我要死了，要氣瘋了，氣死了！氣已經上來了！現在我把我這一輩子都看清楚了。我上了當！她們不愛我，從來沒有愛過我！這是擺明的了。她們這時不來是不會來的了。她們越拖，越不肯給我這個快樂。我瞭解她們。我的悲傷、我的痛苦、我的需要，她們從來沒體會到一星半點，連我的死也沒有想到；我的愛、我的感情，她們完全不瞭解。是的，她們把我糟蹋慣了，在她們眼裡，我所有的犧牲都一文不值。哪怕她們要挖掉我的眼睛，我也會說：挖吧！我太傻了。她們以為天下的老爸都像她們的一樣。沒想到你對人好，一定要人知道！將來她們的孩子會替我報仇的。唉，來看我還是為她們自己啊。

「你去告訴她們，說她們死前要遭到報應的。犯了這種罪，等於犯了世界上所有的罪。去啊，去對她們說，不來送我的終是忤逆！不加上這一條，她們的罪過已經數不清了。你得像我一樣的去叫：哎！娜齊！哎！但斐納！父親對你們多好，他在受難，你們來吧！——唉！一個都不來。難道我就要像野狗一樣的死掉嗎？愛了一輩子的女兒，到頭來反遭女兒遺棄！簡直是些下流東西，流氓婆！我恨她們，咒她們！我半夜裡還要從棺材裡爬起來咒她們。嗳，朋友，難道這能說我不對嗎？她們做人這麼惡劣，是不是！我說什麼？你不是告訴我但斐納在這裡嗎？還是她好。你是我的兒子，歐也納。你，你得愛她，像她父親一樣的愛她。還有一個是受了難。她們的財產呀！哦！上帝！我要死了，我太苦了！把我的腦袋割掉吧，留給我一顆心就行了。」

「克利斯朵夫，去找皮安訓來，順便替我雇輛車。」歐也納嚷著。他被老人這些呼天搶地的哭訴嚇壞了。

「伯父，我到你女兒家去把她們帶來。」

「把她們抓來，抓來！叫警衛隊，叫軍隊！」老人說著，對歐也納瞪了一眼，閃出最後一道理性的光，「去告訴政府，告訴檢察官，叫人替我帶來！」

「你剛才咒過她們了。」

老人愣了一愣，說：「誰說的？你知道我是愛她們的，疼她們的！我看到她們，病就好了……去吧，我的好鄰居、好孩子，去吧，你是慈悲的，我要重重的謝你。可是我什麼都沒有了，只能給你一個祝福，一個將死之人的祝福。啊！至少我要看到但斐納，吩咐她代我報答你。那個不能來，就帶這個來吧。告訴她，她要不來，你不愛她了。她多愛你，一定會來的。喲，我渴死了，五臟六腑都在燒！替我在頭上放點什麼吧。最好是女兒的手，那我就得救了，我覺得……天哪！我死了，誰替她們弄錢呢？我要為她們到奧特賽去，到奧特賽做麵條生意。」

歐也納攙起病人，用左臂扶著，另一隻手端給他一杯滿滿的藥茶，說道：「你喝這個。」

「你一定要愛你的父母，」老人說著，有氣無力的握著歐也納的手，「你懂嗎？我要死了，不見她們一面就死了。永遠口渴而沒有水喝，這便是我十年來的生活……兩個女婿斷送了我的女兒。是的，從她們出嫁之後，我就沒有女兒了。做老爸的聽著！你們得要求國會定一條結婚的法律！要是你們愛女兒，就不能把她們嫁人。女婿是毀壞女兒的壞蛋，他把一切都汙辱了。再不要有結婚這回事！結婚搶走我們的女兒，教我們臨死看不見女兒。為了父親的死，應該訂一條法律。真是可怕！報仇呀！報仇呀！是我女婿不准她們來的呀。殺死他們！殺雷斯多！殺紐沁根！他們是我的兇手！不還我女兒，就要他們的命！唉！完啦，我見不到她們了！她們！娜齊、但斐納，喂，來呀，爸爸出門了[1]……」

「伯父，你靜靜吧，別生氣，別多想。」

「看不見她們，這才是我的臨終苦難！」

「你會看見的。」

「真的！」老人迷迷糊糊的叫起來，「噢！看到她們！我還會看到她們、聽到她們的聲音。那我死也死得快樂了。唉，是啊，我不想活了，我不稀罕活了，我痛得越來越

1 「來呀，爸爸出門了」兩句，為女兒幼年時父親出門前呼喚她們的親切語；此處「出門」二字有雙關意味。

厲害了。可是看到她們、碰到她們的衣服，唉！只要她們的衣服、衣服，就這麼一點要求！只要讓我摸到她們的一點什麼！讓我抓一把她們的頭髮……頭髮……」

他彷彿挨了一棍，腦袋往枕上倒下，雙手在被單上亂抓，好像要抓女兒的頭髮。

他又掙扎著說：「我祝福她們，祝福她們。」

然後他昏過去了。皮安訓進來說：

「我碰到了克利斯朵夫，他替你雇車去了。」

他看了看病人，用力揭開他的眼皮，兩個大學生只看到一雙沒有顏色的灰暗的眼睛。

「完了，」皮安訓說，「我看他不會醒了。」

他按了按脈，摸索了一會，把手放在老頭子心口。

「機器沒有停。像他這樣反而受罪，還是早點去的好！」

「對，我也這麼想。」拉斯蒂涅回答。

「你怎麼啦？臉色發白，像死人一樣。」

「朋友，我聽他又哭又叫，說了一大堆。真有一個上帝！哦，是的，上帝是有的，他替我們準備了另外一個世界、一個好一點的世界。我們這個太混帳了。剛才的情形要不那麼悲壯，我早哭死啦，我的心跟胃都給絞緊了。」

「喂，還得辦好多事，哪裡來的錢呢？」

拉斯蒂涅掏出錶來：

「你送到當鋪去。我路上不能耽擱，只怕趕不及。現在我在等克利斯朵夫，我身上一分錢都沒有了，回來還得付車錢。」

拉斯蒂涅衝下樓梯，到海爾特街的特．雷斯多太太家去了。剛才那幕可怕的景象使他動了感情，一路義憤填胸。他走進穿堂求見特．雷斯多太太，人家回報說她不能見客。

他對當差說：「我是為了她馬上要死的父親來的。」

「先生，伯爵再三吩咐我們……」

「既然伯爵在家，那麼告訴他，說他岳父快死了，我要立刻跟他說話。」

歐也納等了好久。

「說不定他就在這個時候死了。」他心裡想。

當差帶他走進第一客室，特．雷斯多先生站在沒有生火的壁爐前面，見了客人也不請坐。

「伯爵，」拉斯蒂涅說，「令岳在破爛的閣樓上就要斷氣了，連買木柴的錢也沒有，他馬上要死了，但等見一面女兒……」

「先生，」伯爵冷冷的回答，「你大概可以看出，我對高里奧先生沒有什麼好感。他教壞了我太太，造成我家庭的不幸。我把他當作擾亂我安寧的敵人。他死也好、活也好，我全不在意。你看，這是我對他的情分。社會盡可以責備我，我才不在乎呢。我現在要處理的事，比顧慮那些傻瓜的閒言閒語要緊得多。至於我太太，她現在那個模樣沒法出門，我也不讓她出門。請你告訴她父親，只要她對我、對我的孩子，盡完了她的責任，她會去看他的。要是她愛她的父親，幾分鐘內她就可以自由……」

「伯爵，我沒有權利批評你的行為，你是你太太的主人。可是至少我能相信你是講信用的吧？請你答應我一件事，就是告訴她，說她父親沒有一天好活了，因為她不去送終，已經在咒她了！」

雷斯多注意到歐也納憤憤不平的口氣，回答道：「你自己去說吧。」

拉斯蒂涅跟著伯爵走進伯爵夫人平時起坐的客廳。她淚人兒似的埋在沙發裡，那副痛不欲生的模樣叫他看了可憐。她不敢望拉斯蒂涅，先怯生生的瞧了瞧丈夫，眼睛的神氣表示她的精神和肉體都被專橫的丈夫壓倒了。伯爵側了側腦袋，她才敢開口：

「先生，我都聽到了。告訴我父親，他要知道我現在的處境，一定會原諒我。我想不到要受這種刑罰，簡直受不了。可是我要反抗到底，」她對她的丈夫說，「我也有兒女。請你對父親說，不管表面上怎麼樣，在父親面前我並沒有錯。」她無可奈何的對歐也納說。

那女人經歷的苦難，歐也納不難想像，便呆呆的走了出來。聽到特·雷斯多先生的口吻，他知道自己白跑了一趟，阿娜斯大齊已經失去自由。

接著他趕到特・紐沁根太太家，發覺她還在床上。

「我不舒服呀，朋友，」她說，「從跳舞會出來受了涼，我怕要得肺炎呢，我等醫生來……」

歐也納打斷了她的話，說道：「哪怕死神已經到了你身邊，爬也得爬到你父親跟前去。他在叫你！你要聽到他一聲，馬上不覺得你自己生病了。」

「歐也納，父親的病也許不像你說的那麼嚴重。可是我要在你眼裡有什麼不是，我才難過死呢，所以我一定聽你的吩咐。我知道，倘若我這次出去鬧出一場大病來，父親要傷心死的。我等醫生來過了就走。」她一眼沒看到歐也納身上的錶鏈，便叫道：「喲！怎麼你的錶沒有了？」

歐也納臉上紅了一塊。

「歐也納！歐也納！如果你已經把它賣了、丟了……哦！那太豈有此理了。」

大學生伏在但斐納床上，湊著她的耳朵說：

「你要知道嗎？哼！好，告訴你吧！你父親一毛錢都沒有了，今天晚上要把他入殮的屍衣[2]都沒法買。你送我的錶在當鋪裡，我錢都花光了。」

---

2 西俗入殮時將屍體用布包裹，稱為屍衣。

但斐納猛的從床上跳下，奔向書櫃，抓起錢包遞給拉斯蒂涅，打著鈴，嚷道：「我去我去，歐也納。讓我穿衣服，我簡直是禽獸了！去吧，我會趕在你前面！」她回頭叫老媽子，「丹蘭士，請老爺立刻上來跟我說話。」

歐也納因為能對垂死的老人報告有一個女兒會來，幾乎很快樂的回到聖·日內維新街。他在但斐納的錢包裡掏了一陣打發車錢，發覺這位那麼有錢、那麼漂亮的少婦，錢包中只有七十法郎。他走完樓梯，看見皮安訓扶著高老頭，醫院的外科醫生在內科醫生的指導下，在病人背上做灸。這是科學的最後一套治療，沒用的治療。

「替你做灸你有感覺嗎？」內科醫生問。

高老頭看見了大學生，說道：

「她們來了是不是？」

外科醫生道：「還有希望，他說話了。」

歐也納回答老人：「是的，但斐納就來了。」

「呃！」皮安訓說，「他還在提他的女兒，他拚命的叫她們，像一個人吊在刑臺上叫著要喝水……」

「算了吧，」內科醫生對外科醫生說，「沒法的了，沒救了。」

皮安訓和外科醫生把快死的病人放倒在發臭的破床上。

醫生說：「總得給他換套衣服，雖則毫無希望，他究竟是個人。」他又招呼皮安訓，「我等等再來。他要叫苦，就給他橫膈膜上搽些鴉片。」

兩個醫生走了，皮安訓說：

「來，歐也納，拿出勇氣來！我們替他換上一件白襯衫，換一條床單。你叫西爾維拿了床單來幫我們。」

歐也納下樓，看見伏蓋太太正幫著西爾維擺刀叉。拉斯蒂涅才說了幾句，寡婦就迎上來，裝出一副又和善又難看的神氣，活現出一個滿腹猜疑的老闆娘，既不願損失金錢，又不敢得罪顧客。

「親愛的歐也納先生，你和我一樣知道高老頭沒有錢了。把被單拿給一個正在翻眼睛的人，不是白送嗎？另外還得犧牲一條做他入殮的屍衣。你們已經欠我一百四十四法郎，加上四十法郎被單，以及旁的零星雜費，跟等下西爾維要給你們的蠟燭，至少也得兩百法郎，我一個寡婦怎受得了這樣一筆損失？天啊！你也得憑憑良心，歐也納先生。自從晦氣星進了我的門，五天時間我已經損失得夠了。我願意花三十法郎打發這好傢伙歸天，像你們說的。這種事還要叫我的房客不愉快。只要不花錢，我願意送他進醫院。總之你替我想想吧。我的鋪子重要，那是我的、我的性命呀。」

歐也納趕緊衝上高里奧的屋子。

「皮安訓，押了錶的錢呢？」

「在桌子上，還剩三百六十多法郎。欠的帳已經還清。當票壓在錢下面。」

「喂，太太，」拉斯蒂涅憤憤的衝下樓梯，說道，「來算帳。高里奧先生在府上不會耽久了，而我……」

「是的，他只能兩腳向前的出去了，可憐的人。」她一邊說一邊數著兩百法郎，神氣之間有點高興，又有點惆悵。

「快點吧。」拉斯蒂涅催她。

「西爾維，拿出床單來，到上面去給兩位先生幫忙。」

「別忘了西爾維，」伏蓋太太湊著歐也納的耳朵說，「她兩晚沒有睡覺了。」

歐也納剛轉身，老寡婦立刻奔向廚娘，咬著她耳朵吩咐：「你找第七號褥單，那條舊翻新的。反正給死人用總是夠好了。」

歐也納已經在樓梯上跨了幾步，沒有聽見房東的話。

皮安訓說：「來，我們替他穿襯衫，你把他扶著。」

歐也納站在床頭扶著快死的人，讓皮安訓脫下襯衫。老人做了個手勢，彷彿要保護胸口的什麼東西，同時哼哼唧唧，發出些不成音的哀號，猶如野獸表示極大的痛苦。

「哦！哦！」皮安訓說，「他要一根頭髮鏈子和一個小小的胸章，剛才咱們做灸拿掉的。可憐的人，給他掛上。喂，在壁爐架上面。」

歐也納拿來一條淡黃帶灰的頭髮編成的鏈子，肯定是高里奧太太的頭髮。胸章的一面刻著：阿娜斯大齊；另外一面刻著：但斐納。這是他永遠貼在心頭的心影。胸章裡面藏著極細的頭髮捲，大概是兩個女兒很小的時候剪下來的。

髮辮掛上他的脖子，胸章一碰到胸脯，老人便心滿意足的長歎一聲，教人聽了毛骨悚然。他的感覺這樣振動了一下，似乎往那個神祕的區域，發出同情和接受同情的中心，隱沒了。抽搐的臉上有一種病態的快樂表情。思想消滅了，情感還存在，還能發出這種可怕的光彩，兩個大學生看了大為感動，湧出幾顆熱淚掉在病人身上，使他快樂得直叫：

「噢！娜齊！但斐納！」

「他還活著呢。」皮安訓說。

「活著有什麼用？」西爾維說。

「受罪囉！」拉斯蒂涅回答。

皮安訓向歐也納使了個眼色，教他跟自己一樣蹲下身子，把手臂抄到病人小腿下面，兩人隔著床做著同樣的動作，托住病人的背。西爾維站在旁邊，但等他們抬起身子，抽換被單。高里奧大概誤會了剛才的眼淚，使出最後一些氣力伸出手來，在床的兩邊碰到兩個大學生的腦袋，拚命抓著他們的頭髮，輕輕的叫了聲：「啊！我的兒哪！」整個靈魂都在這兩句裡面，而靈魂也隨著這兩句囈語飛逝了。

「可憐可愛的人哪。」西爾維說，她也被這聲哀歎感動了。這聲哀歎，表示那偉大的父愛受了又慘又無心的欺騙，最後激動了一下。

這個父親的最後一聲歎息還是快樂的歎息。這歎息說明了他的一生，他還是騙了自己。大家恭恭敬敬把高老頭放倒在破床上。從這個時候起，喜怒哀樂的意識消滅了，只有生與死的搏鬥還在他臉上印著痛苦的標記。整個的毀滅不過是時間問題了。

「他還可以這樣的拖幾小時，在我們不知不覺的時候死去。他連臨終的痰厥也不會有，腦子全部充血了。」

這時樓梯上有一個氣咻咻的少婦的腳步聲。

「來得太晚了。」拉斯蒂涅說。

來的不是但斐納，是她的老媽子丹蘭士。

「歐也納先生，可憐的太太為父親向先生要錢，先生和她大吵。她暈過去了，醫生也來了，恐怕要替她放血。她嚷著：爸爸要死了，我要去看爸爸呀！教人聽了心驚肉跳。」

「算了吧，丹蘭士。現在來也沒用了，高里奧先生已經昏迷了。」

丹蘭士道：「可憐的先生，竟病得這麼厲害嗎？」

「你們用不著我了，我要下去開飯，已經四點半了。」西爾維說著，在樓梯臺上幾乎覺得撞在特．雷斯多太太身上。

伯爵夫人的出現叫人覺得又嚴肅又可怕。床邊黑魆魆的只點著一支蠟燭。看著父親那張還有幾分生命在顫動的臉，她掉下淚來。皮安訓很識趣的退了出去。

「恨我沒有早些逃出來。」伯爵夫人對拉斯蒂涅說。

大學生悲傷的點點頭。她拿起父親的手親吻。

「原諒我，父親！你說我的聲音可以把你從墳墓裡叫回來，哎！那麼你回來一會兒，來祝福你正在懺悔的女兒吧。聽我說啊。——真可怕！這個世界上只有你會祝福我。大家恨我，只有你愛我。連我自己的孩子將來也要恨我。你帶我一起去吧，我會愛你、服侍你。噢！他聽不見了，我瘋了。」

她雙膝跪下，發瘋了似的端詳著那個軀殼。

「我什麼苦都受到了，」她望著歐也納說，「特．脫拉伊先生走了，丟下一身的債。而且我發覺他欺騙我。丈夫永遠不會原諒我了，我已經把全部財產交給他。唉！一場空夢，為了誰來！我欺騙了唯一疼愛我的人！（她指著她的父親）我辜負他、嫌棄他，給他受盡苦難，我這該死的人！」

「他知道。」拉斯蒂涅說。

高老頭忽然睜了睜眼，但只不過是肌肉的抽搐。伯爵夫人表示希望的手勢，和彌留之人的眼睛一樣淒慘。

「他還聽得到我嗎？——哦，聽不到了。」她坐在床邊自言自語。

特·雷斯多太太說要守著父親，歐也納便下樓吃飯。房客都到齊了。

「喂，」畫家招呼他，「看樣子咱們樓上要死掉個把人了嗎？」

「查理，找點不淒慘的事開玩笑好不好？」歐也納說。

「難道咱們就不能笑了嗎？」畫家回答，「有什麼關係，皮安訓說他已經昏迷了。」

「嗳！」博物院管事接著說，「他活也罷、死也罷，反正沒有分別。」

「父親死了！」伯爵夫人大叫一聲。

一聽見這聲可怕的叫喊，西爾維、拉斯蒂涅、皮安訓一齊上樓，發覺特·雷斯多太太暈過去了。他們把她救醒了，送上等在門外的車。歐也納囑咐丹蘭士小心看護，送往特·紐沁根太太家。

「哦！這一下他真死了。」皮安訓下樓說。

「各位，吃飯吧，湯冷了。」伏蓋太太招呼眾人。

兩個大學生並肩坐下。

歐也納問皮安訓：「現在該怎麼辦？」

「我把他的眼睛合上了，四肢放得端端正正。等我們去市政府報告死亡，那邊的醫生來驗過之後，把他包上屍衣埋掉。你還想怎麼辦？」

「他不能再這樣嗅他的麵包了。」一個房客學著高老頭的鬼臉說。

「要命！」當助教的叫道，「各位能不能丟開高老頭，讓我們清靜一下？一個鐘頭以來，只聽到他的事。巴黎這個地方有個好處，一個人可以生下、活著、死去，沒有人理會。這種文明的好處，我們應當享受。今天死六十個人，難道你們都去哀悼那些亡靈不成？高老頭死就死吧，因為他還是死的好！要是你們疼他，就去守靈，讓我們好好吃飯。」

「噢！是的，」寡婦道，「他真是死了的好！聽說這可憐的人苦了一輩子！」

在歐也納心中，高老頭是父愛的代表，可是他身後唯一得到的誄詞，就是上面這幾句。十五位房客照常談天。歐也納和皮安訓聽著刀叉聲和談笑聲，眼看那些人狼吞虎嚥、無關痛癢的表情，難受得心都涼了。他們吃完飯，出去找一個神父來守夜，給死者祈禱。手頭只有一點錢，不能不看錢辦事。

晚上九點，遺體放在便榻上，兩旁點著兩支蠟燭，屋內空空的，只有一個神父坐在他旁邊。臨睡之前，拉斯蒂涅向教士打聽了禮儀和送葬的價目，寫信給特．紐沁根男爵和特．雷斯多伯爵，請他們派管事來打發喪葬費。他要克利斯朵夫把信送出去，方才上床。他疲倦至極，馬上睡著了。

第二天早上，皮安訓和拉斯蒂涅親自到市政府報告死亡。中午，醫生來簽了字。過了兩小時，一個女婿都沒送錢來，也沒派人來，拉斯蒂涅只得先開銷了教士。西爾維討了十法郎去縫屍衣。歐也納和皮安訓算了算，死者的家屬要不負責的話，他們傾其所有，只能極勉強的應付一切開支。把屍身放入棺材的差事，由醫學生負責，那口窮人用的棺木也是他向醫院特別便宜買來的。他對歐也納說：

「咱們給那些混蛋開一下玩笑吧。你到拉雪茲神父公墓去買一塊地，五年為期，再向葬儀社和教堂訂一套三等喪儀。要是女婿、女兒不還你的錢，你就在墓上立一塊碑，刻上幾個字：

特．雷斯多伯爵夫人暨特．紐沁根男爵夫人之尊翁

高里奧先生之墓

大學生二人醵資代葬。」

歐也納在特．紐沁根夫婦和特．雷斯多夫婦家奔走毫無結果，只得聽從他朋友的意見。在兩位女婿府上，他只能到大門為止。門房都奉有嚴令，說：

「先生跟太太謝絕賓客。他們的父親死了，悲痛不已。」

歐也納對巴黎社會已有相當經驗，知道不能固執。看到沒法跟但斐納見面，他心裡感到一陣異樣的壓迫，在門房裡寫了一張字條：

請你賣掉一件首飾吧，使你父親下葬的時候成個體統。

他封了字條，吩咐男爵的門房遞給丹蘭士送交女主人，門房卻送給男爵，被他往火爐裡一扔了事。歐也納部署停當，三點左右回到公寓，望見小門口停著口棺木，在靜悄悄的街頭，擺在兩張凳上，棺木上面連那塊黑布也沒有遮蓋到家。他一見這光景，不由得掉下淚來。誰也不曾把手蘸過的蹩腳聖水壺[3]，浸在盛滿聖水的鍍銀盤子裡。門上黑布也沒有掛。這是窮人的喪禮，既沒排場，也沒後代，也沒朋友，也沒親屬。

皮安訓因為醫院有事，留了一張便條給拉斯蒂涅，告訴他跟教堂辦的交涉。他說追思彌撒價錢貴得驚人，只能做個便宜的晚禱；至於葬儀社，已經派克利斯朵夫送了信去。歐也納看完字條，忽然瞧見藏著兩個女兒頭髮的胸章在伏蓋太太手裡。

3 西俗弔客上門，必在聖水壺內蘸聖水。「誰也不曾把手蘸過」，即沒有弔客的意思。

「你怎麼敢拿下這個東西？」他說。

「天哪！難道把它下葬不成？」西爾維回答，「那是金的啊。」

「當然囉！」歐也納憤憤的說，「代表兩個女兒的只有這一點東西，還不給他帶去嗎？」

柩車上門的時候，歐也納叫人把棺木重新抬上樓，他撬開釘子，誠心誠意的把那顆胸章——姊妹倆還年輕、天真、純潔，像他在臨終呼號中所說的「不懂得頂嘴」的時代的形象——掛在死人胸前。

除了兩個喪禮執事，只有拉斯蒂涅和克利斯朵夫兩人跟著柩車，把可憐的人送往聖・丹蒂安、離聖・日內維新街不遠的教堂。靈柩被放在一所低矮黝黑的聖堂[4]前面。大學生四下裡張望，看不見高老頭的兩個女兒或者女婿。除他之外，只有克利斯朵夫因為賺過他不少酒錢，覺得應當盡一盡最後的禮數。兩個教士、唱詩班的孩子，和教堂執事都還沒有到。拉斯蒂涅握了握克利斯朵夫的手，一句話也說不上來。

「是的，歐也納先生，」克利斯朵夫說，「他是個老實人、好人，從來沒大聲說過一句話，從來沒傷害別人，也從來沒做過壞事。」

兩個教士、唱詩班的孩子、教堂的執事，都來了。在一個宗教沒有餘錢給窮人作義務祈禱的時代，他們做了盡七十法郎所能辦到的禮儀：唱了一段聖詩，唱了〈解放〉和

〈來自靈魂深處〉。全部禮儀花了二十分鐘。送喪的車只有一輛，給教士和唱詩班的孩子乘坐，他們答應帶歐也納和克利斯朵夫同去。教士說：

「沒有送喪的行列，我們可以趕一趕，免得耽擱時間。已經五點半了。」

正當靈柩上車的時節，特．雷斯多和特．紐沁根兩家有爵徽的空車忽然出現，跟著柩車到拉雪茲神父公墓。

六點鐘，高老頭的遺體下了墓穴，周圍站著女兒家中的管事。大學生出錢買來的短短的祈禱剛念完，那些管事就跟神父一齊溜了。兩個蓋墳的工人，在棺木上扔了幾鏟子土，挺了挺腰，其中一個走來向拉斯蒂涅討酒錢。歐也納掏來掏去，一分錢都沒有，只得向克利斯朵夫借了一法郎。這件很小的小事，忽然使拉斯蒂涅大為傷心。

白日將盡，潮溼的黃昏使他心裡亂糟糟的。他盯著墓穴，埋葬了他青年時代的最後一滴眼淚，神聖的感情在一顆純潔的心中逼出來的眼淚，從它墮落的地下立刻回到天上的眼淚[5]。他抱著手臂，凝神看著天空的雲。克利斯朵夫見他這副模樣，逕自走了。

拉斯蒂涅一個人在公墓裡向高處走了幾步，遠眺巴黎，只見巴黎蜿蜒曲折的躺在塞

4 教堂內除正面的大堂外，兩旁還有小聖堂。

5 浪漫派詩歌中常言神聖的眼淚是從天上來的，此處言回到天上，即隱含此意。

納河兩岸，慢慢的亮起燈火。他的欲火炎炎的眼睛停在凡登廣場和榮軍院的穹窿之間。那便是他不勝嚮往的上流社會的區域。面對這個熱鬧的蜂房，他射了一眼，好像恨不得把其中的甘蜜一口吸盡。同時他氣概非凡的說了句：

「現在咱們兩個來一較高下吧！」

然後拉斯蒂涅為了向社會挑戰，到特．紐沁根太太家吃飯去了。

一八三四年九月　原作

一九四四年十二月　初譯

一九五一年七月　重譯

一九六三年九月　重改

《高老頭》重譯本序

以效果而論，翻譯應當像臨畫一樣，所求的不在形似而在神似。以實際工作論，翻譯比臨畫更難。臨畫與原畫，素材相同（顏色、畫布，或紙或絹），法則相同（色彩學、解剖學、透視學）。譯本與原作，文字既不侔，規則又大異。各種文字各有特色，各有無可模仿的優點，各有無法補救的缺陷，同時又各有不能侵犯的戒律。像英、法，英、德那樣接近的語言，尚且有許多難以互譯的地方；中西文字的扞格遠過於此，要求傳神達意，銖兩悉稱，自非死抓字典，按照原文句法拼湊堆砌所能濟事。

各國的翻譯文學，雖優劣不一，但從無法文式的英國譯本，也沒有英文式的法國譯本[1]。假如破壞本國文字的結構與特性，就能傳達異國文字的特性而獲致原作的精神，那麼翻譯真是太容易了。不幸那種理論非但是刻舟求劍，而且結果是削足適履，兩敗俱

1《哈姆雷特》第一幕第一場有句：Not a mouse stirring，法國標準英法對照本《莎翁全集》譯為：Pas un chato，豈法國莎士比亞學者不識mouse一字而誤鼠為貓乎？此為譯書不能照字面死譯的最顯著的例子。

傷[2]。兩國文字詞類的不同、句法構造的不同、文法與習慣的不同、修辭格律的不同、俗語的不同，即反映民族思想方式的不同、感覺深淺的不同、觀點角度的不同、風俗傳統信仰的不同、社會背景的不同、表現方法的不同。以甲國文字傳達乙國文字所包含的那些特點，必須像伯樂相馬，要「得其精而忘其粗，在其內而忘其外」。而即使是最優秀的譯文，其韻味較之原文仍不免過或不及。翻譯時只能盡量縮短這個距離，過則求其勿太過，不及則求其勿過於不及。

倘若認為譯文標準不應當如是平易，則不妨假定理想的譯文彷彿是原作者的中文寫作。那麼原文的意義與精神、譯文的流暢與完整，都可以兼籌並顧，不至於再有以辭害意，或以意害辭的弊病了。

用這個尺度來衡量我的翻譯，當然是眼高手低，還沒有脫離學徒階段。《高老頭》初譯（一九四四）對原作意義雖無大誤[3]，但對話生硬死板，文氣淤塞不暢，新文藝習氣既刮除未盡，節奏韻味也沒有照顧周到，更不必說作品的渾成了。這次以三閱月的工夫重譯一遍，幾經改削，仍未滿意。藝術的境界無窮，個人的才能有限：心長力絀，惟有投筆興歎而已。

譯者

一九五一年九月

2 六年前，友人某君受蘇聯友人之託，以中國詩人李、杜等小傳譯成俄文。譯稿中頗多中文化的俄文，為蘇友指摘。某君以保持中國情調為辯，蘇友謂此等文句既非俄文，尚何原作情調可言？以上為某君當時面述，錄之為「削足適履，兩敗俱傷」二語作佐證。

3 誤譯的事，有時即譯者本人亦覺得莫名其妙。例如近譯《貝姨》，書印出後，忽發現原文的藍衣服譯作綠衣服，不但正文錯了，譯者附注也跟著錯了。這種文字上的色盲，真使譯者為之大驚失「色」。

高老頭 / 巴爾札克著；傅雷譯 . -- 初版 . -- 臺北市：時報文化出版企業股份有限公司 , 2021.08
344 面；21 x 14.8 公分 . --（愛經典；53）
ISBN 978-957-13-9217-2（精裝）

876.57　　110011197

作家榜经典文库®

ISBN 978-957-13-9217-2
Printed in Taiwan

愛經典 0 0 5 3

高老頭

作者—巴爾札克｜譯者—傅雷｜編輯總監—蘇清霖｜編輯—邱淑鈴｜美術設計—FE 設計｜校對—邱淑鈴｜董事長—趙政岷｜出版者—時報文化出版企業股份有限公司　108019 台北市和平西路三段二四〇號四樓　發行專線—（〇二）二三〇六—六八四二　讀者服務專線—〇八〇〇—二三一—七〇五、（〇二）二三〇四—七一〇三　讀者服務傳真—（〇二）二三〇四—六八五八　郵撥—一九三四四七二四時報文化出版公司　信箱—10899 台北華江橋郵局第 99 信箱　時報悅讀網—http://www.readingtimes.com.tw ｜電子郵件信箱—new@readingtimes.com.tw ｜法律顧問—理律法律事務所　陳長文律師、李念祖律師｜印刷—勁達印刷有限公司｜初版一刷—二〇二一年八月六日｜初版二刷—二〇二四年八月二十六日｜定價—新台幣四〇〇元｜（缺頁或破損的書，請寄回更換）